古典文獻研究輯刊

十六編

曾永義 主編

第 5 冊

六朝散體文論稿（下）

王琳、楊朝蕾 著

國家圖書館出版品預行編目資料

六朝散體文論稿（下）／王琳、楊朝蕾 著 — 初版 — 新北市：
花木蘭文化事業有限公司，2017〔民 106〕
目 2+172 面；19×26 公分
（古典文學研究輯刊 十六編；第 5 冊）
ISBN 978-986-485-107-2（精裝）
1. 六朝文學 2. 散文 3. 文學評論
820.8　　　　　　　　　　　　　　　106013417

ISBN-978-986-485-107-2

9 789864 851072

古典文學研究輯刊
十六編　第 五 冊　　　ISBN：978-986-485-107-2

六朝散體文論稿（下）

作　　　者　王　琳、楊朝蕾
主　　　編　曾永義
總 編 輯　杜潔祥
副總編輯　楊嘉樂
編　　　輯　許郁翎、王筑　美術編輯　陳逸婷
出　　　版　花木蘭文化事業有限公司
社　　　長　高小娟
聯絡地址　235 新北市中和區中安街七二號十三樓
　　　　　　電話：02-2923-1455／傳真：02-2923-1452
網　　　址　http://www.huamulan.tw 信箱 hml 810518@gmail.com
印　　　刷　普羅文化出版廣告事業
初　　　版　2017 年 9 月
全書字數　307696 字
定　　　價　十六編 8 冊（精裝）新台幣 15,000 元

六朝散體文論稿（下）

王琳、楊朝蕾　著

目

次

第五章　時代的影像：六朝雜傳
——以齊魯籍作者爲例

　　魏晉南北朝時期，各種不依附正史，獨自流行的人物傳記不斷湧現，異常繁榮。這類作品大約從南朝起被人們統稱爲雜傳。較早整理編集雜傳作品的爲宋齊間學者、文學家陸澄（425～494），《南齊書》卷二十九《陸澄傳》稱其：「撰地理書及雜傳，死後乃出。」之後是齊梁間文學家、學者任昉（460～508），《梁書》卷十四《任昉傳》稱其：「撰《雜傳》二百四十七卷，《地記》二百五十二卷，文章三十三卷。」目錄著述設立「雜傳」較早的是宋齊之際王儉（452～489），他於宋後廢帝元徽元年（473）表上《七志》30 卷，其「經典志」囊括「六藝、小學、史記、雜傳」等類圖書；五十年之後的梁普通四年（523），阮孝緒（479～536）編撰《七錄》十二卷，其「紀傳錄」分成十二個類，「雜傳」爲其中之一。唐初官修《隋書‧經籍志》，在史部也立「雜傳」類。

　　雜傳之名目雖始自宋齊，但此類作品的寫作則起於漢代，流傳至今還有少量篇章。至魏晉，雜傳創作雲興霞蔚，盛況空前。推其原故，約有數端。其一，魏晉時期，儒學不復獨尊，意識形態領域趨於多元化，人們的思想和價值觀念在很大程度上得到解放，個性意識增強，形形色色的人物在廣闊的人生舞臺上留下異行奇跡，文人紛紛因其志向，記其行事，以爲標榜。其二，魏晉取士，以門第爲先，日趨強大的地方勢力，競相宣揚族姓，顯示郡望，以製造輿論，於是大批「矜其鄉賢，美其邦族」的區域性人物傳記及家族傳記應運而生。其三，魏晉的某些階段，朝廷選用史官時，作爲考察被舉薦者

之職業素質的環節，要求其撰寫名臣傳一篇〔註1〕，此規定對雜傳的興盛在一定程度上起到促進作用。其四，魏晉人喜歡清談，清談的內容除玄理之外，另一項便是品題人物，此風氣對描寫人物之雜傳的繁榮也有所推動。

　　山東籍文人在雜傳寫作及整理方面成就卓著。人物**類傳**有魏王粲《英雄記》，晉郗超《東山僧傳》，梁王巾《法師傳》，北周明克讓《續名僧傳》，晉虞槃祐《高士傳》，梁劉杳《高士傳》，魏劉熙《列女傳》，魏繆襲《列女傳贊》，梁顏協《晉仙傳》，北周明克讓《古今帝王記》，晉徐廣《孝子傳》，晉虞槃祐《孝子傳》，宋王韶之《孝子傳》，梁劉昭《幼童傳》；**區域性人物傳記**有晉白褒《魯國先賢傳》，魏仲長統《山陽先賢傳》，魏王基《東萊耆舊傳》，齊崔慰祖《海岱志》；**家傳**有北魏崔鴻《崔氏五門家傳》，北周王褒《江左王氏世家傳》，梁明粲《明氏世錄》，晉華嶠《譜敘》；**同僚傳**有晉伏滔《大司馬僚屬名》；專寫某個人物的**別傳**有魏管辰《管輅別傳》，晉羊祜《老子傳》，魏程威等《任嘏別傳》，晉王羲之《許先生傳》，晉魏華存《清虛眞人王君內傳》，梁王僧孺《太常敬子任府君傳》；**自傳**有晉王彪之《自序》，梁王筠《自序》，梁劉峻《自序》等；**其他**還有晉虞溥《江表傳》。在雜傳整理方面，六朝文人中以山東籍著名文學家、學者任昉用工尤勤，貢獻尤大，他編撰了《雜傳》二百四十七卷（《隋志》著錄爲一百四十七卷）。以上作品大多數在蕭梁以後亡佚，茲就殘留部分略作論述。

第一節　亂世英雄傳

　　漢魏之際是亂世，亂世多出英雄。王粲《英雄記》（又稱《漢末英雄記》）應運而產生。「英雄」一詞較早見於戰國兵書，後來又見於兩漢之際動亂年代的某些記載中，但總的來說戰國至漢代的文獻中此詞出現的次數很少。到了漢魏之際的亂世，「英雄」概念則大量出現，或見於時人的口頭談論中，或見於時人的文章中，令人目不暇接。茲不避繁瑣，舉例如下。《後漢書·仇覽傳》載符融與人曰：「今京師英雄四集，志士交結之秋。雖務經學，守之何用？」《後漢書·許劭傳》載許劭稱曹操：「君清平之奸賊，亂世之英雄。」徐幹《中論·愼所從》：「王者之取天下，有大本，有仁智之謂也。仁則萬國懷之，智則英雄歸之。御萬國，總英雄，以臨四海，其誰與爭？」孔融《衛尉張儉碑

〔註1〕　〔梁〕沈約《宋書》卷 40《百官志》：「晉制：著作佐郎始到職，必撰名臣傳一人。」北京：中華書局 1974 版，第 1246 頁。

銘》：「當今英雄，受命殞身，以籍濟君厄者，蓋數十人。」《後漢書‧袁紹傳》
載田豐諫袁紹曰：「將軍據山河之固，擁四州之眾，外結英雄，內修農戰。」
《三國志‧魏書‧袁紹傳》載周毖等對董卓說：「袁氏樹恩四世，門生故吏遍
於天下，若收豪傑以聚徒眾，英雄因之而起，則山東非公之有也。」又同篇
注引《獻帝傳》載沮授說袁紹曰：「漢室陵遲，爲日久矣。今欲興之，不亦難
乎？且今英雄據有州郡，眾動萬計，所謂秦失其鹿，先得者王。」《三國志‧
魏書‧武帝紀》引皇甫謐《逸士傳》載王俊對劉表說：「曹公，天下之英雄也，
必能興霸道，繼桓、文之功者也。」吳質《魏都賦》：「我太祖鴻飛兗豫，英
雄響附。」《三國志‧魏書‧鮑勳傳》載鮑信對曹操說：「夫略不世出，能總
英雄以撥亂反正者，君也。苟非其人，雖強必弊。君殆天之所啓。」《三國志‧
魏書‧程昱傳》載程昱時范縣令靳允說：「今天下大亂，英雄並起，必有命世，
能息天下之亂者，此智者之所詳擇也。」《三國志‧魏書‧鍾繇傳》載鍾繇說
李催、郭汜曰：「方今英雄並起，各矯命專制，惟曹兗州乃心王室，而逆其忠
款，非所以副將來之望也。」《三國志‧吳書‧朱治傳》注引《江表傳》載朱
治說孫賁說：「……討虜聰明神武，繼承洪業，攬結英雄，周濟世務，軍眾日
盛，事業日隆。」《後漢書‧孔融傳》注引《融家傳》云：「客言於（何）進
曰：孔文舉於時英雄特傑，譬諸物類，猶眾星之有北辰，百穀之有黍稷，天
下莫不屬目也。」《三國志‧蜀書‧諸葛亮傳》注引《漢晉春秋》載諸葛亮對
劉備說：「自董卓以來，豪傑並起，跨州連郡者，不可勝數……荊州北據漢沔，
利盡南海，東連吳會，西通巴蜀……益州險塞，沃野千里，天府之土，高帝
因之，以成帝業……將軍既帝室之胄，信義著於四海，總攬英雄，思賢如渴。」
又載諸葛亮對孫權說：「今操芟夷大難，略已平矣，遂破荊州，威震四海。英
雄無所用武，故豫州遁逃至此。」《三國志‧魏書‧郭嘉傳》注引《傅子》載
郭嘉對曹操說：「孫策並江東，所誅皆英豪雄傑，能得人死力者……以吾觀之，
必死於匹夫之手。」《三國志‧吳書‧周瑜傳》注引《江表傳》載周瑜曰：「操
雖託名漢相，其實漢賊也。將軍以神武雄才，兼仗父兄之烈，割據江東，地
方數千里，兵精足用，英雄樂業，尚當橫行天下，爲漢家除殘去穢。況操自
送死，而可迎之邪？」陳琳《爲袁紹檄豫州》稱袁紹：「方收羅英雄，棄瑕錄
用。」《三國志‧吳書‧孫策傳》注引《吳曆》載張紘對孫策說：「方今漢祚
中微，天下擾攘，英雄俊士，各擁眾營私，未有能扶危濟亂者也。」《三國志‧
蜀書‧劉巴傳》注引《零陵先賢傳》載劉巴說：「大丈夫處世當交四海英雄，
如何與兵子共語乎？」郤正《釋譏》云：「沖質不永，桓靈墜散，英雄雲布，

豪傑蓋世，家挾殊議，人懷異計。故縱橫者忽披其胸，狙詐者暫吐其舌也。」
《三國志・魏書・高柔傳》載高柔謂鄉人曰：「今者英雄並起，陳留四戰之地
也。」陸遜《乞息親征公孫淵疏》曰：「方今天下雲擾，群雄虎爭，英雄踴躍。」
凡此等等，不一而足。同樣是亂世，漢魏之際士人對「英雄」的關注遠逾兩
漢之際，個中原因，在於漢魏之際盛行人物品鑒及其英雄崇拜觀念的空前高
漲〔註2〕。

　　由上述諸例可見，所謂「英雄」基本是一個中性詞，且內涵較爲寬泛，
大多是指那些身處亂世，乘時而起，奮發有爲，有志於建功立業的人物，這
類人物中包括擁兵割據的軍閥，也包括在事業上謀求發展而輔佐他們的幕
僚，或泛指其他方面的傑出人才。

　　生活於這樣的時代氛圍中，王粲撰寫《英雄記》當謂順理成章，毋庸置
疑。他自己在一次重要場合的賀辭中就出現「英雄」、「俊傑」、「賢俊」、「豪
傑」等詞。《三國志・魏書・王粲傳》記載，建安十三年，曹操平定荊州，設
宴慶賀。王粲捧著酒杯祝賀說：「方今袁紹起河北，仗大眾，志兼天下，然好
賢而不能用，故奇士去之。劉表雍容荊楚，坐觀時變，自以爲西伯可規。士
之避亂荊州者，皆海內之俊傑也；表不知所任，故國危而無輔。明公定冀州
之日，下車即繕其甲卒，收其豪傑而用之，以橫行天下；及平江漢，引其賢
俊而置之列位，使海內迴心，望風而願治，文武並用，英雄畢力，此三王之
舉也。」一百多字竟頻繁地出現四次「英雄」式的詞彙，堪稱空前絕後，無
與倫比，王粲對「英雄」的關注和執著於此顯露無遺。王粲「性躁競」（《三
國志・魏書・杜襲傳》），其實質是用世之心強烈，對「英雄」的關注在本質
上也是其強烈的用世心的體現。

　　《英雄記》原有十卷，陳壽撰《三國志》、范曄撰《後漢書》可能參考過
此書。梁代以後亡佚。清人黃奭有輯本，主要採自於《三國志》注、《後漢書》
注及北宋大型類書《太平御覽》所引用之文。今人俞紹初先生在此基礎上又
有補遺，並附錄於《建安七子集》中。其中《三國志》注引用60多段文字，
《後漢書》注引用約30段文字，二書部分內容有交叉。記述了50多位漢末
人物的事蹟，涉及董卓、袁紹、袁術、曹操、呂布、孫堅、公孫瓚、劉表、

〔註2〕　駱玉明指出：「漢魏之際出現的從崇敬聖賢到崇敬英雄的變化，其根本意義在
　　　　於顯示了這一時代對人的智慧、勇敢精神和創造性才能的重視，這是一個社
　　　　會的文化富於活力的表現。」（駱玉明：《世說新語精讀》，上海：復旦大學出
　　　　版社，2007年版，第10頁。）

劉焉、劉璋、劉備、橋瑁、楊奉、韓暹、丁原、張楊、韓馥、劉岱等擁兵割據的人物，這些人物雖勢力強弱及志向大小不等，但皆屬在漢末亂世不甘沉淪、乘時而起，欲有所為的人物，符合當時的「英雄」標準。輯本所存人物事蹟的記述，以呂布為最多，其次以公孫瓚、董卓、袁紹較多。其中某些材料可補《後漢書》、《三國志》相關記載之缺略，具有不容忽視的史料文獻價值。

再就是以上人物屬下的文武幕僚，其中記述袁紹幕僚最多，有高順、逢紀、審配、郭圖、韓珩等。此外，記述有董卓屬下之李催、郭汜（董卓被殺後，二人成為獨立的軍閥）、胡軫，韓馥屬下的劉子惠、耿武、閔純，劉表屬下的張羨，劉璋屬下的龐羲，孫堅屬下的周瑜，曹操屬下的典韋，等等。這些人物或為主人出謀畫策，或馳騁沙場，以圖建功立業，故亦被以「英雄」目之。

還有一些以上二類情況（隸屬關係）不能涵蓋的人物，如臧洪、劉翊、劉虞、孔融、張儉、涼茂、曹純、閻忠、周瑟、伍瓊、蓋勳、向栩等。從傳統的倫理道德標準看，他們或為義士，或為仁人，或為名士，或為忠臣，或為良吏，或為學士，或為隱士，或為策士。其中閻忠屬於策士類型的人物。《英雄記》輯本「閻忠」條僅寥寥數語：「涼州賊王國等起兵，共劫忠為主，統三十六部，號車騎將軍。忠感慨發病而死。」據《後漢書‧皇甫嵩傳》載，閻忠為涼州刺史部漢陽郡人，當過縣令。靈帝中平元年（184），他曾遊說擊破黃巾、威震天下的皇甫嵩乘勢而起，推翻劉氏，誅除宦官，南面稱帝，建立新朝，辭云：

> 難得而易失者，時也；時至不旋踵者，幾也。故聖人順時以動，智者因幾以發。今將軍遭難得之運，蹈易駭之機，而踐運不撫，臨機不發，將何以保大名乎？……天道無親，百姓與能。今將軍受於暮春，收功於末冬。兵動若神，謀不再計，摧強易於折枯，消堅甚於湯雪。旬月之間，神兵電掃，封屍刻石，南向以報。威德震本朝，風聲馳海外，雖湯武之舉，未有高將軍者也。今身建不賞之功，體兼高人之德，而北面庸主，何以求安乎？……昔韓信不忍一餐之遇，而棄三分之業，利劍已揣其喉，方發悔毒之歎者，機失而謀乖也。今主上勢弱於劉項，將軍權重於淮陰，指足以振風雲，叱吒可以興雷電。赫然奮發，因危抵頹，崇恩以綏先附，振武以臨後服。徵冀

方之士，動七州之眾，羽檄先馳於前，大軍響震於後。蹈流漳河，飲馬孟津，誅閹官之罪，除群凶之積。雖僮兒可使奮拳以致力，女子可使褰裳以用命，況屬熊羆之卒，因迅風之勢哉！功業已就，天下已順。然後請呼上帝，示以天命，混齊六合，南面稱制。移寶器於將興，推亡漢於已墜，實神機之至會，風發之良時也。夫既朽不雕，衰世難佐。若欲輔難佐之朝，雕朽敗之木，是猶逆阪走丸，迎風縱棹，豈云易哉？且今豎官群居，同惡如市，上命不行，權歸近習。昏主之下，難以久居。不賞之功，讒人側目。如不早圖，後悔無及！

　　漢末時期許多士人，往往有所謂「品核公卿，裁量執政」，「危言深論，不隱豪強」的風節，但其目的在於匡扶漢室，整肅朝綱，而閻忠之說辭顯然在鼓動皇甫嵩棄漢自立，「臣事君，猶子事父」之類封建倫理綱常在他身上已喪失了作用，戰國縱橫策士的氣概豁然再現。斥漢帝為「庸主」、「昏主」，稱推翻漢室，成就大業為「混齊六合，南面稱制，移寶器於將興，推亡漢於已墜。」如果說陳蕃、李膺、范滂以及孔融等是以其信義攜持民心，挽漢室於將亡的代表，那麼閻忠則是匡漢之心已絕，鼓吹改朝換代的典型。《英雄記》所載閻忠不願與賊盜同流，但他願意勸說皇甫嵩這位擊破黃巾的名將棄漢自立。王粲把此類人物也視為漢末英雄，尤具有時代特色。

　　《英雄記》還有不可忽視的文學價值。作者在一定程度上繼承和借鑒了以往傳記善於捕捉傳主一定場合中之言行以表現其性格特徵的優良傳統，某些片斷寫得鮮活逼真，讀來給人以栩栩如生的深刻印象，如寫董卓無視君臣之禮的跋扈專橫：

> 河南中部掾閔貢，扶帝及陳留王上至雒舍止。帝獨乘一馬，陳留王與貢共乘一馬，從雒舍南行。公卿百官奉迎於北芒阪下，故太尉崔烈在前導。卓將步騎數千來迎，烈呵使避。卓罵烈曰：「晝夜三百里來，何云避，我不能斷卿頭邪？」前見帝曰：「陛下令常侍小黃門作亂乃爾，以取禍敗，為負不小邪？」又趨陳留王曰：「我董卓也，從我抱來。」乃於貢抱中取王。（《三國志‧魏志‧董卓傳》注引）

〔註3〕

〔註3〕〔晉〕陳壽撰，〔宋〕裴松之注：《三國志》，北京：中華書局，1959年版，第173頁。

寫呂布爲曹操所擒，乞求劉備求情援救，被劉備拒絕：

　　　　曹操擒呂布，布顧劉備曰：「玄德，卿爲上坐客，我爲降虜，繩縛我急，獨不可一言邪？」操曰：「縛虎不得不急。」曹公欲緩之，備曰：「不可！公不見布事丁建陽、董太師乎？」操憾之。布目備曰：「大耳兒最叵信！」（《藝文類聚》卷十七引）

寫劉翊捨身濟人的至仁至義：

　　　　劉翊字子相，潁川人。遷陳留太守，出關數百里，見士大夫病亡道次，翊以馬易棺，脫衣殮之。又逢知故困餓於路，不忍委去，因殺所駕牛以救之。眾人止之，翊曰：「視沒不救，非志士。」遂俱餓死。（《太平御覽》卷四百一十九引）〔註4〕

寫李昊、張安二人臨刑還不忘幽默，亦令人難忘：「董卓攻得李昊、張安畢圭苑中，生烹之，二人臨入鼎，相謂曰：『不同日生，乃同日烹。』」《世說新語》記潘岳、石崇臨刑言「白首同所歸」庶幾近之。又如記述呂布設宴調解袁術與劉備之間一觸即發的戰爭：

　　　　袁術遣將紀靈率步騎三萬攻劉備。呂布遣人招備，並請靈等饗，謂靈曰：「布性不喜合鬥，但善解鬥耳。」乃令植戟於營門，彎弓曰：「諸君觀布射戟小支，中者，當解兵；不中，留決鬥。」布一發中戟支，遂罷兵。（《太平御覽》卷七百四十六引）〔註5〕

呂布以藝解鬥之智慧，以及對射術的自信，得以眞切展示。又如記呂布遣陳登向曹操求爲徐州牧而未得，陳登歸來向呂布轉述他與曹操的談話：

　　　　呂布使陳登詣曹操，求徐州牧，不得。登還，布怒，拔戟斫机曰：「不惟吾所求無獲，但爲卿父子所賣耳！」登不爲動容，徐對曰：「登見曹公，言『養將軍譬如養虎，當飽其肉，不飽則將噬人。』公曰：『不如卿言。譬如養鷹，飢則爲用，飽則颺去。』其言如此。」布意乃解。（《太平御覽》卷三百五十二引）〔註6〕

陳登把呂布比作虎，當餵飽，否則吃人，意在提醒曹操：呂布英勇善戰，當滿足他欲爲徐州牧的請求，否則與之處於交戰狀態，就要付出代價。曹操把呂布比作鷹，饑則爲主人所用，飽則高翔而去，意在暗示呂布現在地盤小，

〔註4〕〔宋〕李昉等撰：《太平御覽》，北京：中華書局，1960年版，第1933頁。

〔註5〕〔宋〕李昉等撰：《太平御覽》，北京：中華書局，1960年版，第3311頁。

〔註6〕〔宋〕李昉等撰：《太平御覽》，北京：中華書局，1960年版，第1621頁。

實力弱，尚能爲我所用，而一但其當上徐州牧，地盤擴張，勢力增強，必將自立門戶，不爲我用。兩個比喻立意不同，但皆生動傳神。

有的片斷不僅刻畫了有關人物的鮮明性格，而且對交戰情形有細緻眞切的敘述，如寫袁紹幕僚審配在袁曹交戰中的表現：

> 袁尚使審配守鄴。曹操進軍攻鄴，審配將馮禮爲內應，開突門內操兵三百餘人。配覺之，從城上以大石擊門，門閉，入者皆死。操乃鑿塹，圍迴四十里。初令淺示，若可越。配望見，笑而不出。操令一夜濬之，廣深二丈，決漳水灌之。自五月至八月，城中餓死者過半。尚聞鄴急，將兵萬餘人還救，操逆擊，破之……尚奔中山，人盡收其輜重，得尚印綬、節鉞及衣物，以示城中，城中奔沮。審配命士卒曰：「堅守死戰，操軍疲矣，幽州方至，何憂無主！」以其兄子榮爲東門校尉。榮夜開門內操兵，配猶拒戰。城陷，生獲配。操意活之，配意氣壯烈，終無撓辭，見者莫不歎息，遂斬之。（《太平御覽》卷三百一十七引。按同書卷四百三十八引略異，記有審配被俘後與曹操對話等細節錄以參照：「審配守鄴，曹操攻之。操出行圍，配伏弩射之，幾中。及城陷，生獲配，操謂曰：『吾近行圍，弩何多也？』配曰：『猶恨其少！』操曰：『即忠於袁氏，不得不爾。』志欲活之……」）〔註7〕

審配堅守鄴城的盡心盡力，緊張激烈的戰況以及城陷被俘後的寧死不屈，寫得頗爲生動傳神，堪與《三國志》中的佳篇媲美。又如寫公孫瓚與袁紹的軍事對峙與衝突：

> 公孫瓚每聞邊警，輒屬色作氣如赴仇。嘗乘白馬，又白馬數十匹，選騎射之士，號爲「白馬義從」，以爲左右翼。胡甚畏之，相告曰：「當避白馬長史。」……公孫瓚擊青州黃巾賊，大破之。還屯廣宗，改易守令，冀州長史無不望風響應，開門受之。紹自往征瓚，合戰于界橋南二十里。瓚步兵三萬餘人爲方陣，騎爲兩翼，左右各五千餘匹，白馬義從爲中堅，亦分作兩校，左射右，右射左，旌旗鎧甲，光照天地。紹令麴義以八百兵爲先登，彊弩千張夾承之。紹自以步兵數萬結陳于後。義久在涼州，曉習羌鬥，兵皆驍銳。瓚見其兵少，便放騎欲陵蹈之。義兵皆伏楯下不動，未至數十步，乃同

〔註7〕〔宋〕李昉等撰：《太平御覽》，北京：中華書局，1960年版，第1462頁。

時俱起，揚塵大叫，直前衝突，彊弩雷發，所中必倒，臨陳斬瓚所署冀州刺史嚴綱甲首千餘級。瓚軍敗績，步騎奔走，不復還營。義追至界橋，瓚殿兵還戰橋上，義復破之，遂到瓚營。拔其牙門，營中餘眾皆復散走。紹在後，未到橋十數里，下馬發鞍，見瓚已敗，不爲設備，惟帳下彊弩數十張，大戟士百餘人自隨，瓚部迸騎二千餘匹卒至，便圍紹數重，弓矢雨下。別駕從事田豐扶紹欲卻入空垣，紹以兜鍪撲地曰：「大丈夫當前鬥死，而入牆間，豈可得活乎？」彊弩乃亂發，多所殺傷。瓚騎不知是紹，亦稍引卻，會麴義來迎，乃散去。（《三國志・袁紹傳》注引）〔註8〕

漢末兩大軍閥在特定時刻表現出來的超人的意志、膽量、活力，以及激烈的戰鬥場面躍然紙上，鮮活生動，堪補《三國志》之缺略。

第二節　僧道傳、逸民傳、孝子傳

六朝道教、佛教興盛，故出現不少有關的人物傳記，山東籍作家所撰有《清虛眞人王君內傳》（魏華存）、《許先生傳》（王羲之）、《東山僧傳》（郗超）、《法師傳》（王巾）、《續名僧記》（明克讓）；郗、明之作已佚。王羲之撰許先生傳，見《唐書・經籍志》和《新唐書・藝文志》著錄〔註9〕。許先生，即王羲之同時期的著名道教人物許邁。《晉書・王羲之傳附許邁傳》：「許邁字叔玄，一名映，丹楊句容人……初採藥於桐廬縣之桓山……永和二年，移入臨安西山，登岩茹芝，眇爾自得，有終焉之志。乃改名玄，字遠遊。玄遺羲之書云：『自山陰南到臨安，多有金堂玉室，僊人芝草，左元放之徒，漢末諸得道者皆在焉。』羲之自爲之傳，述靈異之跡甚多，不可詳記。」

今存佚文數則，如：

邁好養生，遣妾歸家，東遊採藥於桐廬山，欲斷穀，以山近人，不得專一，移入臨安，自以無復反期，乃改名遠遊，書與婦別。（《太

〔註8〕〔晉〕陳壽撰，〔宋〕裴松之注：《三國志》，北京：中華書局，1959年版，第193頁。

〔註9〕朱東潤先生云：「《隋書・經籍志》有《僊人許遠遊傳》一卷，不著撰者，兩《唐志》皆作王羲之《許先生傳》。案《晉書・王羲之傳》，言羲之與許邁遊，自爲之傳，述靈異之跡甚多。不可詳記。則羲之曾有此傳無疑。《御覽》諸覽引《許邁別傳》，疑即是書。」（朱東潤：《八代傳敘文學述論》，上海：復旦大學出版社，2006年版，第136頁）朱先生所言近是，茲從。

平御覽》卷四百八十九卷引）〔註10〕

> 邁少名暎，高平閻慶等皆就暎受學，暎曰：「閻君可服氣以斷
> 穀，彭君宜餌藥以益氣。」慶等將去，暎爲燒香，有五色煙出，暎
> 亦自去，莫知所在。（《太平御覽》卷八百七十一卷引，又見《初學
> 記》卷二十五，文字稍略。）〔註11〕

> 邁小名映。有鼠齧映衣，乃作符占鼠，莫不畢至於中庭。映曰：
> 「齧衣者留，不齧衣者去。」群鼠並去，唯一鼠獨住，伏於中庭而
> 不敢動。（《太平御覽》卷九百一十一卷）〔註12〕

篇幅短小，情節簡單，但趣味性還是較濃的，風格類似某些志怪筆記。

《隋書・經籍志》史部雜傳類著錄有魏華存《清虛眞人王君內傳》〔註
13〕，係一篇較長的道教人物傳記。六朝道教興盛，道教人物傳記亦呈水漲
船高之勢，其代表性作品，專書如葛洪《神仙傳》，單篇如華存此文及王羲
之的《許邁別傳》。爲弘道明教，道教（包括佛教）人物傳記往往虛飾情節，
以建構神奇境界，追求聳人聽聞的效果。華存此作亦不例外，譬如開篇一
段關於王褒身世的記述，看上去採用的是坐實的筆法，實際上卻經不起推
敲，頗多謬誤。傳記的主要部分記述王褒學道修煉成仙的經歷，則更充溢
虛誕不經的內容，且善於吸收借鑒辭賦華麗的語言風格和鋪張揚厲的描摹
手法，如：

> 君體六和之妙炁，挺自然之嘉質，含嶽秀以植韻，秉靈符而標
> 貴，暉灼煥於三晨，峻逸超於玄風……峨峨焉若望慶雲之沓軫，浩
> 浩焉似泛滄溟之無極。神棲萬物之嶺，氣邁霄漢之津。鴻漸鄧林，
> 展翮東園。將藏鳳以翳於南風，匿龍華以沈於幽源……一日夜半，
> 忽聞林澤中有人馬之聲，簫鼓之音，須臾之間，漸近此山，仰而望
> 之，見千騎萬乘，浮虛空而至。神人乘三素雲輦，手把虎符，朱鉞
> 啓途，握節執旄，曲晨傾陰，錦林蔽虛……於是龍騰雲崖，飛鳳鳴
> 嘯，山阜洪鯨，湧波淩濤，雲起太虛，風生廣遼，靈歌九眞，雅吟

〔註10〕〔宋〕李昉等撰：《太平御覽》，北京：中華書局，1960年版，第2238頁。
〔註11〕〔宋〕李昉等撰：《太平御覽》，北京：中華書局，1960年版，第3859頁。
〔註12〕〔宋〕李昉等撰：《太平御覽》，北京：中華書局，1960年版，第4038頁。
〔註13〕魏華存（252～334），晉代著名道教人物，字賢安，任城（今山東濟寧）人。
司徒魏舒之女。後被尊奉爲道教上清派第一代宗師，稱「紫虛元君上眞司命
南嶽夫人」。其《清虛眞人王君內傳》載《雲笈七籤》第106卷。

空無，玉華作唱，西妃折腰。爾乃眾仙揮袂，萬神邅延，羽童拊節，
慶雲纏綿……（《云笈七簽》卷 10 紀傳部·傳四）

行文講究辭藻華美，整齊用韻，富於想像，大肆鋪飾，氣勢宏偉，宛若辭賦。在魏晉山東作家之雜傳中，華存此文與管辰《管輅別傳》的行文風格比較接近，堪稱辭賦化追趨頗爲濃重的代表性作品。而作爲道教上清派的第一代宗師，華存此文直接影響到道教經書《眞誥》的文風。日本學者吉川忠夫、麥谷邦夫《眞誥校注》中文本之譯者朱越利先生說：「《眞誥》繪聲繪色地描述了眞人雲輪綠軿、錦帔玉佩，月夜下凡，與人相會，恍惚迷離，來去無蹤的場面，極盡想像、鋪張之能事……『眞誥』主要來自魏夫人……魏夫人命令兒子劉璞傳法於弟子楊羲……楊羲將魏夫人的口授繼承了下來。楊羲成年時，魏夫人已經去世。所謂繼承口授，可能是劉璞轉述魏夫人的口授，楊羲記錄；也可能是劉璞或其他弟子記錄了魏夫人的口授，楊羲抄錄他們的記錄。楊羲詭稱魏夫人親自降授給他。楊羲將記錄或抄錄的『眞誥』傳授給許謐、許翽，二人又重新抄錄。這三人合稱『一楊二許』，他們記錄、抄錄的『眞誥』，人稱『三君手書』。『三君手書』既是宗教經典，又是書法佳品，在江浙一代流傳了 150 餘年，爲信徒所珍重。中經傳授、轉移、散亂、收集、整理，難免混入其他上清派道士的少量僞作。最後由陶弘景（456～536 年）整理爲《眞誥》一書，故志書多著錄爲陶弘景撰。今本《眞誥》第 1 卷至 18 卷正文爲楊羲、許謐、許翽手書，陶弘景注。第 19 卷至第 20 卷爲陶弘景述。」〔註14〕指出了《眞誥》的文章風貌、成書過程及其與魏華存的緊密關係。

《孝子傳》系列，有東莞姑幕（今山東安丘）徐廣《孝子傳》〔註15〕，琅邪臨沂（今山東臨沂）王韶《孝子傳》〔註16〕，高平（今山東金鄉）虞槃祐《孝子傳》〔註17〕。

〔註14〕《眞誥校注》之「譯者前言」，中國社會科學出版社 2006 年版。

〔註15〕徐廣（351～425），字野民。字世好學，至廣尤精，百家數術，無不研覽。仕宋，曾任散騎常侍、秘書監、中散大夫等職。撰有《晉紀》、《史記音義》等。

〔註16〕王韶之（380～435），字休泰。好史籍，博涉名聞。曾任東晉著作佐郎、中書侍郎、黃門侍郎。仕宋，曾任侍中、吳興太守，勤於職守，有政績。

〔註17〕劉昭，字宣卿，晉太尉劉寔九世孫。自幼聰穎，七歲通《老》《莊》義，及長，勤學善屬文，爲外兄江淹所稱譽。仕梁，曾任無錫令，豫章王、臨川王記室，郯令。集諸家《後漢書》同異，以注范曄《後漢書》世稱博悉。范書無志，以司馬彪《續漢書》之《志》八篇續之，並爲作注。爲研究後漢制度重要資料。另撰有《幼童傳》十卷、文集十卷，已佚。

　　徐廣《孝子傳》記吳猛：「吳猛年七歲，時夏日，伏母床下，恐蚊蚤及父母。」

　　王韶之《孝子傳》記周青：

　　　　周青，東郡人，母患積年，青扶持左右，身體羸瘦，村里乃斂錢，營助湯藥。母瘞，許嫁同郡周少君，少君疾病未獲成禮，乃求青母，見青，屬託其父母，青許之。俄而命終，青供養爲務。十餘年中公姑感之，勸令更嫁，青誓以匪石。後公姑並自殺，女姑告青害殺，縣收考，棰遂以誣款，七月刑青於市。青謂監殺者曰：「乞樹長竿，繫白幡，青若殺公姑，血入泉；不殺者，血上天。」既斬，血乃緣幡竿上天。〔註18〕

我國傳統儒家倫理提倡孝道，罷黜百家、表彰六經的漢代如此，儒學不復獨尊、思想多元化的魏晉南北朝也是如此。魏武帝曹操以「不孝」爲藉口殺害孔融；晉司馬氏更大力提倡孝道，也往往以「不孝」的罪名屠戮士人。研治儒家《孝經》的著作迭出，與之相呼應，大量《孝子傳》產生。王韶之《孝子傳》、徐廣《孝子傳》便是此種創作背景下的代表著作。此類著作在當時產生了不小的影響，不僅在下層民眾中有讀者，且引起帝王的關注、感動。譬如梁武帝蕭衍《孝思賦序》云：「每讀《孝子傳》，未嘗不終軸，輒書悲恨，拊心嗚咽。」蕭衍第七子蕭繹（梁元帝）合眾家《孝子傳》，編爲大部頭的《孝德傳》（30卷）。

　　六朝時期人們特別關注天分卓異的少年，劉義慶主編之《世說新語》頗多記載這類少年的事蹟。之後，平原高唐（今山東章丘北）劉昭則專門撰《幼童傳》十卷〔註19〕，成爲此類著述的集大成之作。今存佚文片斷見於唐宋類書《初學記》、《太平御覽》及《後漢書》注徵引。例如：

　　　　楊氏子者，梁國人也，九歲甚聰慧。孔君平詣其父，父不在，乃呼兒出，爲設果，果有楊梅，指以示兒：「此君家果。」兒即答曰：「未聞孔雀是夫子家禽。」（《初學記》卷十七引。按：此段記載亦

〔註18〕〔宋〕李昉等撰：《太平御覽》，北京：中華書局，1960年版，第1915頁。
〔註19〕劉昭，字宣卿，晉太尉劉寔九世孫。自幼聰穎，七歲通《老》《莊》義，及長，勤學善屬文，爲外兄江淹所稱譽。仕梁，曾任無錫令、豫章王、臨川王記室，郯令。集諸家《後漢書》同異，以注范曄《後漢書》世稱博悉。范書無志，以司馬彪《續漢書》之《志》八篇續之，並爲作注。爲研究後漢制度重要資料。另撰有《幼童傳》十卷、文集十卷，已佚。

見《世說新語·言語》，文字略異。）

　　　（蔡）邕夜鼓琴，弦絕，琰曰：「第二弦」。邕曰：「偶得之耳。」
故斷一弦而問之，琰曰：「第四絃」。並不差謬。（《後漢書·列女·
董祀妻傳》注引）

　　　魏太祖幼而智勇，年十歲，嘗浴於譙水，有蛟來逼，自水奮，
蛟乃潛退，於是畢浴而還，弗之言也。後有人見大蛇奔逐，太祖笑
之曰：「吾爲蛟所擊而未懼，斯畏蛇而恐邪！」眾問乃知，咸驚異焉。
　　　（《太平御覽》卷四三六引）〔註20〕

一寫楊氏之子九歲便聰慧善辯，幽默風趣；一寫蔡琰年少便具備非凡的辨
別樂律的素質，其水平不讓作爲資深音樂家的父親蔡邕；一寫曹操幼年智
勇超群，極其自信。簡略勾勒，類似筆記，能較好地把握少年傳主的性格
特徵。

　　六朝道家思想廣被士林，隱逸之風盛行，人們往往視隱逸爲高，大量《高
士傳》應運而生，成爲雜傳的一大題材類型〔註21〕，且對當時文壇產生重要
影響〔註22〕。其中屬於山東作家所撰的有兩種，一爲東晉時高平（今山東金
鄉）虞般佑《高士傳》二卷，一是南朝梁平原（今山東平原南）劉杳（487～
536）《高士傳》二卷。惜二書未流傳下來，今存僅虞作佚文數則，記述皇甫
謐、朱沖、劉兆、伍朝、郭文舉等隱逸人物的事蹟，見《太平御覽》卷五一○
引。茲錄二則，以窺一斑：

　　　皇甫士安，少執沖素，以耕稼爲業，專心好學，每改服以行，
兼日而食。得風痹，或多勸修名，士安答曰：「居畎畝之中，亦可以
樂堯舜之道，何必崇勢利而後名乎？」詔以爲太子中庶子、著作郎，
並不應也。

〔註20〕〔宋〕李昉等撰：《太平御覽》，北京：中華書局，1960 年版，第 2010 頁。

〔註21〕據卞東坡考察，六朝撰作《高士傳》之類作品的有嵇康、皇甫謐、葛洪、孫
　　　綽、孫盛、張顯、習鑿齒、虞槃佐、虞孝叔、袁淑、宗測、劉杳、阮孝緒、
　　　沈約、周弘讓、鍾離儒、竺法濟等，見南京大學古典文獻研究所編，鳳凰出
　　　版社出版之《古典文獻研究》第七輯。

〔註22〕如陸雲《與兄平原書》說：「前省皇甫士安《高士傳》，復作《逸民賦》。」《宋
　　　書·袁粲傳》：「嘗著《妙德先生傳》，以續嵇康《高士傳》。」《世說新語·品
　　　藻》：「王子猷、子敬兄弟共賞《高士傳》人及《贊》。子敬賞『井丹高潔』，
　　　子猷云：『未若長卿慢世。』」《眞誥》卷十七楊義稱：「嵇公撰《高士傳》，如
　　　爲清約。輒寫嵇所撰季主事狀贊，如別謹呈。」

郭文舉，河內軹縣人。年十三，有懷隱志，每行山林，旬日忘歸。父母喪，終辭家，不娶，入陸渾嵩山少室，乃隱華陰之崖，以觀石室之石函。洛下將沒，步擔入吳興餘杭大辟山窮谷無人之地，倚木於樹，苫覆其上，亦無壁障。時多虎暴，而文獨宿積十餘年，恒著鹿皮裘葛巾。司徒王公迎置果園中，眾人問文曰：「飢而思食，壯而思室，自然之性，先生安獨無情乎？」文曰：「情由意生，意息則無情。」又問：「先生獨處窮山，若疾病遭命，終則為烏鳥所食，顧不酷乎？」文曰：「藏埋者亦為螻蟻所食，復何異哉？」又曰：「狼虎害人，先生獨不畏乎？」文曰：「人無害獸之心，獸亦不害人耳。」居園七年，逃歸餘杭。〔註23〕

記述均言事兼顧，第一則較粗略，但所表現的人物性格還算鮮明；第二則較詳細，而所表現的人物性格非常鮮明，能給讀者留下深刻的印象，後為唐修《晉書‧隱逸傳》全部採納。

第三節　家傳、鄉賢傳、自傳

六朝文人為本家族人物或本家鄉人物作傳也漸成風氣，一批家族人物傳或家鄉人物傳應運而生，而開風氣之先的是山東平原人管辰為其兄管輅所撰的《管輅別傳》（又名《管輅傳》）〔註24〕。

管輅精於筮術，事蹟與華佗等俱載於《三國志‧魏書‧方技傳》中，陳壽在傳末評曰：「華佗之醫診，杜夔之聲樂，朱建平之相術，周宣之相夢，管輅之術筮，誠皆玄妙之殊巧，非常之絕技矣，昔司遷著扁鵲、倉公、日者之傳，所以廣異聞而表奇事也，故存錄云爾。」把管輅視為一個身懷絕技的方術之士，故依司馬遷之例，記述這類人物的異聞奇事。今人高懷民所採立場與陳壽不同，他從易學史的角度指出：「他（指管輅）的不屑於文字注易，實為時代對象數易注經派所產生的反動；他的以數術合易，實為自兩漢以來數術家的最高成就，而對易學來說，毋寧說是一個新的開拓；尤其是對後世而言，遙接後世宋邵雍一派的易學。是一位不可多得的奇才，應是易學史上關

〔註23〕〔宋〕李昉等撰：《太平御覽》，北京：中華書局，1960年版，第2323頁。
〔註24〕近代學者劉咸炘《文學述林》指出：「管輅弟辰作輅《別傳》，則家傳之權輿也。」王水照主編：《歷代文話》第十冊，上海：復旦大學出版社，2007年版，第9775頁。

鍵人物之一。」〔註25〕

　　管輅之弟管辰的《管輅別傳》，因被南朝裴松之《三國志注》所引用，故保存至今。此傳近一萬字，所記述內容之豐富，遠超陳壽《三國志・魏書・方技傳》，是今見三國單篇雜傳中篇幅最長的作品。

　　裴松之注引《管輅別傳》之材料近二十條，各條內容在銜接上不免有些跳躍，但基本脈絡連貫。傳文通過諸多具體而典型的事例，描述了管輅其人稟受天才，明陰陽之道，察吉凶之情，得源涉流，出神入化，善於談辯的卓越才能，文筆生動，引人入勝。如寫其年少至成人時的不凡表現：

　　　　輅年八九歲，便喜仰視星辰，得人輒問其名，夜不肯寐。父母
　　常禁之，猶不可止。自言「我年雖小，然眼中喜視天文。」常云：「家
　　雞野鵠，猶尚知時，況於人乎？」與鄰比兒共戲土壤中，輒畫地作
　　天文及日月星辰。每答言說事，語皆不常，宿學者人不能折之，皆
　　知其當有大異之才。及成人，果明《周易》。仰觀、風角、占、相之
　　道，無不精微。體性寬大，多所含受；憎己不讎，愛己不褒，每欲
　　以德報怨。常謂：「忠孝信義，人之根本，不可不厚；廉介細直，士
　　之浮飾，不足爲務也。」自言：「知我者稀，則我貴矣，安能斷江漢
　　之流，爲激石之清。樂與季主論道，不欲與漁父同舟，此吾志也。」
　　其事父母孝，篤兄弟，順愛士友，皆仁和發中，終無所闕。臧否之
　　士，晚亦服焉。〔註26〕

傳主有關的事蹟、言論兼而述之，輔之以作者的論斷，管輅的興趣所在、基本爲人態度得以揭示。又如寫管輅十五歲時在琅邪太守單子春府上的談辯，作者較細緻逼眞地再現了此次論辯場面，管輅年少嗜酒而多才善辯的形象得以栩栩如生的展示。其中述及琅邪太守單子春稱讚管輅言論之雄辯性及感染力，以漢大賦之傑出作家司馬相如的遊獵之賦（即《子虛上林賦》）爲比擬，事關曹魏時期人們對漢大賦的推重態度，可謂漢大賦接受史上的一條相當重要的材料：

　　　　琅邪太守單子春雅有材度，聞輅一鬢之儁，欲得見，輅父即遣
　　輅造之。大會賓客百餘人，坐上有能言之士，輅問子春：「府君名士，

―――――――――――――

〔註25〕 高懷民：《兩漢易學史》，桂林：廣西師範大學出版社，2007年版，第190頁。
〔註26〕 〔晉〕陳壽撰，〔宋〕裴松之注：《三國志》，北京：中華書局，1959年版，第
　　　　811～812頁。

加有雄貴之姿，輅既年少，膽未堅剛，若欲相觀，懼失精神，請先飲三升清酒，然後言之。」子春大悦，便酌三升清酒，獨使飲之。酒盡之後，問子春：「今欲與輅爲對者，若府君四坐之士邪？」子春曰：「吾欲自與卿旗鼓相當。」輅言：「始讀《詩》、《論》、《易》本，學問微淺，未能上引聖人之道，陳秦漢之事，但欲論金木水火土鬼神之情耳。」子春言：「此最難者，而卿以爲易邪？」於是唱大論之端，遂經於陰陽，文采葩流，枝葉橫生，少引聖籍，多發天然。子春及眾士互共攻劫，論難鋒起，而輅人人答對，言皆有餘。至日向暮，酒食不行。子春語眾人曰：「此年少，盛有才器，聽其言論，正似司馬犬子游獵之賦，何其磊落雄壯，英神以茂，必能明天文地理變化之數，不徒有言也。」於是發聲徐州，號之神童。〔註27〕

《管輅別傳》的某些片斷，長於鋪張渲染，在一定程度上借鑒了大賦的寫作手法，如寫管輅與諸葛原（魏館陶令，遷新興太守）等人的談辯，運用軍事術語描摹論辯的場面、氣氛，使人感受其緊張、激烈，如聞如睹，傳主之高超的清談技巧，又一次得以生動形象的展示，從而給讀者留下更加鮮明的印象：

諸葛原字景春，亦學士。好卜筮，數與輅共射覆，不能窮之。景春與輅有榮辱之分，因輅餞之，大有高譚之客。諸人多聞其善卜、仰視，不知其有大異之才，於是先與輅共論聖人著作之原，又敍五帝、三王受命之符。輅解景春微旨，遂開張戰地，示以不固，藏匿孤虛，以待來攻。景春奔北，軍師摧衄，自言吾覩卿旌旗，城池已壞也。其欲戰之士，於此鳴鼓角，舉雲梯，弓弩大起，牙旗雨集。然後登城曜威，開門受敵，上論五帝，如江如漢，下論三王，如翮如翰；其英者若春華之俱發，其攻者若秋風之落葉。聽者眩惑，不達其意，言者收聲，莫不心服，雖白起之坑趙卒，項羽之塞濰水，無以尚之。于時客皆欲面縛銜璧，求束手於軍鼓之下。輅猶總干山立，未便許之。〔註28〕

傳文所敍管輅深明陰陽之道，天分過人，亦文筆生動，情節神奇，如寫其與清河倪太守談論雨期一節：

〔註27〕〔晉〕陳壽撰，〔宋〕裴松之注：《三國志》，北京：中華書局，1959年版，第812頁。

〔註28〕〔晉〕陳壽撰，〔宋〕裴松之注：《三國志》，北京：中華書局，1959年版，第817頁。

　　　　輅與倪清河相見，既刻雨期，倪猶未信。輅曰：「夫造化之所
以爲神，不疾而速，不行而至。十六日壬子，直滿，畢星中已有水
氣，水氣之發，動於卯辰，此必至之應也。又天昨檄召五星，宣布
星符，刺下東井，告命南箕，使召雷公、電母、風伯、雨師，群嶽
吐陰，眾川激精，雲漢垂澤，蛟龍含靈，燁燁朱電，吐咀杳冥，殷
殷雷聲，噓吸雨靈，習習谷風，六合皆同，欬唾之間，品物流形。
天有常期，道有自然，不足爲難也。」倪曰：「譚高信寡，相爲憂之。」
於是便留輅，往請府丞及清河令。若夜雨者當爲啖二百斤犢肉，若
不雨當住十日。輅曰：「言念費損！」至向日暮，了無雲氣，眾人並
嗤輅。輅言：「樹上已有少女微風，樹間又有陰鳥和鳴。又少男風起，
眾鳥和翔，其應至矣。」須臾，果有艮風鳴鳥。日未入，東南有山
雲樓起。黃昏之後，雷聲動天。到鼓一中，星月皆沒，風雲並興，
玄氣四合，大雨河傾。倪調輅言：「誤中耳，不爲神也。」輅曰：「誤
中與天期，不亦工乎！」〔註29〕

其中所記人物語言，或整齊用韻，音調諧美，或富於風趣，耐人尋味；作者
的敘述語言，則頗爲簡潔自然，雋永有致。

　　總體而言，管辰此傳記述管輅與人的論難時，往往浸染了賦體文的表現
手法，劉季高評此傳特色云：

　　　　談「風」一段，幾於全部用韻。其刻畫風處，變無形爲有形，
氣派壯闊，有動地驚天之概。以視宋玉風賦，令人有少許勝多許之
感！⋯⋯管公明與劉長仁及徐季龍的兩場論難，可以使人看出管氏
學術性談辭的特徵：引經據典，一也；鋪陳重疊，二也；語言駢偶，
三也；句多用韻，四也。〔註30〕

魏晉人承漢人之習，仍很重視辭賦創作，辭賦作品鋪陳渲染、詞采華美、講
究用韻的特點影響到其他文體，就雜傳而言，管辰的《管輅別傳》應該說是
較早、較多浸染辭賦作風的一個典型例子。由此傳中琅邪太守單子春以漢賦
之英傑司馬相如的作品比況管輅的談論，可知當時人已意識到賦體對論難的
滲透，論難需要出言成章而朗朗適口、辭藻繽紛而滔滔不絕的素質，這正與

〔註29〕〔晉〕陳壽撰，〔宋〕裴松之注：《三國志》，北京：中華書局，1959年版，第
　　　　826頁。
〔註30〕劉季高：《東漢三國時期的談論》，上海：上海古籍出版社，1999年版，第126
　　　　～127頁。

辭賦的特色相契合，《管輅別傳》記述的主要內容是關於傳主的論難場面，故自然而然地成爲雜傳浸染賦風的先行之作。此後，雜傳作品屢見浸染賦風的，如阮籍《大人先生傳》、佚名《漢武內傳》、葛洪《神仙傳》。此類雜傳作品之所以浸染賦風較顯，也有其內容上的原因，類似於管辰極言其兄的「殊巧絕技」，阮籍極言大人先生的超越境界，抨擊世俗的卑劣淺陋，《漢武內傳》中極言漢武帝所羨慕的神仙世界及葛洪極言神仙世界，都需借助鋪采摛文的賦法。總之，管辰《管輅別傳》是雜傳賦化進程中開風氣之先的作品。

西晉時期山東士人的家傳有平原高唐（今山東禹城西南）華嶠〔註31〕所撰的《譜敘》，這是一種華氏家族人物的傳記。此書已佚，《三國志·魏書·華歆傳》裴松之注引保留下來五則，前四則記華歆，後一則記華歆子華表。茲錄關於華歆的二則，以窺一斑：

> 歆少以高行顯名。避西京之亂，與同志鄭泰等六七人，間步出武關。道遇一丈夫獨行，願得俱，皆哀欲許之。歆獨曰：「不可。今已在危險之中，禍福患害，義猶一也。無故受人，不知其義。既以受之，若有進退，可中棄乎！」眾不忍，卒與俱行。此丈夫中道墮井，皆欲棄之。歆曰：「已與俱矣，棄之不義。」相率共還出之，而後別去。眾乃大義之。〔註32〕

> 孫策略有揚州，盛兵徇豫章，一郡大恐。官屬請出郊迎，教曰：「無然。」策稍進，復白發兵，又不聽。及策至，一府皆造閣，請出避之。乃笑曰：「今將自來，何遽避之？」有頃，門下白曰：「孫將軍至。」請見，乃前與歆共坐，談議良久，夜乃別去。義士聞之，皆長歎息而心自服也。策遂親執子弟之禮，禮爲上賓。是時四方賢士大夫避地江南者甚眾，皆出其下，人人望風。每策大會，坐上莫敢先發言，歆時起更衣，則論議譁譁。歆能劇飲，至石餘不亂，眾人微察，常以其整衣冠爲異，江南號之曰「華獨坐」。〔註33〕

〔註31〕 華嶠（？～293），字叔駿，華歆之孫，華表之子。仕晉曾任尚書、秘書監等職。撰《漢後書》九十七卷，起於光武，終於獻帝，其中《十典》未就，由其子華徹、華暢續成。

〔註32〕 〔晉〕陳壽撰，〔宋〕裴松之注：《三國志》，北京：中華書局，1959年版，第402頁。

〔註33〕 〔晉〕陳壽撰，〔宋〕裴松之注：《三國志》，北京：中華書局，1959年版，第402頁。

前者以亂離中一事例，表現華歆始終以義的品格。後者則記其臨危不懼、處變不驚以及善談議、能劇飲的名士風度。作者長於通於對比烘託來刻畫人物，此二則主要是以華歆與眾人的對比，凸顯其個性。

此類家傳性質的作品，內容多記本家族中傑出人物的優點，主觀性比較強。山東士人所撰此類作品還有崔鴻《崔氏五門家傳》、王褒《王氏江左世家傳》、明粲《明氏世錄》、佚名《王朗王肅家傳》、佚名《孔氏家傳》、佚名《顏延之家傳》等，均佚。

《崔氏五門家傳》，《隋書·經籍志》著錄爲二卷，《新唐書·藝文志》著錄爲《崔氏世傳》七卷。《北堂書鈔》、《太平御覽》徵引此書，皆名爲《崔氏家傳》。實則同書異名也。關於崔氏五門所指，清人姚振宗《隋書經籍志考證》卷二十說：「按〈唐世系〉云：『崔氏定著十房：一曰鄭州，二曰鄢陵，三曰南祖，四曰清河大房，五曰清河小房，六曰清河青州房，七曰博陵安平房，八曰博陵大房，九曰博陵第二房，十曰博陵第三房。』總其實，則止於鄭州、鄢陵、南祖、清河、博陵五房也。魏崔光、崔鴻、清河人；漢崔瑗、崔寔，博陵人。所謂五門者，即《唐表》所載是也。」

此作今存佚文五條，見《北堂書鈔》、《太平御覽》徵引。四條寫崔瑗，一條寫崔寔。如「崔瑗爲汲令，乃爲開溝，造稻田，薄鹵之地，更爲沃壤，民賴其利。長老歌之曰：天降神明君，錫我慈仁父。臨民布德澤，恩惠施以序。穿溝廣漑灌，決渠作甘雨。」〔註34〕「崔寔除五原太守，郡處邊陲，不知耕桑之業，民多飢寒之患。於是乃勸人農種，教其織紝，以賑貧窮，民用獲濟，號曰神惠焉。」〔註35〕皆突出刻畫傳主施德政於民的循吏形象。

六朝山東作家的本籍人物傳有魏山陽仲長統《山陽先賢傳》，見兩唐《志》著錄，已佚；魏東萊王基〔註36〕《東萊耆舊傳》，見《隋志》著錄，已佚；晉佚名《濟北先賢傳》一卷，見《隋志》著錄，已佚；佚名《兗州先賢傳》一卷，見《隋志》著錄，已佚；齊清河崔慰祖《海岱志》二十卷，見《隋志》

〔註34〕　〔宋〕李昉等：《太平御覽》，卷 268《職官部六六》，北京：中華書局，1960版，第 1255 頁。

〔註35〕　〔宋〕李昉等：《太平御覽》，卷 262《職官部六十》，北京：中華書局，1960版，第 1228 頁。

〔註36〕　王基（？～261），生活於漢魏之際，東萊（治所在今山東龍口東）人，字伯輿，曾從鄭玄學，著名於世。入魏，先後爲中書侍郎、安平太守、荊州刺史、鎮南將軍、征東將軍、封常樂亭侯、安樂鄉侯、東武侯，卒後追贈司空，諡曰景侯。

著錄，已佚；晉魯郡白褒《魯國先賢傳》二卷，見《隋志》著錄，已佚。又有佚名《青州先賢傳》，見章宗源《隋書經籍志考證》著錄。

《魯國先賢傳》佚文，隋唐宋類書《北堂書鈔》、《藝文類聚》、《初學記》、《太平御覽》等引用十則，論述魯地人物申培、黃伯仁、鮑吉、孔翊、東門奐、叔孫通等的事蹟，如寫鮑吉及其家族云：

> 汶陽鮑氏，起於鮑吉。吉，字利主。桓帝初爲蠡吾侯，吉爲書師。及桓帝立，歷位至河南尹。詔曰：「吉與朕有龍潛之舊，其封西鄉侯。」宗族以吉勢力，至刺史二千石者五。〔註37〕

又如寫魯國某恭士：

> 魯有恭士者，名曰氾。行年七十，其恭益甚。冬日行陰，夏日行陽，一食之間三起。魯君問曰：「子年甚長矣，何不釋恭？」氾對曰：「君子好恭，以成其名；小人學恭，以除其刑。譽人者少，惡人者多，行年七十，常恐斧鑕之加於氾者，何釋恭焉！」〔註38〕

前者寫鮑吉因與桓帝有舊交而得高位，鮑氏家族仗其勢力被封高位者達到五人。史稱桓帝朝政治黑暗腐敗，任人唯親，白褒此則記述亦可爲佐證也。後者通過魯恭士與魯君的對話，寫恭士年七十，爲人尚恭謹益甚，原因是恐怕官府的刑罰加於其身，從而揭示了魯君爲政之嚴苛。文字則以簡潔明快見長。

《魯國先賢傳》的某些記述還涉及一些文學作品，並在有關評價中流露了白褒的審美趣味。如其記述黃伯仁所撰《龍馬頌》云：

> 黃伯仁不知何縣人，安順之世爲《龍馬頌》，其文甚麗。〔註39〕

> 黃伯仁《龍馬頌》曰：「楊鷖鑣兮，揮紅沬之幡飄。」〔註40〕

漢晉時期頌與賦義常可互通，人們往往賦頌混稱，如《漢書·王褒傳》稱王褒《洞簫賦》爲《洞簫頌》，《後漢書·馬融傳》稱馬融《廣成頌》爲《廣成頌》，嵇康《琴賦序》稱「然八音之器，歌舞之象，歷代才士，並爲之賦頌」，等等。白褒這裡的記述亦屬此種情況，所謂《龍馬頌》，實即《龍馬賦》。

〔註37〕〔宋〕李昉等：《太平御覽》，卷201《封建部四》作《魯國先賢志》，北京：中華書局，1960版，第970頁。

〔註38〕〔唐〕徐堅等：《初學記》，卷17《恭敬第六》，北京：中華書局，1962年版，第427頁。

〔註39〕〔唐〕虞世南輯錄：《北堂書鈔》，卷102《頌三十二》，北京：學苑出版社，2015年版，第146頁。

〔註40〕〔宋〕李昉等：《太平御覽》，卷358《兵部八九》作《魯國先賢志》，北京：中華書局，1960版，第1648頁。

目前收羅漢賦較全的兩種著作，即費振剛先生主編的《全漢賦》與龔克昌先生主編的《全漢賦評注》〔註41〕，皆未輯錄此作，當補入。再，白褒對《龍馬頌》「其文甚麗」的評價，也與魏晉時期在文學批評方面較爲普遍的尙麗意識極爲契合。

《濟北先賢傳》，《北堂書鈔》、《後漢書》注等引其佚文數則；清人姚振宗《隋書經籍志考證》卷二十據《群輔錄》輯得一則，茲錄以窺一斑：「膠東令盧汜昭，字興先；樂城令剛戴祈，字子陵；潁陰令剛徐晏，字孟平；涇令盧夏隱，字叔世；州別駕蛇丘劉彬，字文曜。右濟北五龍，少並有異才，皆稱神童，當桓、靈之世，時人號爲五龍。」由此可見漢末濟北人才頗盛的情況。

崔慰祖（465～499），清河東武城（今山東武城）人。好學，聚書至萬卷。著《海岱志》，記自西周太公起至西晉時的齊魯人物，本四十卷，完成一半。臨終與從弟崔緯書，言已常欲注《史記》、《漢書》，採二書所漏二百餘事，囑檢寫之；又囑以《海岱志》寫數通，付友人任昉等，以「令後世知吾微有素業也。」《海岱志》，《隋書·經籍志》著錄爲二十卷，規模宏大，不僅堪稱六朝時期有關齊魯人物事蹟的集大成之作，也是當時部頭最大的區域性人物雜傳。已佚。

自傳這種人物傳記形式，興起於漢代。著名者如司馬遷《史記·太史公自序》、班固《漢書·敘傳》、王充《論衡·自序》，這些自敘依附於作者大部頭的著述之中，其內容往往是介紹家世淵源、生平事蹟，撰作緣由等。魏晉南北朝此類自敘亦層出不窮，如某些史書自敘，還有曹丕《典論·自敘》、葛洪《抱朴子·自敘》、蕭繹《金樓子·自序》等子書自敘〔註42〕；但其時最有時代特色的是那些不依附於大部頭著述而存在的單篇自敘。其中有虛構人名託以自寓的，如阮籍《大人先生傳》、陶淵明《五柳先生傳》，乃至袁粲《妙德先生傳》等。而數量較多的則是徑直以「自序」或本人姓名爲題的單篇傳記，如趙至《自敘》、法顯《法顯傳》、江淹《自序傳》等。

〔註41〕 費振剛：《全漢賦》，北京：北京大學出版社，1993年版；龔克昌：《全漢賦評注》，石家莊：花山文藝出版社，2003年版。

〔註42〕 日本學者川合康三對漢魏晉此類書籍序言類的自傳有所論述，涉及四篇：一、外於眾人的我——司馬遷《史記》太史公自序；二、異於眾人的我——王充《論衡》自紀篇；三、優於眾人的我——曹丕《典論》自敘；四、劣於眾人的我——葛洪《抱朴子》自敘。參見川合氏《中國的自傳文學》一書，中央編譯出版社，1999年版。

　　此類自序流傳於今的，多數已殘缺，除《法顯傳》等少量作品屬於長篇外，多爲短篇，但往往能反映作者撰作時的興趣、感情、個性，如《藝文類聚》卷五十五所引江淹《自序傳》：「（淹）爲建安吳興令，地在東南嶠外，閩越之舊境也，爰有碧水丹山，珍木靈草，皆淹平生所至愛，不覺行路之遠也。山中無事，專與道書爲偶，及悠然獨往，或日夕忘歸，放浪之際，頗著文章自娛。」說明自己的情趣、愛好在於奇異的山水草木，並研讀道教典籍，撰作文章以自娛。寥寥數十個字，便昭示了南朝文人文學活動的重要信息或者說是重要轉變，即題材上多關注山水景物，觀念上疏離了傳統的政教說，而彰顯自娛說。

　　山東平原人劉峻《自序》是六朝文壇自傳類的佳作。此作已殘缺，今存者乃《梁書・劉峻傳》及《南史・劉峻傳》所引錄之片斷：

　　　　余自比馮敬通，而有同之者三，異之者四。何則？敬通雄才冠世，志剛金石。余雖不及之，而節亮慷慨，此一同也。敬通值中興明君，而終不試用。余逢命世英主，亦擯斥當年，此二同也。敬通有忌妻，至於身操井臼。余有悍室，亦令家道轗軻，此三同也。敬通當更始之世，手握兵符，躍馬食肉。余自少迄長，戚戚無歡，此一異也。敬通有一子仲文，官成名立，余禍同伯道，永無血胤，此二異也。敬通膂力方剛，老而益壯。余有犬馬之疾，溘死無時，此三異也。敬通雖芝殘蕙焚，終填溝壑，而爲名賢所慕，其風流郁烈芬芳，久而彌盛。餘聲塵寂漠，世不吾知，魂魄一去，將同秋草，此四異也。所以自力爲敍，遺之好事云。〔註43〕

　　馮衍爲東漢初著名士人，胸懷建功立業之宏志，而仕途坎坷，功業未遂，故被後世視爲此類士人的典型，晉宋時期的後漢史名著華嶠《後漢書》、范曄《後漢書》皆有《馮衍傳》，對其坎坷身世有詳細記述，並流露了同情惋惜。比劉峻略早的著名作家江淹所撰《恨賦》，其中寫才士之恨，列舉的代表人物便是馮衍，云：「至乃敬通見抵，罷歸田里。閉關卻掃，塞門不仕。左對孺人，顧弄稚子。脫略公卿，跌宕文史。齎志沒地，長懷無已。」由於劉峻在遭遇上與馮衍更爲接近，故其《自序》不僅對馮氏之遭際懷有共鳴，而且通過對比流露了自己的滿腹牢騷和怨憤不平。

〔註43〕　〔唐〕姚思廉：《梁書》，卷 50《劉峻傳》，北京：中華書局，1973 年版，第707 頁。

　　朱東潤先生稱此文充滿了劉峻「那種骯髒的精神」〔註44〕。劉峻借與古人對比以述身世抒憤懣的寫法，爲「自序」文別開生面，遂成一格，而引發後世文人的傚仿。譚家健先生指出：「自西漢東方朔、揚雄以來，自嘲以諷世之作甚多，但往往只講自己如何倒楣而已。劉峻忽發奇想，與古人較同論異，十分風趣，雖屬激憤之言，卻在很大程度上反映了封建社會不少壯志難酬者的委曲心態，於是引起後人的普遍共鳴。」〔註45〕如唐代劉知幾《史通內篇・自敘》云：「昔梁徵士劉孝標作敘傳，其自比於馮敬通者有三，而予竊不自揆，亦竊比於揚子云者有四。」清代汪中《自序》將自己與劉峻比較，概括爲四同五異，末云：「嗟乎！敬通窮矣，孝標比之，則加酷焉。余於孝標，抑又不逮。」李慈銘「遠覽梁代劉子自序，近感江都汪生繼述之文」而撰《自序》，爲「五悲」、「五窮」之說。民國時期學者李詳《自序》，遠效劉峻而近比跡於汪中，概括爲三同四異。比李詳稍晚的學者黃侃亦仿劉孝標、汪中而撰《自序》，情調淒婉，富有六朝抒情文遺風，茲錄於下：

　　　　劉峻自序，比跡馮衍，而汪中作文擬劉，文辭之工，私淑久矣。竊慕三君，略陳同異：至於慷慨之節，金石齊剛，依彼當仁，夫何敢讓。少好玄理，粗識菀枯。寄命危邦，得全爲幸，本不干進，誰能斥之？三君皆遇悍妻，勃谿詬誶，余中年鰥處，惘惘無聊；親愛乖離，慚魂弔影，唯此一事，彷彿前文。若乃握符之願，久絕胸懷；伯道之嗟，塵而獲免。持校往者，亦有參差。敬通膂力方剛，老而益壯，劉、汪並稱多疾，惡死優生；然劉則年過指使，汪亦壽半期頤，以視敬通，知非懸絕。餘歲才三十，羸病已成，卷葹拔心，差堪爲比，六芝延命，未見其徵，此不類者一也。三君文學，誠有等差，而郁烈芬芳，同爲後來所慕。余幼承庭誥，長事大師，六藝百家，皆非牆面，一吟一詠，劣足自娛。然著書不行，解人難索，一歸蒿里，永閟修名，此不類者二也。三君雖俱歷艱屯，亦俱逢盛世，衡門高詠，可以忘饑。余遭離世變，狼狽遷流，避地亂鄉，扶攜老幼，萍漂蓬轉，稅駕無時，上象還家，徒存夢想；而且窮年迫於憂栗，終歲不免勞勤，樂生之心，淒然

〔註44〕　朱東潤：《八代傳敘文學述論》，上海：復旦大學出版社，2006年，第142頁。
〔註45〕　譚家健：《六朝文章新論》，北京：燕山出版社，2002年版，第66頁。

已盡，此不類者三也。詩曰：「我不見兮，言從之邁。」今之自序，
聊欲瞻望古人。非必遺之好事也。〔註46〕

劉峻《自序》之影響深遠，由此可見。

第四節　其他雜傳

六朝時期還有不少爲同僚或朋友寫的傳記，山東籍作家所撰有：《任嘏別傳》，東郡東阿（今山東陽谷東北）程咸等作〔註47〕。傳主任嘏，爲時人所推重的人物，《三國志·魏書·王昶傳》載王昶《戒子書》中便把任嘏視爲應當效法的爲人處世榜樣，云：「樂安任昭先，淳粹履道，內敏外恕，推遜恭讓，處不避洿，怯而義勇，在朝忘身。吾友之善之，願兒子遵之。」皆概括評價性的語言，相對於具體實事而言，此爲虛筆。《任嘏別傳》則虛實兼備，其中記述具體事例頗爲細緻，如：

> 遂遇荒亂，家貧賣魚，會官稅魚，魚貴數倍，嘏取直如常。又
> 與人共買生口，各雇八匹。後生口家來贖，時價直六十匹。共買者
> 欲隨時價取贖，嘏自取本價八匹。共買者慚，亦還取本價。比居者
> 擅耕嘏地數十畝種之，人以語嘏，嘏曰：「我自以借之耳。」耕者聞
> 之，慚謝還地。（《三國志》卷二十七《王昶傳》注引）〔註48〕

所陳三事，一寫任嘏家貧賣魚、不乘魚價數倍漲而撈錢；二寫任嘏買了牲口，後來原主人來贖，他不以時價趁機賺錢；三寫任嘏對擅耕其田者的寬厚態度，這就很自然地揭示出傳主清廉正直、寬容厚道的爲人品格與境界。

六朝是駢體文盛行的時代，但由於傳記的功能主要在於記述人物事蹟，運用駢體不大適宜，故此期雜傳作品一般來說仍以散體爲之，只有少數作品是例外。王僧孺的《太常敬子任府君傳》可謂此類例外作品的代表篇章。此文傳主任府君，即齊梁間大文豪任昉，王僧孺與之交往甚密，故爲之作傳。

〔註46〕 張暉：《量守廬學記續編》，北京：三聯書店，2006年，第52頁。

〔註47〕 《三國志·魏書·王昶傳》注引《任嘏別傳》末云：「嘏卒後，故吏東郡程咸、趙國劉固、河東上官崇，錄其事行及所著書。」《三國志》稱士籍，多數情況下作××（郡或國）××（縣），程咸等三人皆稱其郡國名，未出縣名，檢《三國志》及裴注所及東郡程氏人物，皆云東郡東阿，而程咸獨稱東郡，我以爲誤。程咸等記錄任嘏行事，當爲此傳。

〔註48〕 〔晉〕陳壽撰，〔宋〕裴松之注：《三國志》，北京：中華書局，1959年版，第748頁。

文已殘缺，《藝文類聚》卷 49 錄其片斷云：

> 恥一物之不知，惜寸陰之徒靡。下帷閉戶，投斧懸梁。雖玄晏
> 書淫，文勝經溢，康成之忽忘所往，公叔之顛墜硎岸，無以異也。
> 若夫天才卓爾，動稱絕妙。辭賦極其清深，筆記尤盡典實。若聞金
> 石，似注河海，少孺速而未工，長卿工而未速。孟堅辭不逮理，平
> 子意不及文。孔璋傷於健，仲宣病於弱。其有集論尚書，窮文質之
> 敏。駐馬停信，極疊疊之功，莫尚於斯焉。君職等曹、張，聲高左、
> 陸。時乃高闢雪宮，廣開雲殿。秋颺春戶，冬煥夏清。九醞斯浮，
> 百羞並薦。雲銷月朗，聿茲遊客，朋來旅見，辭人才子，辯圃學林，
> 莫不含毫咀思，爭高競敏，乃整袂端襟，翰飛紙落。豪人貴仕，先
> 達後進，莫不心服貌慚，神氣將盡。顧余不敏，廁夫君子之末，可
> 稱冥契，是爲神交。二三君子，唯以從遊日暮，亭號昭仁，庶子雲
> 咫尺，康成斯在。借此嘉言，將無絕乎千載。〔註49〕

講求對偶與大量用典是駢體文的重要特徵。此文在這些講求方面有上佳的表
現。其對偶工整，且形式多樣，或四言對，或五言對，或六言對；或單句對，
或當句對。用典繁富，令讀者在目不暇接的同時，還要思接千載、視通萬里，
馳騁豐富的聯想力。

《江表傳》二卷，清人章宗源《隋書經籍志考證》補錄於雜傳類，晉高
平昌邑（今山東金鄉西北）虞溥撰〔註 50〕。江表，指長江以南地區。從中原
看，江南地在長江之外，故稱江表。孫吳立國江南，故此書記述三國史事，
以孫吳較詳細。書完本今已不存，可見者爲《三國志》注、《後漢書》注、《世
說新語》注及《太平御覽》引用此書的一些片斷。有清干仁俊輯本。其中以
《三國志・吳書》注引爲多，下面主要據此予以論述。

檢《三國志・吳書》，共有一百零九處注引用了《江表傳》，這一百零九
條材料或短或長，短者一、二十字，長者逾千字，對陳壽所記內容有所補充，
史料價值較高，或兼有文學色彩。茲略舉數例。如孫策被袁術表爲折衝校尉

〔註49〕 〔唐〕歐陽詢撰，汪紹楹校：《藝文類聚》，上海：上海古籍出版社，1982 年
　　　　 版，第 879～880 頁。

〔註50〕 虞溥，字允源，虞秘子。少專心墳籍。郡察孝廉，除郎中，補尚書都令史，
　　　　 遷公車司馬令，除鄱陽內史。在郡大修學校，廣招生徒，爲政嚴而不猛，風
　　　　 行天下。注《春秋》經傳，撰《江表傳》及詩賦文章數十篇行於世。年六十
　　　　 二卒於洛陽。

後，與揚州刺史劉繇所部的交戰情形，陳壽並無具體記載，而《江表傳》曰：

> 策渡江攻繇牛渚營，盡得邸閣糧穀、戰具，是歲興平二年也。時彭城相薛禮，下邳相笮融依繇爲盟主，禮據秣陵城，融屯縣南。策先攻融，融出兵交戰，斬首五百餘級，融即閉門不敢動。因渡江攻禮，禮突走，而樊能、于麋等復合眾襲奪牛渚屯。策聞之，還攻破能等，獲男女萬餘人。復下攻融，爲流矢所中，傷股，不能乘馬，因自輿還牛渚營。或叛告融曰：「孫郎被箭已死。」融大喜，即遣將于茲鄉策。策遣步騎數百挑戰，設伏於後，賊出擊之，鋒刃未接而偽走，賊追入伏中，乃大破之，斬首千餘級。策因往到融營下，令左右大呼曰：「孫郎竟云何！」賊於是驚怖夜遁。融聞策尚在，更深溝高壘，繕治守備。策以融所屯地勢險固，乃捨去，攻破繇別將於海陵，轉攻湖孰、江乘，皆下之。（《三國志》卷四十六《孫策傳》注引）〔註51〕

孫策能征善戰的英雄氣概得以眞切的展示。陳壽記載孫皓即帝位後，「粗暴驕盈，多忌諱，好酒色，大小失望。」而《江表傳》曰：

> 皓初立，發優詔，恤士民，開倉廩，振貧乏，科出宮女以配無妻，禽獸擾於苑者皆放之。當時翕然稱爲明主。（《三國志》卷四十八《孫皓傳》注引）〔註52〕

又，陳壽未記述孫皓將敗時給人寫書信事，《江表傳》則記載了孫皓將敗時給其舅何植寫了一信，又給群臣寫了一信，信中主要作了承擔亡國罪責的表態，且有一定的文采：

> 皓將敗與舅何植書曰：「昔大皇帝以神武之略，奮三千之卒，割據江南，席卷交、廣，開拓洪基，欲祚之萬世。至孤末德，嗣守成緒，不能懷集黎元，多所咎闕，以違天度。闇昧之變，反謂之祥，致使南蠻逆亂，征討未克。聞晉大眾，遠來臨江，庶竭勞瘁，眾皆摧退，而張悌不反，喪軍過半。孤甚愧悵，于今無聊。得陶濬表云武昌以西，並復不守。不守者，非糧不足，非城不固，兵將背戰耳。

〔註51〕〔晉〕陳壽撰，〔宋〕裴松之注：《三國志》，北京：中華書局，1959年版，第1103～1104頁。

〔註52〕〔晉〕陳壽撰，〔宋〕裴松之注：《三國志》，北京：中華書局，1959年版，第1163頁。

兵之背戰，豈怨兵邪？孤之罪也。天文縣變於上，士民憤嘆於下，觀此事勢，危如累卵，吳祚終訖，何其局哉！天匪亡吳，孤所招也。瞑目黃壤，豈復何顏見四帝乎！公其勖勉奇謨，飛筆以聞。」皓又遺群臣書曰：「孤以不德，忝繼先軌。處位歷年，政教凶勃，遂令百姓久困塗炭，致使一朝歸命有道，社稷傾覆，宗廟無主，慚愧山積，沒有餘罪。自惟空薄，過偷尊號，才瑣質穢，任重王公，故《周易》有折鼎之誡，詩人有彼其之譏。自居宮室，仍抱篤疾，計有不足，思慮失中，多所荒替。邊側小人，因生酷虐，虐毒橫流，忠順被害。闇昧不覺，尋其壅蔽，孤負諸君，事已難圖，覆水不可收也。今大晉平治四海，勞心務於擢賢，誠是英俊展節之秋也。管仲極讎，桓公用之，良、平去楚，入爲漢臣，舍亂就理，非不忠也。莫以移朝改朔，用損厥志。嘉勖休尚，愛敬動靜。夫復何言，投筆而已。」

　　（《三國志》卷四十八《孫皓傳》注引）〔註53〕

可見孫皓雖昏庸無道，但其並非全無人性，在亡國前夕才表示懺悔雖已無濟於事，但終究是一種正常心態的流露，比起至死不悟或推卸責任或文過飾非來，總算還有點人文情懷及正視現實的勇氣。這就在一定程度上彌補了陳壽書的缺憾，給讀者提供了一個較完整的孫皓。關於孫皓好美色，陳壽未記典型事例，《江表傳》則有頗細緻的記載：

　　　　皓以張布女爲美人，有寵，皓問曰：「汝父所在？」答曰：「賊以殺之。」皓大怒，棒殺之。後思其顏色，使巧工刻木作美人形象，恒置座側。向左右：「布復有女否？」答曰：「布大女適故衛尉馮朝子純。」即奪純妻入宮，大有寵，拜爲左夫人，晝夜與夫人房宴，不聽朝政，使尚方以金作華燧、步搖、假髻以千數。令宮人著以相撲，朝成夕敗，輒出更作，工匠因緣偷盜，府藏爲空。會夫人死，皓哀愍思念，葬于苑中，大作冢，使木匠刻柏作木人，內冢中以爲兵衛，以金銀珍玩之物送葬，不可稱計。已葬之後，皓治喪於內，半年不出。國人見葬太奢麗，皆謂皓已死，所葬者是也。皓舅子何都顏狀似皓，云都代立。臨海太守奚熙信僞言，舉兵欲還誅都，都叔父植時爲備海督，擊殺熙，夷三族，僞言乃

〔註53〕　〔晉〕陳壽撰，〔宋〕裴松之注：《三國志》，北京：中華書局，1959 年版，第 1176～1177 頁。

息，而人心猶疑。(《三國志》卷五十《妃嬪傳》注引) 〔註54〕
刻畫一個昏君嗜好並沉溺於美色之中竟到如此地步，無疑富有典型意義。

寫孫策與太史慈相互誠信以待，陳壽略微點到而已，《江表傳》則有詳細
記載；對孫權、劉備聯合拒曹之原委的記述，《江表傳》在某些方面也比陳壽
所記詳細。此不一一贅述。

周瑜病危時給孫權寫的書疏，陳壽載，周瑜病困，上書曰：

> 當今天下，方有事役，是瑜乃心夙夜所憂，願至尊先慮未然，
> 然後康樂。今既與曹操爲敵，劉備近在公安，邊境密邇，百姓未附，
> 宜得良將以鎮撫之。魯肅智略足任，乞以代瑜。瑜隕踣之日，所懷
> 盡矣。(《三國志》卷五十四《周瑜傳》) 〔註55〕

《江表傳》載云：

> 初瑜疾困，與權牋曰：「瑜以凡才，昔受討逆殊特之遇，委以
> 腹心，遂荷榮任，統御兵馬，志執鞭弭，自效戎行。規定巴蜀，次
> 取襄陽，憑賴威靈，謂若在握。至以不謹，道遇暴疾，昨自醫療，
> 日加無損。人生有死，修短命矣，誠不足惜，但恨微志未展，不復
> 奉教命耳。方今曹公在北，疆場未靜，劉備寄寓，有似養虎，天下
> 之事，未知終始，此朝士旰食之秋，至尊垂慮之日也。魯肅忠烈，
> 臨事不苟，可以代瑜。人之將死，其言也善，儻或可採，瑜死不朽
> 矣。」(《三國志》卷五十四《周瑜傳》注引) 〔註56〕

二者相較，內容基本相同，但《江表傳》的文采及抒情性顯然要比《吳書·
周瑜傳》濃重、感人。

陳壽書略言及呂蒙爲魯肅出謀畫策，而《江表傳》的記載頗詳細，更能
顯示呂蒙的儒將風範：

> 初，權謂蒙及蔣欽曰：「卿今並當塗掌事，宜學問以自開益。」
> 蒙曰：「在軍中常苦多務，恐不容復讀書。」權曰：「孤豈欲卿治經爲
> 博士邪？但當令涉獵見往事耳。卿言多務孰若孤，孤少時歷《詩》、

〔註54〕 〔晉〕陳壽撰，〔宋〕裴松之注：《三國志》，北京：中華書局，1959年版，第
　　　　 1202 頁。
〔註55〕 〔晉〕陳壽撰，〔宋〕裴松之注：《三國志》，北京：中華書局，1959年版，第
　　　　 1271 頁。
〔註56〕 〔晉〕陳壽撰，〔宋〕裴松之注：《三國志》，北京：中華書局，1959年版，第
　　　　 1271 頁。

文已殘缺，《藝文類聚》卷49錄其片斷云：

> 恥一物之不知，惜寸險之徒靡。下帷閉戶，投斧懸梁。雖玄晏書淫，文勝經溢，康成之忽忘所往，公叔之顛墜硎岸，無以異也。若夫天才卓爾，動稱絕妙。辭賦極其清深，筆記尤盡典實。若聞金石，似注河海，少孺速而未工，長卿工而未速。孟堅辭不逮理，平子意不及文。孔璋傷於健，仲宣病於弱。其有集論尚書，窮文質之敏。駐馬停信，極疊疊之功，莫尚於斯焉。君職等曹、張，聲高左、陸。時乃高闢雪宮，廣開雲殿。秋牖春戶，冬燠夏清。九醞斯浮，百羞並薦。雲銷月朗，聿茲遊客，朋來旅見，辭人才子，辯圍學林，莫不含毫咀思，爭高競敏，乃整袂端襟，翰飛紙落。豪人貴仕，先達後進，莫不心服貌慚，神氣將盡。顧余不敏，廁夫君子之末，可稱冥契，是爲神交。二三君子，唯以從遊日暮，亭號昭仁，庶子雲咫尺，康成斯在。借此嘉言，將無絕乎千載。〔註49〕

講求對偶與大量用典是駢體文的重要特徵。此文在這些講求方面有上佳的表現。其對偶工整，且形式多樣，或四言對，或五言對，或六言對；或單句對，或當句對。用典繁富，令讀者在目不暇接的同時，還要思接千載、視通萬里，馳騁豐富的聯想力。

《江表傳》二卷，清人章宗源《隋書經籍志考證》補錄於雜傳類，晉高平昌邑（今山東金鄉西北）虞溥撰〔註50〕。江表，指長江以南地區。從中原看，江南地在長江之外，故稱江表。孫吳立國江南，故此書記述三國史事，以孫吳較詳細。書完本今已不存，可見者爲《三國志》注、《後漢書》注、《世說新語》注及《太平御覽》引用此書的一些片斷。有清王仁俊輯本。其中以《三國志·吳書》注引爲多，下面主要據此予以論述。

檢《三國志·吳書》，共有一百零九處注引用了《江表傳》，這一百零九條材料或短或長，短者一、二十字，長者逾千字，對陳壽所記內容有所補充，史料價值較高，或兼有文學色彩。茲略舉數例。如孫策被袁術表爲折衝校尉

〔註49〕　〔唐〕歐陽詢撰，汪紹楹校：《藝文類聚》，上海：上海古籍出版社，1982年版，第879～880頁。

〔註50〕　虞溥，字允源，虞秘子。少專心墳籍。郡察孝廉，除郎中，補尚書都令史，遷公車司馬令，除鄱陽內史。在郡大修學校，廣招生徒，爲政嚴而不猛，風行天下。注《春秋》經傳，撰《江表傳》及詩賦文章數十篇行於世。年六十二卒於洛陽。

後，與揚州刺史劉繇所部的交戰情形，陳壽並無具體記載，而《江表傳》曰：

> 策渡江攻繇牛渚營，盡得邸閣糧穀、戰具，是歲興平二年也。時彭城相薛禮，下邳相笮融依繇爲盟主，禮據秣陵城，融屯縣南。策先攻融，融出兵交戰，斬首五百餘級，融即閉門不敢動。因渡江攻禮，禮突走，而樊能、于麋等復合眾襲奪牛渚屯。策聞之，還攻破能等，獲男女萬餘人。復下攻融，爲流矢所中，傷股，不能乘馬，因自輿還牛渚營。或叛告融曰：「孫郎被箭已死。」融大喜，即遣將于茲鄉策。策遣步騎數百挑戰，設伏於後，賊出擊之，鋒刃未接而僞走，賊追入伏中，乃大破之，斬首千餘級。策因往到融營下，令左右大呼曰：「孫郎竟云何！」賊於是驚怖夜遁。融聞策尚在，更深溝高壘，繕治守備。策以融所屯地勢險固，乃捨去，攻破繇別將於海陵，轉攻湖孰、江乘，皆下之。（《三國志》卷四十六《孫策傳》注引）〔註51〕

孫策能征善戰的英雄氣概得以眞切的展示。陳壽記載孫皓即帝位後，「粗暴驕盈，多忌諱，好酒色，大小失望。」而《江表傳》曰：

> 皓初立，發優詔，恤士民，開倉廩，振貧乏，科出宮女以配無妻，禽獸擾於苑者皆放之。當時翕然稱爲明主。（《三國志》卷四十八《孫皓傳》注引）〔註52〕

又，陳壽未記述孫皓將敗時給人寫書信事，《江表傳》則記載了孫皓將敗時給其舅何植寫了一信，又給群臣寫了一信，信中主要作了承擔亡國罪責的表態，且有一定的文采：

> 皓將敗與舅何植書曰：「昔大皇帝以神武之略，奮三千之卒，割據江南，席卷交、廣，開拓洪基，欲祚之萬世。至孤末德，嗣守成緒，不能懷集黎元，多所咎闕，以違天度。闇昧之變，反謂之祥，致使南蠻逆亂，征討未克。聞晉大眾，遠來臨江，庶竭勞瘁，眾皆摧退，而張悌不反，喪軍過半。孤甚愧恨，于今無聊。得陶濬表云武昌以西，並復不守。不守者，非糧不足，非城不固，兵將背戰耳。

〔註51〕〔晉〕陳壽撰，〔宋〕裴松之注：《三國志》，北京：中華書局，1959年版，第1103～1104頁。

〔註52〕〔晉〕陳壽撰，〔宋〕裴松之注：《三國志》，北京：中華書局，1959年版，第1163頁。

羽、張並杖刀立直，超顧坐席，不見羽、張，見其直也，乃大驚，
遂一不復呼備字。明日歎曰：「我今乃知其所以敗。爲呼人主字，幾
爲關羽、張飛所殺。」自後乃尊事備。〔註61〕

　　裴松之以爲樂資後一條記載「言不經理，深可忿疾」，並由此引出對樂
資、袁暐（《獻帝春秋》作者）之書的整體不滿，云：「袁暐、樂資等諸所記
載，穢雜虛謬，若此之類，殆不可勝言也。」〔註62〕從講求史料的眞實性而
言，裴氏的指責有其道理；此後《隋書·經籍志》及劉知幾《史通·品藻》
皆持這種態度，《隋志》云：「……魏文帝又作《列異》，以序鬼神奇怪之事；
嵇康作《高士傳》，以敘聖賢之風。因其事類，相繼而作者甚眾，名目轉廣，
而又雜以虛誕怪妄之說……今取其見存，部而類之，謂之雜傳。」劉氏云：
「……若乃旁求別錄，側窺雜傳，諸如此謬，其累實多。」而從敘事寫人的
生動性言之，樂資的記述則不必非議。若將視野進一步放開，我們可以這樣
認爲，裴松之對樂資的指責正點出了史傳與雜傳及雜史的差異。與史傳相
比，雜傳是一種很個人化的寫作體裁，史傳寫作需態度嚴肅、作風嚴謹，雜
傳寫作則顯然輕鬆、隨便的多，作者對有關材料的處理上有較大較自由的取
捨、選擇、加工空間，可以獵奇搜異，可以馳騁文采，可以想像虛構，可以
隨意表達傾向性，可以盡情張揚個性。程千帆先生曾比較二者之差異云：「史
家自馬遷以次，多本《春秋》之旨以著書，故多微婉志晦之衷，懲惡勸善之
筆。而史傳人物，遂每以此而成定型。雜傳則如《隋志》所云：『率爾而作，
不在正史』，褒貶之例，不甚謹嚴。雖其中不免雜以虛妄之說，恩怨之情，
然傳主個性，反或近眞。」〔註63〕此說較爲宏通、合理。

〔註61〕〔晉〕陳壽撰，〔宋〕裴松之注《三國志》，卷36《馬超傳》，北京：中華書局，
　　　　1959年版。第947頁。
〔註62〕〔晉〕陳壽撰，〔宋〕裴松之注《三國志》，卷36《馬超傳》，北京：中華書局，
　　　　1959年版。第947頁。
〔註63〕程千帆：《儉腹抄》，上海：上海文藝出版社，1998年版，第69頁。

第六章　六朝論體文名家及
子書著述（上）

論，是一種用來議事說理或陳述意見的文體，爲我國古代散文之大宗。經過先秦的孕育、兩漢的發展之後，論體之文在魏晉南北朝時期繁盛起來。本期論作的繁盛，有多方面的原因。它不僅與當時之社會環境、學術流變緊密關聯，也與當時作家的創作需求、自身素質及文體本身的發展密切相關。就總體性質而言，該時期論作涉及領域之廣泛，思想內容之豐富、藝術風貌之多樣，是歷代罕見的〔註1〕。茲就幾位論體文名家予以論述。此外，子書也是魏晉時期頗爲興盛的著述類型，也一併予以論述。

在魏晉南北朝盛況空前的論體文創作潮流中，產生了不少以論作水平高超而著稱的作家，本章挑選嵇康、陸機、慧遠、僧肇四位論體名家，依次予以論述。

第一節　「論」壇鉅子嵇康

嵇康是曹魏後期享有盛名的重要作家，論是其文章中最有價值的文體，數量最多，成就最高。其文現存十五篇，論就有九篇，占百分之六十。劉師培指出，「嵇叔夜文，今有專集傳世。集中雖亦有賦箴等體，而以論爲最多，亦以論爲最勝，誠屬前無古人，後無來者」〔註2〕，又曰：「若嵇康持論，辨

〔註1〕 具體論述可參閱楊朝蕾：《魏晉南北朝論體文通論》，新北：臺灣花木蘭文化出版社，2015 年版。

〔註2〕 劉師培：《漢魏六朝專家文研究》。《中古文學史講義》，上海：上海古籍出版社，2000 年版，第 124 頁

極精微；賀循訂制，疑難之解，並能陵轢前代，垂範將來」〔註3〕。這些論文在哲學研究中已引起足夠重視，對其哲學思想進行較多闡發〔註4〕，至於其文學性，則鮮有論及。究其緣由，蓋因其哲理思辨性極強，固以爲文學性不如。其實，二者本爲相得益彰。論辯技巧的運用和推理的出色，使其文學性增益其思辨性，而思辨性又增益其文學性，二者交融，使其論展現出特殊的藝術魅力。〔註5〕

一、獨特的思維方式造就堅實的邏輯基礎

嵇康的論體文向以思想新穎、詞鋒尖銳著稱，其內容具有鮮明的獨創性，即劉師培所說的「非特文自彼作，意由其自創」，「開論理之先，以能自創新意爲尚」，「意翻新而出奇，理無微而不達」〔註6〕。當時玄學論辯有三大主題：「自然好學」、「聲無哀樂」、「言不盡意」。前兩個問題，嵇康均有文章傳世。《聲無哀樂論》以振聾發聵之音打破了儒家「治世之音安以樂，亡國之音哀以思」的觀點，《難自然好學論》猛烈抨擊了正統儒學的虛偽與卑劣。另外，《管蔡論》爲史家向以「凶逆」所目的管、蔡翻案，表現了嵇康的過人膽識。其他如《養生論》、《釋私論》、《明膽論》等，皆富有新意。誠如魯迅所說：「嵇康的論文，比阮籍更好，思想新穎，往往與古時舊說反對」〔註7〕。

思想的創新源於思維方式的獨特，而思維方式的形成又與其童年時期個性的自由發展緊密相關。著名的精神分析學家弗洛伊德認爲，一個人幼年時

〔註3〕劉師培：《漢魏六朝專家文研究》。《中古文學史講義》，上海：上海古籍出版社 2000 年版，第 121 頁。

〔註4〕可參閱童強：《嵇康評傳》，南京：南京大學出版社 2004 年版；任繼愈：《中國哲學發展史》（魏晉南北朝卷），北京：人民出版社 1988 年版；馮友蘭：《中國哲學史新編（中）》，北京：人民出版社 1998 年版。

〔註5〕嵇康好辯，他與向秀辯養生，作《養生論》與《答難養生論》，與張邈辯自然好學，作《難自然好學論》，與阮德如辯宅無吉凶，作《難宅無吉凶攝生論》與《答釋難宅無吉凶攝生論》。《聲無哀樂論》中假設東野主人與秦客就音樂問題進行爭論，可看作嵇康與友人論辯的實錄。《明膽論》開篇即指出「有呂子者，精義味道，研核是非。以爲人有膽可無明，有明便有膽矣。嵇先生以爲明膽殊用，不能相生」，以下皆爲雙方的往復詰難。《釋私論》與《管蔡論》論辯特徵不明顯，但也是針對當時的某些觀點進行辨析。

〔註6〕劉師培：《漢魏六朝專家文研究》。《中古文學史講義》，上海：上海古籍出版社，2000 年版，第 124、140 頁。

〔註7〕魯迅：《魯迅全集》，北京：人民文學出版社，2005 年版，第 511 頁。

期的生活經歷將對其以後的成長和發展產生深遠影響。「童年最早期的第一次認同作用的影響將是深厚持久的」，〔註8〕幼年時期父親的缺失，使兒童缺乏對父親角色的認同，既無法對父親進行模仿，也無法在心中樹立父親的權威形象。嵇康之父嵇昭爲治書侍御史，早卒。康幼年失怙，靠母、兄撫育長大。在家頗受嬌縱，故自少形成任性不羈的性格與疏慵散漫的習氣。他曾自述：「……少加孤露，母兄見驕，不涉經學，性復疏懶，筋駑肉緩，頭面常一月十五日不洗，不大悶癢，不能沐也。每常小便而忍不起，令胞中略轉乃起耳。」〔註9〕（《與山巨源絕交書》）其中雖不乏誇張之辭，但其自由散漫的生活作風於此亦可見一斑。父親的早卒，意味著家庭失去統治者與獨裁者，沒有父親的威嚴和斥責，也沒有對父親的恐懼和擔心，沒有家庭的壓服和管制，他對權威一無所知。跟幼年喪父的薩特一樣，「我沒有受到權利這種梅毒的腐蝕：從未有人教我服從。」（薩特《詞語》）這是發自薩特幼小心靈的聲音，也許嵇康亦有此種感受。既然從來沒有一個所謂的父親呵斥過他，那麼他自然心安理得地、不帶一點懷疑地、自在地享受著上天賜予的自由。

　　這種父親權威缺失的特殊家庭環境使他比別人更早地認識到、體味到自由的意義，這可以說是他以後發展的一個重要發端。嵇康的母親，顯然與鍾會的母親不同。鍾會也是幼年喪父，「少敏惠夙成」，「非常人也」〔註10〕，其母張夫人對其嚴格訓導，「年四歲授《孝經》，七歲誦《論語》，八歲誦《詩》，十歲誦《尚書》，十一誦《易》，十二誦《春秋左氏傳》、《國語》，十三歲誦《周禮》、《禮記》，十四誦成侯《易記》，十五使入太學，問四方奇文異訓」。〔註11〕可見他是在儒家經典的薰陶下成長起來的。而嵇康雖「家世儒學」〔註12〕，但他「學不師授，博洽多聞，長而好老莊之業，恬靜無欲」〔註13〕，並未經過系統的儒學教育。母兄的溺愛給了他更多自由。他在詩中寫道「嗟

〔註8〕〔奧〕弗洛伊德著，楊韶剛等譯：《弗洛伊德心理哲學》，北京：九州出版社，2003年版，第21頁。
〔註9〕戴明揚：《嵇康集校注》，北京：人民文學出版社，1962年版，第117頁。
〔註10〕〔晉〕陳壽撰，〔宋〕裴松之注：《三國志》，卷28《鍾會傳》，北京：中華書局，1959年版，第784頁。
〔註11〕〔清〕嚴可均：《全三國文》，卷25鍾會《母夫人張氏傳》，《全上古三代秦漢三國六朝文》，北京：中華書局，1958年版，第1190頁。
〔註12〕〔晉〕陳壽撰，〔宋〕裴松之注：《三國志》，卷21《嵇康傳》裴注引嵇喜《嵇康傳》，北京：中華書局，1959年版，第605頁。
〔註13〕〔晉〕陳壽撰，〔宋〕裴松之注《三國志》，卷21《嵇康傳》，北京：中華書局，1959年版，第605頁。

余薄祜，少遭不造，哀煢靡識，越在襁褓。母兄鞠育，有慈無威，恃愛肆姐，不訓不師」（《幽憤詩》）〔註14〕，母兄的呵護有加使嵇康從未受到嚴厲管束，而寬鬆的學習環境則使他的稟賦才能得以充分發揮，個性的自由發展使他的思維更具創新性。所以，這種生而具有的自由意識在嵇康心中打下了深刻的烙印，並對他以後形成觀點和進行創作產生了巨大的影響。當然，在這種情況下，他不可能形成經學思維方式，也不可能將自己的思想禁錮。「我們所理解的經學思維方式應該涵蓋兩個方面的內容：一是以傳統爲權威的崇古與復古意識作爲內在的觀念內容；二是以經學方法作爲外在的形式。權威意識與經學模式分別以內外兩個層面規定並體現著經學思維方式沉迷於傳統而忽視創新的根本特質」。〔註15〕尊崇經典的權威，也就是尊崇傳統的權威，從而造成濃重的崇古與復古傾向。一方面，往往習慣於從經典中去尋繹問題，發現問題，又以經典作爲解決問題的依據。另一方面，當現實中遇到新的問題時，或者以與經典原則不合而排斥之，或者附和經典之說而扭曲之。經典的權威性越大，人們的傳統意識越濃，創新意識也就越淡。從嵇康提出的「越名教而任自然」「以六經爲蕪穢，以仁義爲臭腐」可以看出他對經典的態度，根本沒有所謂的尊崇，而在其文章中，也沒有引經據典的論證。這似乎也能說明其根本沒有形成經典意識，從而更多地保留了思想的原創性。

嵇康之論以辯爲主，亦以辯爲長。假若論辯的理據，僅僅是訴諸文士所共許的聖言量句，論證的說服力與有效性必然極其有限，難以服人。因此，只能藉縝密嚴謹的邏輯推理手段，循著哲學思辨的理路，對世俗之見進行大膽揭露與批駁。玄學的影響使嵇康受到「辯名析理」的思維訓練，爲其奠定堅實的邏輯基礎。對名法家論辯術的研究與借鑒，使其能靈活運用各種符合邏輯規則的論證方法，而這正是嵇康之論具有極強思辨性的一大特色。下文將對其論辯藝術展開論述，此不詳言。

二、基於經驗與理性之上的質疑與探索

原創精神的回歸，使嵇康所關心的事理不再以是否出自經典，是否來自聖賢爲出發點，而更多的是基於經驗和理性。嵇康之論的論辯鋒芒正是建立

〔註14〕戴明揚：《嵇康集校注》，北京：人民文學出版社，1962 年版，第 117 頁。
〔註15〕高晨陽：《中國傳統思維方式研究》，濟南：山東大學出版社，1994 年版，第214 頁。

在嚴密有力的邏輯推理基礎之上，樸素的感性經驗與高超的思辨結合，使其文章具有不可辯駁的說服力。

嵇康認為「夫推類辨物，當先求之自然之理。理已定，然後借古義以明之耳。今未得之於心，而多恃前言以為談證，自此以往，恐巧歷不能紀」（《聲無哀樂論》）〔註 16〕。這是嵇康提出的新的知識論原則，即任何傳說和歷史典故，都要經得起經驗和理性的檢驗，任何對聖賢、傳統的崇拜都不能代替實際經驗的驗證和理性的檢驗。所謂「得之於心」的「心」，應該是指經過經驗驗證的理性知識，而非虛偽的觀念。他的文章中有很多經驗概括的客觀之理，一方面，以經驗作為其理論觀點推導的基礎，另一方面，又把經驗作為驗證自己或對方理論是否合理的尺度。前者如《養生論》中由出汗、飢餓、睡眠等生活經驗推出「精神之於形骸，猶國之有君也；神躁於中，而形喪於外，猶君昏於上，國亂於下」之理，從「田種」、「區種」的區別，說明「樹養不同，則功收相懸」之理，從「豆令人重，榆令人瞑，合歡蠲忿，萱草忘憂」等「愚智所共知」的事例中推出「所食之氣，蒸性染身，莫不相應」之理〔註 17〕。這些皆為由對外在事物長期觀察而概括出來的經驗推導出來的客觀之理，在嵇康的文中佔有相當重要的地位。後者也就是嵇康所說的「求諸身而後悟，校外物以知之」〔註 18〕，即王充所謂的「傚之以事」。《答難養生論》中為了說明「嗜欲雖出於人，而非道之正」的道理，將其與「木之有蠹，雖木之所生，而非木之所宜」的客觀現實相聯繫，得出「蠹盛則木朽，欲勝則身枯」的結論。為了說明「世之所患，禍之所由，常在於智用，不在於性動」的道理，引「聾者遇室，則西施與媒母同情。瞶者忘味，則糟糠與精粹等甘」〔註 19〕加以驗證。在嵇康看來，只有通過外物檢驗的「理」，才具有一定普遍性。

在依據經驗和理性的基礎上，嵇康還提出要突破傳統觀念的藩籬和局限，勇於探索新的知識。用他的話說，就是「以多同自減，思不出位，使奇事絕於所見，妙理斷於常論；以言變通達微，未之聞也」（《答難養生論》）〔註 20〕。「多同」，意即凡事往往隨附於他人，也就是說自己沒有主見，做決定時

〔註 16〕戴明揚：《嵇康集校注》，北京：人民文學出版社，1962 年版，第 204 頁。

〔註 17〕戴明揚：《嵇康集校注》，北京：人民文學出版社，1962 年版，第 145～150 頁。

〔註 18〕戴明揚：《嵇康集校注》，北京：人民文學出版社，1962 年版，第 188 頁。

〔註 19〕戴明揚：《嵇康集校注》，北京：人民文學出版社，1962 年版，第 169～174 頁。

〔註 20〕戴明揚：《嵇康集校注》，北京：人民文學出版社，1962 年版，第 187～188 頁。

要少數服從多數，如《尚書·洪範》所云「三人占，從二人之言」。「思不出位」，語出《論語·憲問》：「子曰：『不在其位，不謀其政。』曾子曰：『君子思不出位。』」由於凡事隨俗而自我抑貶個性，思考問題不超出自己的職務範圍，使得奇異之事在世人所見中絕傳，玄妙之理在尋常議論中中斷。要認識新事物，必須突破「多同」與「思不出位」的屏障。只有跳出傳統觀念的藩籬，才能「見溝澮不疑江海之大，睹丘陵則知有泰山之高」（《難宅無吉凶攝生論》）〔註21〕。為此，嵇康提出「故能獨觀於萬化之前，收功於大順之後」（《難宅無吉凶攝生論》）〔註22〕，「探賾索隱，何謂為妄」（《答釋難宅無吉凶攝生論》）〔註23〕的觀點。「獨觀」與「探賾索隱」，都強調了獨立思考、獨立探求精奧、考索隱微的重要性。

嵇康之論是基於經驗和理性之上對世界與人生的懷疑和探索，其「不唯書，不唯上，只唯實」的精神，使其成為王充「去偽存真，疾虛立實」精神的繼承人。對約定俗成的常識，他敢於質疑，對被眾人奉為經典的言論，他也決不盲從。正因為這種反教條的獨創精神，使其在論中敢於發前人所未發，創前人所未創，在養生、音樂等領域中建樹甚高。而這正是嵇康悲劇產生的主要原因之一，他畢竟生活在一個以假為真的社會，「以假面目向人的人害怕的就是真」，〔註24〕於是才有了鍾會之輩稱其「負才亂群惑眾」、「害時亂教」、「言論放蕩，非毀典謨」，認為嵇康「帝王者所不宜容」，不誅嵇康「無以清潔王道」，應當「因釁除之，以淳風俗」，對真的過於執著，使其只能以悲劇結束一生。

三、犀利的論辯鋒芒與高超的論辯藝術

劉師培指出，嵇康論文「析理綿密，亦為漢人所未有」，「嵇文長於辨難，文如剝繭，無不盡之意」。〔註25〕犀利的論辯鋒芒與高超的論辯藝術相結合，形成了嵇康論體文獨特的藝術魅力。

〔註21〕 戴明揚：《嵇康集校注》，北京：人民文學出版社，1962 年版，第 307 頁。

〔註22〕 戴明揚：《嵇康集校注》，北京：人民文學出版社，1962 年版，第 282 頁。

〔註23〕 戴明揚：《嵇康集校注》，北京：人民文學出版社，1962 年版，第 308 頁。

〔註24〕 牛貴琥：《廣陵餘響》，北京：學苑出版社，2004 年版，第 77 頁。

〔註25〕 劉師培：《中國中古文學史講義》，上海：上海古籍出版社，2000 年版，第 45 頁。

（一）明確的論辯方法指導下的論辯實踐

嵇康雖沒有系統的論體文理論，但在其文章中提出了明確的論辯方法，並以此為指導進行了論辯。

1.「推類辨物」

嵇康在《聲無哀樂論》中指出「夫推類辨物，當先求之自然之理」，「推類」就是類比，觸類旁通。《答釋難宅無吉凶攝生論》中也指出「善求者，觀物於微，觸類而長」。嵇康論中運用的推類方法主要有比喻式類推、歸謬式類推與類比推理。

比喻式類推方法，就是通過兩類事物的相似點來論證或反駁一個思想的是非曲直，在表述上大多採用「猶」、「是猶」、「譬猶」等連接詞。〔註26〕

比喻式類推能夠以淺喻深，使抽象的問題形象化，讓聞者茅塞頓開。例如：

> 精神之於形骸，猶國之有君也。神躁於中，而形喪於外，猶君昏於上，國亂於下也。（《養生論》）〔註27〕

> 夫嗜欲雖出於人，而非道之正，猶木之有蝎，雖木之所生，而非木之宜也。故蝎盛則木朽，欲勝則身枯。（《答難養生論》）〔註28〕

> 假使鹿鳴重奏，是樂聲也；而令感者遇之，雖聲化遲緩，但當不能使變令歡耳。何得更以哀耶？猶一爝之火，雖未能溫一室，不宜復增其寒矣。（《聲無哀樂論》）〔註29〕

將精神與形骸的關係比作國與君，把欲與身的關係比作蝎與樹，把樂聲與戚者的關係比作火與寒室，都將抽象的道理形象化，使之更易理解。

比喻式類推方法還可以小喻大。如：

> 夫為稼於湯之世，偏有一溉之功者，雖終歸燋爛，必一溉者後枯，然則一溉之益，固不可誣也，而世常謂一怒不足以侵性，一哀不足以傷身，輕而肆之；是猶不識一溉之益，而望嘉穀於旱苗者也。
> （《養生論》）〔註30〕

〔註26〕張曉芒：《中國古代論辯藝術》，太原：山西人民出版社，2001年版，第80頁。
〔註27〕戴明揚：《嵇康集校注》，北京：人民文學出版社，1962年版，第145頁。
〔註28〕戴明揚：《嵇康集校注》，北京：人民文學出版社，1962年版，第168～169頁。
〔註29〕戴明揚：《嵇康集校注》，北京：人民文學出版社，1962年版，第218頁。
〔註30〕戴明揚：《嵇康集校注》，北京：人民文學出版社，1962年版，第145～146頁。

爲了說明怒與哀對身體與精神的損傷，先說一次灌溉對於莊稼的作用，用這種日常生活中司空見慣的小事來說明養生的大道理，使之形象生動。

歸謬式類推的運用常能使對方在不知不覺中被引入到自己否定自己的尷尬境地，從而有苦難言。《答難養生論》曰：

> 然則子之所以爲歡者，必結駟連騎，食方丈於前也。夫俟此而後爲足，謂之天理自然者，皆役身以物，喪志於欲，原性命之情，有累於所論矣。夫渴者唯水之是見，酗者唯酒之是求。人皆知乎生於有疾也。今若以從欲爲得性，則渴酗者非病，淫湎者非過，桀跖之徒皆得自然。〔註31〕

在對方看來，出行則車馬隨從連成長隊，飲食則肴盈方丈布列於前，只有這樣才會歡樂。嵇康指出這樣其實是役身於外物，喪志於嗜欲，而性命之情原非如此。然後將錯就錯，重新構造了一個與此具有相同性並帶有明顯荒謬性的例子，口渴之人唯水是見，貪酒之人唯酒是求，本是產生於病態的行爲，而今如果把隨順嗜欲視爲適合於人的天性，那麼口渴貪酒之人不爲有病，沉溺酒色之人不爲過錯，夏桀盜跖都得享天理自然。顯然，這種結論是荒謬的，那麼對方的觀點也就是荒謬的，從而達到批駁對方的目的。這實際是一種間接反駁法。

類比推理與比喻式類推的異同，張曉芒指出，前者是推理的方法，可以推出新的知識，不具有對抗性，後者則是論辯的方法，是在向論敵闡述一個已有思想的正確性或荒謬性。〔註32〕嵇康對類比推理的運用也很嫺熟，例如：

> 且豆令人重，榆令人瞑，合歡蠲忿，萱草忘憂，愚智所共知也。薰辛害目，豚魚不養，常世所識也。虱處頭而黑，麝食柏而香，頸處險而癭，齒居晉而黃。推此而言：凡所食之氣，蒸性染身，莫不相應。豈惟蒸之使重而無使輕，害之使暗而無使明，蒸之使黃而無使堅，芬之使香而無使延哉？故《神農》曰：上藥養命，中藥養性者，誠知性命之理，因輔養以通也。（《養生論》）〔註33〕

他從豆、榆、合歡、萱草等事類中推出「所食之氣」具有「蒸性染身」的作用，然後將這一道理運用到養生中，從而得出「性命之理，因輔養以通」的結論。

〔註31〕戴明揚：《嵇康集校注》，北京：人民文學出版社，1962年版，第188頁。
〔註32〕張曉芒：《中國古代論辯藝術》，太原：山西人民出版社，2001年版，第119～120頁。
〔註33〕戴明揚：《嵇康集校注》，北京：人民文學出版社，1962年版，第148～150頁。

2.「順端極末」

嵇康《明膽論》言：「夫論理性情，折引異同，固尋所受之終始，推氣分之所由。順端極末，乃不悖耳。今子欲棄置渾元，捃摭所見，此爲好理綱目，而惡持綱領也。」〔註34〕爲使論辯「不悖」，嵇康強調「順端極末」，「端」便是論題的總綱，論題的根本所在，「末」便是論題的細節，以及論題可能涉及到的旁支。「順端極末」，也就是在論辯中，思路要合理，要善於抓住主要方面，以綱帶目，反對捨本求末，理網目而棄綱領。《答釋難宅無吉凶攝生論》也指出「不因見求隱，尋論究緒，由〔子午〕而得卯未，夫尋端之理，猶獵師以得禽也。縱使尋跡，時有無獲，然得禽，曷嘗不由之哉」〔註35〕，用優秀獵手獲禽獸來說明尋求端始探究緒末對於尋求物理的重要性。這與王弼提出的「崇本息末」有異曲同工之處，都強調抓住「本」。

嵇康在文章中運用「順端極末」的方法，使論理更爲透徹。道家養生思想甚爲龐雜，但嵇康在《養生論》中卻將養生的方法概括爲靜心恬性與服食良藥二者的有機結合，這就抓住了養生的精髓。然後再在此基礎上，正面論證導養之理，反面批駁世人不通養生之理的錯誤做法與觀點，使文章重點突出，綱目清楚，結構嚴謹，條理清楚。

因果推理的運用，使論證勢如剝筍，層次清晰，由此亦可見嵇康「順端極末」的思維過程。如《釋私論》中對「君子」的論述爲：

夫稱君子者，心無措乎是非，而行不違乎道者也。何以言之？夫氣靜神虛者，心不存於矜尚；體亮心達者，情不繫於所欲。矜尚不存乎心，故能越名教而任自然；情不繫於所欲，故能審貴賤而通物情。物情順通，故大道無違；越名任心，故是非無措也。是故言君子，則以無措爲主，以通物爲美。〔註36〕

從形式上看，這似乎是由兩個並行的頂針句式組成，每一句都以上一句爲前提，推出新的結論，再以此爲前提，推出下一句，與傳統邏輯中的連鎖推理相似。但連鎖推理是復合推理的省略形式，是建立在類屬（屬種）關係基礎上。〔註37〕此處句子的推導關係卻是建立在因果關係的基礎之上，句式爲「……，故……」，不妨稱其爲因果推理。雙線並行，錯綜穿插，使論證條理

〔註34〕戴明揚：《嵇康集校注》，北京：人民文學出版社，1962年版，第252～253頁。
〔註35〕戴明揚：《嵇康集校注》，北京：人民文學出版社，1962年版，第308頁。
〔註36〕戴明揚：《嵇康集校注》，北京：人民文學出版社，1962年版，第234頁。
〔註37〕張曉芒：《中國古代論辯藝術》，太原：山西人民出版社，2001年版，第344頁。

清楚，論證縝密。

3.「藉以為難」

「藉以爲難」就是借著對方的話題或類似的事例進行詰難，以證明本義的堅不可破。這是嵇康在《答難養生論》中提出的論辯方法。嵇康主張食上藥比五穀更有利於養生，向秀則認爲「肴糧入體，益不逾旬」，以明宜生之驗。嵇康反駁道：

> 今不言肴糧無充體之益，但謂延生非上藥之偶耳。請借以爲難。夫所知麥之善於菽，稻之勝於稷，由有效而識之。假無稻稷之域，必以菽麥爲珍養，謂不可尚矣。然則世人不知上藥良於稻稷，猶守菽麥之賢於蓬蒿，而必天下之無稻稷也。若能杖藥以自永，則稻稷之賤，居然可知。（《答難養生論》）〔註38〕

在向秀觀點的基礎上，嵇康先表明自己的觀點，不說茶肴糧食沒有充饑壯體的好處，而是說其在延長生命方面不能與上藥相比，以此界定出自己觀點的範圍，然後在此範圍內將麥與菽、稻與稷進行比較，通過一個假言推理，得出因世人不知上藥良於稻稷，才認爲稻稷最好的結論。

在《聲無哀樂論》中，嵇康提出「借子之難以立鑒識之域」的論辯方法，這其實也是一種「藉以爲難」的反駁形式。也就是說依據論難的論題，確立辯駁的論域。他在反駁對方以「葛盧聞牛鳴，知其三子爲犧」來證明盛衰吉凶皆存於聲音時，首先提出「牛非人類，無道相通」，然後進一步論證，就算「葛盧受性獨曉之」，也僅僅是「譯傳異言」，而非「考聲音而知其情」。爲了進一步分析論證，嵇康將其轉換爲另一個更簡明的事例，借對方的詰難來限定考察的範圍，這樣就使辯駁的靶子更爲明確。他把對方「人與牛」的問題設定爲「人與人」，而且是「聖人」與「胡人」，範圍非常明確，而且便於論證。然後設定聖人初次進入胡域，能夠通曉胡人語言的三種方式，再將其一一駁倒，由此得出「聖人窮理，謂自然可尋，無微不照。理蔽則雖近不見。故異域之言，不得強通」〔註39〕的結論，那麼「葛盧不知聞牛鳴，知其三子爲犧」的觀點自然不足爲信，更不能對嵇康聲無哀樂的觀點構成反駁。

〔註38〕戴明揚：《嵇康集校注》，北京：人民文學出版社，1962 年版，第 182 頁。
〔註39〕戴明揚：《嵇康集校注》，北京：人民文學出版社，1962 年版，第 211 頁。

（二）對對方謬誤的批駁

嵇康之論多爲辯駁之作，既是辯駁，必然有破有立，破立結合。在論辯過程中，嵇康對對方謬誤的批判很多，涉及到了論點、論據、論證以及思維規律各個方面，在此擇要分析如下。

1. 對論題的批駁

反駁論題就是根據某些事實或原理，按照一定的邏輯規則，論證對方的論題是虛假的、不能成立的。可分爲兩種，一是直接反駁，二是間接反駁。

《難宅無吉凶攝生論》中，針對對方提出的「時日譴祟，古盛王無之，季王之所好聽」的觀點，嵇康首先指出「此言善矣，顧其不盡然」，也就是說，這話說得很對，但又並非完全如此，下面就進行了直接反駁：

> 湯禱桑林，周公秉圭，不知是譴祟非也？吉日惟戊，既伯既禱，
>
> 不知是時日非也？此皆足下家事，先師所立，而一朝背之，必若湯
>
> 周未爲盛王，幸更詳之。又當知二賢，何如足下耶？〔註40〕

嵇康舉了商湯爲天下久旱祈禱桑林和周公爲武王除病執圭禳疾的例子來反駁對方古時盛世帝王不重視驅除忌祟的觀點，又引用《詩經》中的話來反駁其不重時日的觀點，如果對方堅持己見，就要否認商湯周公是盛世帝王，而這又是世代傳習的，已成定論。如此便證明對方觀點有失偏頗，具有極強的說服力。

除了直接反駁，嵇康也經常運用間接反駁的方式來論證對方觀點的錯誤。例如在《難宅無吉凶攝生論》中，對方認爲「專氣致柔，少私寡欲，直行情性之所宜，而合養生之正度，求之於懷抱之內，而得之矣」，「善養生者，和爲盡矣」，嵇康則覺得「全生不盡此耳」，然後沒有直接論證，而是舉了三個例子，「夫危邦不入，所以避亂政之害；重門擊柝，所以避狂暴之災；居必爽塏，所以遠風毒之患」，得出結論「凡事之在外能爲害者，此未足以盡其數也。安在守一利而可以爲盡乎？」〔註41〕之後舉了單豹的例子，運用歸謬式類推，證明修內與禦外相結合才有利於養生，從而證明對方觀點的偏頗。

除了批駁對方論題的片面，嵇康還對對方論題前後矛盾進行批駁。他在《答釋難宅無吉凶攝生論》中提出「欲彌縫兩端，使不愚不誕，兩譏董默，謂其中央可得而居，恐辭辨雖巧，難可俱通」，「恐似矛盾無俱立之勢，非辯

〔註40〕戴明揚：《嵇康集校注》，北京：人民文學出版社，1962 年版，第 281 頁。

〔註41〕戴明揚：《嵇康集校注》，北京：人民文學出版社，1962 年版，第 277 頁。

言所能兩濟也」〔註 42〕，也就是說在論辯中不能用「俱立」、「兩濟」之說，不可能憑巧辯而自圓其說。例如：

> 既曰「壽夭不可求，甚於貴賤」；而復曰「善求壽強者，必先知災疾之所自來，然後可防也。，然則壽夭果可求耶？不可求也？既曰「彭祖七百，殤子之夭，皆性命自然」；而復曰不知防疾，致壽去夭，「求實於虛，故性命不遂」。此爲壽夭之來，生於用身，性命之遂，得於善求。然則夭短者，何得不謂之愚？壽延者，何得不謂之智？苟壽夭成於愚智，則自然之命，不可求之論，奚所措之？凡此數者，亦雅論之矛楯矣。（《難宅無吉凶攝生論》）〔註43〕

顯然，嵇康抓住對方兩個前後矛盾之處加以批駁，其一爲壽夭是否可求，其二爲壽夭是否爲性命自然。將矛盾擺出，對方的論點不攻自破。

2. 對論據的批駁

反駁論據也是嵇康常用的批駁方法，通過論證對方論據是虛假的，使對方的論題失去眞實論據的支撐，從而不攻自破。《聲無哀樂論》中秦客舉「葛盧聞牛鳴，知其三子爲犧；師曠吹律，知南風不竟，楚師必敗；羊舌母聽聞兒啼，而審其喪家」三個論據來證明「盛衰吉凶，莫不存乎聲音」的觀點，嵇康一一加以批駁，使對方的論點得不到足夠的證明。《明膽論》中也是通過批駁呂子所舉的賈生、子家和左師的事例來證明自己的觀點。諸如此類，不勝枚舉。

爲批駁對方論據，嵇康有時候會設置二難推理。如《聲無哀樂論》中對方引「季子聽聲，以知眾國之風：師襄奏《操》，而仲尼睹文王之容」的事例來證明自己的觀點，嵇康認爲這涉及到聲音有無常度的問題，所以提出兩個假言推理：

> 若此果然也，則文王之《操》有常度，《韶》《武》之音有定數，不可雜以他變，操以餘聲也。則向所謂聲音之無常，鍾子之觸類，於是乎躓矣。若音聲〔之〕無〔常〕，鍾子〔之〕觸類，其果然耶？則仲尼之識微，季札之善聽，固亦誣矣。〔註44〕

面對這個二難陷阱，無論對方選擇哪個，都將否定自己提出的一方面論據，

〔註42〕 戴明揚：《嵇康集校注》，北京：人民文學出版社，1962 年版，第 294～298 頁。
〔註43〕 戴明揚：《嵇康集校注》，北京：人民文學出版社，1962 年版，第 276～277 頁。
〔註44〕 戴明揚：《嵇康集校注》，北京：人民文學出版社，1962 年版，第 203 頁。

二者不可得兼，要麼鍾子觸類是假的，要麼仲尼識微、季札善聽是假的。

3. 對論證方法的批駁

嵇康在論中不僅批駁了對方的論題與論據，他還指出對方論證方法存在的問題，主要有以下幾方面：

（1）「以必然之理喻未必然之好學」

在《自然好學論》中，張叔遼以口之於甘苦出於自然來比喻人類的自然好學，嵇康批駁其「今子以必然之理，喻未必然之好學，則恐似是而非之議」〔註45〕，直接指出對方論證方法存在的問題，而方法的錯誤自然導致結論的錯誤。

（2）「以多自證，以同自慰」

針對世人對養生之論的錯誤理解，嵇康指出「馳騁常人之域，故有一切之壽，仰觀俯察，莫不皆然，以多自證，以同自慰，謂天地之理，盡此而已矣。縱聞養生之事，則斷以己見，謂之不然」（《養生論》）〔註46〕。此處嵇康就世人在認識事物中存在的問題加以批評，指出世人往往因完全信奉常論，並以此作為推斷事物的唯一依據，因此阻礙了對至理的接受。

（3）「以甲聲為度，以校乙之啼」

《聲無哀樂論》中對方以「羊舌母聽聞兒啼，而審其喪家」來責難，嵇康指出「若神心獨悟，暗語之當，非理之所得也。雖曰聽啼，無取驗於兒聲矣」，「若以嘗聞之聲為惡，故知今啼當惡，此為以甲聲為度，以校乙之啼也」〔註47〕。他指出對方之所以認為羊舌母能聽聞兒啼而審其喪家，是因為其用以前聽過的聲惡為標準，來推導出現在的結論。其推理過程為：

已知：嘗聞甲聲為惡，

　　　乙聲似甲聲

結論：乙聲為惡

這其實是一個三段論，大前提是由枚舉歸納得出的或然性結論，小前提中的「似」也帶有或然性，因而由或然性的大、小前提推論出的結論也具有或然性。這說明對方的推論方法存在問題，其結論不具有必然性，因此也就駁不倒嵇康的論點。

〔註45〕戴明揚：《嵇康集校注》，北京：人民文學出版社，1962年版，第262頁。
〔註46〕戴明揚：《嵇康集校注》，北京：人民文學出版社，1962年版，第153頁。
〔註47〕戴明揚：《嵇康集校注》，北京：人民文學出版社，1962年版，第213頁。

（三）心理分析的運用

心理分析是嵇康最具原創性的論辯方式，與宗教的心理體驗相似。通過對對方心理的分析，一方面能夠揭示出對方產生錯誤觀念的心理根源，另一方面，也更容易引發對方的認同感，讓其接納自己的觀點。在《養生論》和《答難養生論》中，嵇康分析了世人養生失敗的原因在於「內懷猶豫，心戰於內，物誘於外，交賒相傾」〔註48〕，如果內心有對養生的堅定信念，那麼「有主於中，以內樂外，雖無鐘鼓，樂已具矣」〔註49〕。在嵇康看來，內心的信念可以防範外部世界的誘惑和錯誤觀念的入侵，「苟云理足於內，乘一以禦外，何物之能默哉？」〔註50〕嵇康強調的是，只要心足意足，「性氣自和，則無所困於防閑；情志自平，則無鬱而不通」〔註51〕。這些心理分析可謂設身處地，直接找到了世人無法養生的根本原因。

《釋私論》中分析是非，分析到「事亦有似非而非非，類是而非是」的地步。他分析人的動機，揭露出為私之人的心理活動：

> 唯懼隱之不微，唯患匿之不密；故有矜忤之容，以觀常人；矯飾之言，以要俗譽。謂永年良規，莫盛於茲；終日馳思，莫窺其外；故能成其私之體，而喪其自然之質也。於是隱匿之情，必存乎心；偽怠之機，必形乎事。〔註52〕

寥寥數語，將兩面三刀，一心為私，而以假面目向人之人士的心理刻畫得入木三分，讀之，不能不盛歎嵇康描摹為私之人心理的高超藝術。而從心理分析出發的批駁，更具殺傷力，使這些人在嵇康的筆下無藏身之地。

四、清峻通脫的文風與超逸自然的語言美質

嵇康，作為一個處處以求真為己任的人，其性格又是「直性狹中，多所不堪」、「不識人情，暗於機宜」、「有好盡之累」、「疵釁日興」（《與山巨源絕交書》）〔註53〕，所以其詩「語取快意，不能含蓄」〔註54〕，其文則清峻通脫，

〔註48〕戴明揚：《嵇康集校注》，北京：人民文學出版社，1962年版，第154～155頁。
〔註49〕戴明揚：《嵇康集校注》，北京：人民文學出版社，1962年版，第191頁。
〔註50〕戴明揚：《嵇康集校注》，北京：人民文學出版社，1962年版，第176頁。
〔註51〕戴明揚：《嵇康集校注》，北京：人民文學出版社，1962年版，第176頁。
〔註52〕戴明揚：《嵇康集校注》，北京：人民文學出版社，1962年版，第240～241頁。
〔註53〕戴明揚：《嵇康集校注》，北京：人民文學出版社，1962年版，第113～119頁。
〔註54〕戴明揚：《嵇康集校注》，北京：人民文學出版社，1962年版，第65頁。

率性而作，才氣縱橫，宛如從心中汩汩流出的溪流，澄澈得容不得一絲渣滓。正如江進之所言：「此等文字，終晉之世不多見，即終古亦不多見。彼其情眞語眞，句句都從肺腸流出，自然高古，自然絕特，所以難及」〔註55〕。王世貞《藝苑卮言》云：「嵇叔夜土木形骸，不事雕飾，想於文亦爾，如《養生論》……類信筆成者，或逐重犯，或不相續，然獨造之語，自是奇麗超逸，覽之躍然而醒。」〔註56〕明代著名散文家茅坤言其「隨筆寫去，不立格局而風度自佳。所謂不假雕琢，大雅絕倫者矣。」（《白華樓藏稿》卷九）嵇康論文千百年來之魅力正在於此。

　　散文的通脫率性當始於建安時期的孔融、曹操等人。孔融的《難曹公表製酒禁書》其二曰：「昨承訓答，陳二代之禍，及眾人之敗，以酒亡者，實如來誨。雖然，徐偃王行仁義而亡，今令不絕仁義；燕噲以讓失社稷，今令不禁謙退；魯因儒而損，今令不棄文學；夏、商亦以婦人失天下，今令不斷婚姻。而將酒獨急者，疑但惜穀耳，非以亡王爲戒也」。可謂放言無忌，目空一切，終招來殺身之禍。曹操的《讓縣自明本志令》曰：「設使國家無有孤，不知當幾人稱帝幾人稱王」，則有一股霸氣充溢其中。二者均爲建安通脫文風的代表。嵇康之論承此而來，把心性的自然演化爲行文的自然，盡性而作，絲毫不顧及其後果。《管蔡論》是一篇頗有膽識的翻案文章，周初，管蔡疑周公篡位，挾商紂王子武庚作亂。周公東征平亂，殺管叔而流放蔡叔。史家向以「凶逆」目管蔡，不遺餘力口誅筆伐，甚至連司馬遷也認爲「管蔡作亂，無足載者」。（《史記‧管蔡世家》）嵇康卻明確指出：周公居攝，賢如召公尚且不悅，「管蔡懷疑，未爲不賢」；既要看到管蔡叛亂的事實，又要看到他們「欲除國患」，「思在王室」的動機；既要看到「昔文武之用管蔡以實」，又要看到「周公之誅管蔡以權」。立論大膽，分析全面，完全無視「其時役役司馬門下者，非惟不能作，亦不能談也」。（張溥《漢魏六朝百三家集題辭》）至於其遭殺身之禍是否源於此，另當別論，但其「想說就說」的特點還是由此可見一斑。至於其文中所說的「越名教而任自然」，「今若以明堂爲丙舍，以誦諷爲鬼語，以六經爲蕪穢，以仁義爲臭腐；睹文籍則目瞧，修揖讓則變傴，襲章服則轉筋，譚禮典則齒齲」（《難自然好學論》）〔註57〕，更是將批判的矛頭直接指向儒家經典，絲毫不管後果如何。

〔註55〕戴明揚：《嵇康集校注》，北京：人民文學出版社，1962年版，第130頁。
〔註56〕戴明揚：《嵇康集校注》，北京：人民文學出版社，1962年版，第390～391頁。
〔註57〕戴明揚：《嵇康集校注》，北京：人民文學出版社，1962年版，第262～263頁。

　　嵇康之文在語言和表現手法上也表現出清峻通脫的特點。他雖沒有明確地建立自己的文學理論體系，但在論文中亦有隻言片語談到對文章語言的要求。《釋私論》中，嵇康寫道：「有矜伐之容，以觀常人；矯飾之言，以要俗譽。謂永年良規，莫盛於茲；終日馳思，莫窺其外；故能成其私之體，而喪其自然之質也。」此處本爲批判人的私情私欲，在嵇康看來，用假意修飾的言辭來求取世俗稱譽，也是喪失自己淳樸自然的本性。因此，他是絕對不會去這樣做的，所以其文多循性而作，敘事說理融爲一體，駢儷句的整齊華美與散行單句的舒展自如，相契相映，展露出嵇文合於無爲之道的美，一種無所不適的美，一種「龍姿鳳章，天姿自然」的美。例如：

　　　　而世人不察，惟五穀是見，聲色是耽，目惑玄黃，耳務淫哇，滋味煎其府藏，醴醪鬻其腸胃，香芳腐其骨髓，喜怒悖其正氣，思慮銷其精神，哀樂殃其平粹。夫以蕞爾之軀，攻之者非一塗，易竭之身而外內受敵，身非木石，其能久乎？（《養生論》）〔註58〕

此處寫了世人不懂養生之理，心爲物役，耽於聲色，對句、排比句、散句自然運用，讀來甚爲順暢，誠如孫月峰所言「質率而不失其華，筆力自暢」。（《評注昭明文選》）

　　嵇文語言的超脫飄逸之美還表現爲音韻諧和，語勢流宕，受詩賦的影響頗多。有的句子簡直就是賦化的，如：

　　　　順天和以自然，以道德爲師友，玩陰陽之變化，得長生之永久，任自然以託身，並天地而不朽。（《答難養生論》）〔註59〕

也有的如四言詩：

　　　　蒸以靈芝，潤以醴泉，晞以朝陽，綏以五弦，無爲自得，體妙心玄。（《養生論》）〔註60〕

詩趣、理趣與情趣相交融，使嵇康的論文具有別樣的魅力，這與他「把莊子的理想的人生境界人間化了，把它從純哲學的境界，變爲一種實有的境界，把它從道的境界，變成詩的境界」〔註61〕緊密相關，也與嵇康從對自然的體認中追求詩意人生緊密相關。

〔註58〕戴明揚：《嵇康集校注》，北京：人民文學出版社，1962年版，第150～152頁。

〔註59〕戴明揚：《嵇康集校注》，北京：人民文學出版社，1962年版，第191頁。

〔註60〕戴明揚：《嵇康集校注》，北京：人民文學出版社，1962年版，第157頁。

〔註61〕羅宗強：《玄學與魏晉士人心態》，杭州：浙江人民出版社，1991年版，第103頁。

　　嵇文的韻律變化多端，有兩句一韻的，如「神以默醇，體以和成，去累除害，與彼更生」；有四句一韻的，如「故赤斧以練丹頳髮，涓子以術精久延，偓佺以松實方目，赤松以水玉承煙，務光以蒲韭長耳，邛疏以石髓延年，方回以雲母變化，昌容以蓬蔂易顏」；有六句一韻的，如「豈若流泉甘醴，瓊蕊玉英。金丹石菌，紫芝黃精。皆眾靈含英，獨發奇生。貞香難歇，和氣充盈。澡雪五臟，疏徹開明。吮之者體輕」〔註62〕。韻律的協調，增強了文章的節奏感，讀來朗朗上口，有詩的美感。

　　嵇康以率真自然的語言在文章中勾勒出一位思想者的形象。他逆俗而動，充滿睿智的光芒，有時如一位循循善誘的長者，在《養生論》中闡述養生之道，耐心地講解靜心恬性與服食良藥的養生方法，在《聲無哀樂論》中假東野主人與秦客坐而論道，大談音樂與情感的關係，在《管蔡論》中為問者提出的疑問進行解答，結合當時歷史情境分析管蔡稱兵叛亂的緣由。而有時他又儼然一位咄咄逼人的辯士，頗有點「真理不辯不明」的味道。如《難宅無吉凶攝生論》中，「湯禱桑林，周公秉圭，不知是譴崇非也？『吉日惟戊，既伯既禱』，不知是時日非也？此皆足下家事，先師所立，而一朝背之，必若湯周未為盛王，幸更詳之。又當校知二賢，何如足下耶？」運用反問句式，語含嘲諷，步步緊逼，不給對方喘息的機會，文章的氣勢自然而生。嵇康論文更展示了一位終生求真，「內不愧心，外不負俗，交不為利，仕不謀祿，鑒乎古今，滌情蕩欲」（《卜疑》）〔註63〕的士人的心聲，一位追求自由自在、閒適愉悅、與自然相親、心與道冥的理想人生的智者的睿智與純情。

　　總之，嵇康論體文取得的成就，足以使其成為魏晉時期論體文第一大家，不管是數量，還是質量，都奠定了他在論壇的至尊地位。他用生命捍衛了對真的追求，讀其文，想其人，「凌清風以三歎，撫茲子而悵焉。聞先覺之高唱，理極滯其必宣。候千載之大聖，期五百之明賢。聊寄憤于斯章，思慷慨而泫然」〔註64〕。人已逝，文猶存，千載之下，依然懷想其高潔如明月清風的品格，懷想其面對屠刀，顧視日影，索琴而彈的神采風姿。

〔註62〕　戴明揚：《嵇康集校注》，北京：人民文學出版社，1962年版，第185、186、184頁。

〔註63〕　戴明揚：《嵇康集校注》，北京：人民文學出版社，1962年版，第142頁。

〔註64〕　〔清〕嚴可均：《全晉文》，卷144，《全上古三代秦漢三國六朝文》，北京：中華書局，1958年版，第2290～2291頁。

第二節 「才高詞贍」陸機

西晉一代，文士頗多，但能代表其文學發展新趨向的當屬「太康之英」陸機。陸機的詩文創作成就頗高，前人稱其「天才綺練，當時獨絕」，〔註65〕「才高詞贍，舉體華美」〔註66〕，「機天才秀逸，辭藻宏麗」，〔註67〕皆指出陸機之詩文才高詞麗的特點。陸機之論有《辯亡論》與《五等論》兩篇，在西晉論體文中亦具有舉足輕重的地位。

一、陸機之論的創作背景與主旨

（一）《辯亡論》：「辯吳亡」與「詠世德」

關於《辯亡論》的創作，《晉書·陸機傳》載：

> （機）年二十而吳滅，退居舊里，閉門勤學，積有十年。以孫氏在吳，而祖父世爲將相，有大勳於江表，深慨孫皓舉而棄之，乃論權所以得，皓所以亡，又欲述其祖父功業，遂作《辯亡論》二篇。
> 〔註68〕

這段話涉及兩個問題：

其一，《辯亡論》的創作時間。姜亮夫在《陸平原年譜》中稱其創作於晉武帝太康九年（288 年），陸機二十八歲，因爲太康十年（289 年）陸機已入洛。陸侃如《中古文學系年》則認爲作於太康元年（280 年），因爲機生於景元二年（261 年），二十歲時剛好是公元 280 年。二者均依據上文提供的信息，取了這段時間的首尾。其實，上文只能說明陸機在吳滅後的十年裏作了《辯亡論》，而沒有充分證據來證明其確切的寫作時間。李澤仁《陸士衡年譜》認爲「按此篇（辯亡論）不定在次年（280 年），然要在吳滅之後，入洛之前」，意亦在此，今取其說。

其二，《辯亡論》的創作動機與文章主旨。

〔註65〕《文選·文賦》李善注引臧榮緒《晉書》。〔梁〕蕭統編，〔唐〕李善注：《文選》，北京：中華書局，1977 年版，第 239 頁。

〔註66〕〔梁〕鍾嶸著，陳延傑注：《詩品注》，北京：人民文學出版社，1961 年版，第 24 頁。

〔註67〕〔唐〕房玄齡等：《晉書》，卷 54《陸機傳》，北京：中華書局，1974 年版，第 1480 頁。

〔註68〕〔唐〕房玄齡等：《晉書》，卷 54《陸機傳》，北京：中華書局，1974 年版，第 1467 頁。

姜亮夫指出「《辯亡》二篇，主旨亦在表彰先世德業，蓋陸遜、陸抗、陸機、陸喜祖孫父子一門多才，與大吳相終始，而功業彪炳，皆有扶危匡亂之績，且與孫氏甥舅之親，故寄慨亦特深」〔註69〕，黃侃《文選平點》云：「上篇主頌諸主，下篇揚其先功，而皆致暗咎歸命（孫皓）之意」〔註70〕。二者皆指出《辯亡論》的主旨在於頌揚父祖功業，然而，文章的題目為「辯亡論」，其通篇旨在「辯亡」，即「辨吳之所以亡也」。文章上篇從東吳王基之建立、發展、鼎盛、衰落、滅亡的全部過程，論述國家興亡之本在於政治教化，簡賢授才，下篇從君主理政、賢臣輔政以及天地人三者之關係論述國家興亡在於人和而不在於天時、地利。全文以東吳鼎盛的孫權時代為核心，以人在國家興亡中所佔據的主體地位為著眼點，表現了作者正確的歷史觀。雖然在贊孫權之得、辨孫浩之失時花大量筆墨追述陸遜、陸抗的勳績，洋溢著作為功臣後裔的自豪感，但陸遜、陸抗作為孫氏所用之人才，且對吳之興衰起著不容忽視的作用，陸機如此寫也是順理成章之事。在「辯吳亡」的過程中「頌先德」，也是可以理解的。陸機在其《文賦》中論到創作動機時提出「詠世德之駿烈，誦先人之清芬」的觀點，在《辯亡論》即得到實踐。在陸機心中也確實有一個強烈的「父祖情結」，但並不能因此而否認其「辯亡」之用意。張溥指出「冤結亂朝，文懸萬載，弔魏武而老奸掩袂，賦豪士而驕王喪魄，《辯亡》懷宗國之憂，《五等》陳建侯之利，北海以後，一人而已」〔註71〕，雖然「就其對歷史和現實社會發展趨勢的認識能力而言，陸機只是一個侏儒。在這方面，他完全沒有可能望及三國時代那些具有遠見卓識而又腳踏實地的思想家、政治家的項背」〔註72〕，但在西晉，像陸機這樣懷宗國之憂，以理智的視角辨析歷史興亡之理的文士甚少，也就顯得尤其可貴了。

（二）《五等諸侯論》：揚「五等」，貶「郡守」

五等封侯，魏廢已久。咸熙元年（公元264），司馬炎為禪魏而爭取世族支持，始建五等爵。禪位次年，即晉泰始二年（公元266），又詔封五等，從

〔註69〕姜亮夫：《陸平原年譜》，上海：古典文學出版社，1957年版，第38頁。

〔註70〕黃侃著，黃焯編次：《文選平點》，上海：上海古籍出版社，1985年版，第308頁。

〔註71〕〔明〕張溥著，殷孟倫注：《漢魏六朝百三家集題辭注》，北京：人民文學出版社，1960年版，第133頁。

〔註72〕王毅：《陸機簡論》。人民文學出版社古典文學編輯室：《中國古典文學論叢》（第二輯），北京：人民文學出版社，1985年版，第59頁。

而建立了與魏不同的政治體制。五等封侯，在魏晉易代過程中起了重要作用，也形成了此後藩王尾大不掉的政治格局，成爲「八王之亂」的直接源頭。此文爲這一政治體制尋找理論依據，說明機已入洛。文章論述了五等之制的歷史淵源、重要作用、利弊得失。秦漢或廢五等封侯，或封侯而不遵古制，造成嚴重後果，通過周漢歷史之對比，五等制與郡守制之對比，再上升到人情、事理、體制之理論抽象，論五等諸侯之是，牧守郡縣之非。

二、陸機之論擬古中的創新傾向

　　陸機現存作品中擬古之作甚多。最著名的如《擬古十二首》，蕭統編入《文選》，鍾嶸《詩品》亦曾提及，影響甚大。他還擬古辭《驅車上東門行》而作《駕言出北闕行》，仿曹丕《燕歌行》而作同題詩歌，仿馮衍《顯志賦》作《遂志賦》，仿連珠體作《演連珠》五十首，仿七體作《七徵》、《七導》等。

　　《辯亡論》模仿《過秦論》而作。陸雲《與兄弟平原書》指出：「《辯亡》已是《過秦》。」劉勰《文心雕龍・論說》亦說：「陸機《辯亡》，效《過秦》而不及，然亦其美矣。」孫月峰曰：「全規模過秦，閎暢不及晉紀總論，而練透過之。」邵子湘曰：「二論全仿過秦而詞氣濃滯，未能獨出機杼，大抵詞家之文持論，非其所長。」（《評注昭明文選》）駱鴻凱指出：「《過秦》之篇爲論文之宗，覆燾無窮。文士著論則效最工者，有士衡《辯亡》與曹冏《六代論》、干寶《晉紀・總論》諸篇。《辯亡》命意用筆遣辭，全規過秦，模擬之跡尤顯然明白。」〔註73〕並指出《辯亡論》與《過秦論》「命意之相擬」三處、「筆致之相擬」一處、「句法之相擬」一處、「句度之相擬」四處。《五等諸侯論》亦有對前人之作的模擬痕跡。孫執升指出「大意與六代論同。而彼情辭曲至，此議論明快，各極其勝」。（《評注昭明文選》）

　　其實，除了對《過秦論》的模擬，《辯亡論》中亦可見對班彪《王命論》與班固《公孫弘傳贊》的模擬之跡，《五等諸侯論》中有的句子則是從賈誼《陳政事疏》中換骨而來，下面較而論之：

　　　　（1）《公孫弘傳贊》：漢之得人，於茲爲盛，儒雅則公孫弘、
　　董仲舒、倪寬，篤行則石建、石慶，質直則汲黯、卜式，推賢則韓
　　安國、鄭當時，定令則趙禹、張湯，文章則司馬遷、相如，滑稽則

〔註73〕駱鴻凱：《文選學》，北京：中華書局，1937年版，第395頁。

東方朔、枚皋，應對則嚴助、朱買臣，歷數則唐都、落下閎，協律則李延年，運籌則桑弘羊，奉使則張騫、蘇武，將帥則衛青、霍去病，受遺則霍光、金日磾，其餘不可勝紀。〔註74〕

《辯亡論》：風雅則諸葛瑾、張承、步騭，以名聲光國；政事則顧雍、潘濬、呂範、呂岱，以器任幹職；奇偉則虞翻、陸績、張惇以風義舉政，奉使則趙咨、沈珩，以敏達延譽；術數則吳範、趙達，以機祥協德。〔註75〕

（2）《王命論》：見善如不及，用人如由己，從諫如順流，趣時如響起。〔註76〕

《辯亡論》：其求賢如弗及，恤人如稚子，接士盡盛德之容，親仁罄丹府之愛。

（3）《王命論》：舉韓信於行陣，收陳平於亡命。

《辯亡論》：拔呂蒙於戎行，識潘濬於繫虜。

（4）《王命論》：當食吐哺，納子房之策；拔足揮洗，揖酈生之說；

《辯亡論》：推誠信士，不恤人之我欺；量能授器，不患權之我偪。執鞭鞠躬，以重陸公之威；悉委武衛，以濟周瑜之師。卑宮菲食，豐功臣之賞；披懷虛己，納謀士之算。

（5）《王命論》：悟戍卒之言，斷懷土之情；高四皓之名，割肌膚之愛。

《辯亡論》：高張公之德，而省遊田之娛；賢諸葛之言，而割情慾之歡；感陸公之規，而除刑法之煩；奇劉基之議，而作三爵之誓；屏氣躃踊，以伺子明之疾；分滋損甘，以育凌統之孤；登壇慷慨，歸魯子之功；削投惡言，信子瑜之節。

（6）《陳政事疏》：彼且為我死，故吾得與之俱生；彼且為我

〔註74〕〔梁〕蕭統編，〔唐〕李善注：《文選》，北京：中華書局，1977年版，第686頁。

〔註75〕此處《辯亡論》之引文皆出自〔唐〕房玄齡等：《晉書》，北京：中華書局，1974年版，第1468～1470頁。

〔註76〕此處《王命論》之引文皆出自〔梁〕蕭統編，〔唐〕李善注：《文選》，北京：中華書局，1977年版，第719頁。

亡，故吾得與之俱存；夫將爲我危，故吾得與之皆安。顧行而忘利，守節而伏義，故可以託不御之權，可以寄六尺之孤。〔註77〕

《五等諸侯論》：分天下以厚樂，則己得與之同憂；饗天下以豐利，而己得與之共害。利博而恩篤，樂遠則憂深，故諸侯享食土之實，萬國受傳世之祚。〔註78〕

通過比較，不難看出，陸機在擬古的同時力求超拔前人。以上除例（3）對古人亦步亦趨，沒有變化外，其他均有變化，主要表現在：

其一，句子擴展，容量加大。例（1）中，《公孫弘傳贊》句式爲「……則……」，突出列舉人物的共同特點，《辯亡論》則將其擴展爲「……則……，以……」，就不僅突出人物的特點了，還強調了這種特點帶來的效果，句子的容量增大，更有說服力。

其二，短句變長句，對偶變排比。例（5）《王命論》爲一組對偶句，上下句各爲兩個五字短句，《辯亡論》則變爲兩組各四句的排比句，將五字短句分別加上「而」、「以」，變成長句，使文章更具氣勢。例（4）亦是句式稍變，數量增加，由對偶變排比。

其三，長短句交錯，句式變化多姿。例（2）《王命論》爲四句五言排比句，句式單一，《辯亡論》則前兩句爲五字對偶，後兩句爲七字對偶，使長短句交錯出現，句式更具變化。

其四，句式更整齊，對仗更工整。例（6）《陳政事疏》中「彼且爲我死，故吾得與之俱生；彼且爲我亡，故吾得與之俱存」爲對偶，之後加了「夫將爲我危，故吾得與之皆安」，形成不太工整的排比，《五等諸侯論》則直接變爲「分天下以厚樂，而己得與之同憂；饗天下以豐利，而我得與之共害」對仗工整，使句子更加整齊。

除了句式變化外，在用詞方面，陸機較前人更注重辭采典雅，例如「接士盡盛德之容，親仁馨丹府之愛」，「卑宮菲食，以豐功臣之賞；披懷虛己，以納謨士之算」，「利博則思篤，樂遠則憂深」等均用語確切文雅，著意鍊句。

通過比較，可以看出陸機對漢文甚爲喜愛，且受其影響深遠。陸機之論

〔註77〕〔清〕嚴可均：《全漢文》，卷15《賈誼卷》，《全上古三代秦漢三國六朝文》，北京：中華書局，1958 年版，第 213 頁。
〔註78〕〔唐〕房玄齡等：《晉書》，卷 54《陸機傳》，北京：中華書局，1974 年版，第 1476 頁。

又並非一味擬古，更注重在擬古之中求變化，求超越。誠如他在《文賦》中所說「收百世之闕文，採千載之遺韻。謝朝華於已披，啓夕秀於未振」，錢鍾書釋曰：「機意謂上世遺文，固宜採擷，然運用時須加抉擇，博觀而當約取。去詞采之來自古先而已成熟套者，謝已披之朝華；取詞采之出於晚近而猶未濫用者，啓未振之夕秀。」〔註79〕陸機強調從古人作品中擷取芳華為己所用時，要注意語言的創新。擬古作為古代文士學文的有效途徑，王瑤先生曾有精闢論述：「他們為什麼喜歡擬作別人的作品呢？因為這本來是一種主要的學習屬文的方法，正如我們現在的臨貼學書一樣。前人的詩文是標準的範本，要用心地從裏面揣摩，模仿，以求得其神似。所以一篇有名的文字，以後尋常有好些人底類似的作品出現，這都是模仿的結果」，〔註80〕「這種風氣既盛，作者也想在同一類的題材上，嘗試著與前人一較短長，所以擬作的風氣便越盛了」。〔註81〕擬古是當時文人的一種風氣，它大半也是屬於練筆或對古人詩文愛好而作。吳滅後，陸機與弟陸雲退居於華亭閉門勤學十年，在此其間，通過大量模擬前人之作來提高自己的寫作技巧，才有了後來入洛陽，以文才為著名文人張華所賞識，稱「伐吳之役，利獲二俊」。

三、陸機之論的藝術特色

陸機的《辯亡論》與《五等論》均被《文選》甄選收錄，在藝術上自有其獨特之處，在西晉一代猶能稱美，亦所不易。二論雖創作時期不同，但在藝術上有共通之處，均有繁縟贍密的特點，這其實也是陸機詩文共有的特點，但在其論中有更突出的表現。

其一，事繁典密，藻飾雅化。

陸機之論多實證，少思辨，多數時候是在敘事，借事說理，引事作論，無不鋪陳渲染，「其能事直與賈傅相頡頏」（《評注昭明文選》，浦二田語）。「自古之文，敍述簡明者多，敍述細意者少。陸士衡之《文賦》，細意之多，前之所無。所謂符采復隱，精意艱深者是也。如《弔魏武帝文》，意之多雜，精義艱深，甚矣。」（黃侃《文心雕龍札記》附錄《中國文學概談》）《辯亡論》中，赤壁破曹是江東興亡所繫，陸機寫道：

〔註79〕錢鍾書：《管錐編》，北京：中華書局，1979 年版，第 1993 頁。
〔註80〕王瑤：《中古文學史論》，北京：北京大學出版社，1998 年版，第 216 頁。
〔註81〕王瑤：《中古文學史論》，北京：北京大學出版社，1998 年版，第 218 頁。

魏氏嘗藉戰勝之威，率百萬之師，浮鄧塞之舟，下漢陰之眾，
羽楫萬計，龍躍順流，銳師千旅，武步原隰，謨臣盈室，武將連衡，
喟然有吞江滸之志，一宇宙之氣。而周瑜驅我偏師，黜之赤壁，喪
旗亂轍，僅而獲免，收跡遠遁。〔註82〕

先濃墨重彩寫魏軍之氣勢，頗多誇張之辭，「藉」、「率」、「浮」、「下」，一氣
貫之，「羽楫萬計，龍躍順流，銳騎千旅，武步原隰」，聲勢浩大，「謨臣盈室，
武將連衡」，人才濟濟，「有吞江滸之志，一宇宙之氣」，可見來者不善。接著
寫吳軍，卻惜墨如金，抓住「喪旗亂轍」這一細節，便將魏軍兵敗後逃跑的
狼狽情景再現眼前。前面大肆渲染魏之兵多將廣，原是為寫吳鋪墊，如此強
盛之軍為吳之「偏師」擊得落花流水，不必正面寫吳之強，一「僅」一「遠」，
吳軍之精銳英勇顯現畢盡。寫魏軍用的是鳥瞰式的大場面，寫吳軍則從微小
處著眼。不必議論，陸機之本意已昭顯殆盡。如果再發論，反有畫蛇添足之
嫌。

西陵之戰亦足以決定吳之生死存亡，陸機接著寫道：

漢王亦憑帝王之號，帥巴漢之人，乘危騁變，結壘千里，志報
關羽之敗，圖收湘西之地。而我陸公亦挫之西陵，覆師敗績，困而
後濟，絕命永安。續以濡須之寇，臨川摧銳，蓬籠之戰，子輪不反。
〔註83〕

《蜀志》曰：「孫權襲殺關羽，取荊州。先主忿孫權之襲關羽，遂乃伐吳。吳
將陸遜大破先主軍，遂棄船還魚復，改縣曰永安。」蜀之伐吳，連營七百里，
自是大敵，還是先寫對方，劉備自與曹操不同，本為報關羽之仇而來，「乘危
騁變，結壘千里」，雖無曹軍之氣勢，卻也欲收湘西之地。然後寫陸遜之戰功，
「挫之西陵，覆師敗績，困而後濟，絕命永安」，戰績輝煌。

通過敘述對吳之存亡起著舉足輕重作用的兩次戰役，來探究決定吳之興
亡的主導因素，毋庸置疑，結論已寓於敘事中，是人才。赤壁之戰突出周瑜，
西陵之戰突出陸遜。《五等論》也是結合敘事來說理，言秦事較以周事，言漢
事也較以周事。敘漢事尤細，歷敘高帝時六王之亂和景帝時七國之亂，得出
「蓋過正之災，而非建侯之累也」的結論，再敘呂后之亂，五侯作威，王莽

〔註82〕〔唐〕房玄齡等：《晉書》，卷 54《陸機傳》，北京：中華書局，1974 年版，
第 1469 頁。

〔註83〕〔唐〕房玄齡等：《晉書》，卷 54《陸機傳》，北京：中華書局，1974 年版，
第 1469 頁。

篡漢，至光武中興，仍未除舊弊，「由遵覆車之遺轍，養喪家之宿疾」，結果「僅及數世，奸宄充斥」。在敘事中暗含作者的觀點，揚封建，抑郡縣，以敘帶議，議在事中，使理不言而明。

在敘事中運用對比手法，可達到不言而喻的目的。《辯亡論》中，縱向上將吳之盛與衰比，橫向上則將吳與魏、蜀比，以此來探究吳之衰亡的原因。在陸機看來，決定吳興衰的是人才。文章上篇述及孫權能求賢用人時，不惜花費大量筆墨列舉其所用文才武將達四十五人之多，下篇言權能盡人才之用，歷敘權之用人，以排句出之，突出權「求賢如不及，恤民如稚子」的特點。正是江表諸公濟濟，才使東吳得以興起。而東吳敗亡正與此相反，也就是缺乏人才。吳至孫亮、孫休已顯衰勢，孫皓臨朝之初，「元首雖病，股肱猶存」，因舊臣猶在，國尚安寧。「爰逮末葉，群公既喪，然後黔首有瓦解之患，皇家有土崩之釁」，舊臣既沒，國政迅疾混亂，晉師一至，便土崩瓦解。作為吳之世臣，他雖沒有明言譴責孫皓的兇殘虐政，但通過對孫權與孫皓的比較，明顯可以看出行政前仁後虐，用人前賢後奸，前興後亡就成了自然之事。將吳與魏、蜀對比，是為了突出吳之英明強大，人才濟濟。下篇開端即道：「曹氏雖功濟諸華，虐亦深矣，其民怨。劉公因險以飾智，功已薄矣，其俗陋。夫吳，桓王基之以武，太祖成之以德，聰明睿達，懿度弘遠矣。」貶魏虐深民怨，蜀功薄俗陋，則吳之德高智達、懿度弘遠更加突出。《五等論》也多處運用對比的寫法，將秦漢與周比，封建制與郡縣制比，封建之利與弊比，「較量有衡，點得中肯綮」，（《評注昭明文選》）「故文極有波瀾，而不憂散漫」（《文選學》）。

典故的運用豐富了文章的內涵。陸機對典籍甚為熟悉，在作論時能將各種事典、語典信手拈來，化為己用，其用典之多之密之廣皆可謂前無古人，而開後世庾信等人之先河。《五等論》開端即講：「夫體國經野，先王所慎，創制垂基，思隆後葉。」在這一句之中，據李善注，就用了四個典故：「體國經野」出自《周禮》「惟王建國，體國經野」，「先王所慎」出自《漢書》「王嘉曰：『王者代天爵人，尤宜慎之』」，「創制垂基」出自《典引》「順命以創制」與《論語比考讖》「以俟後聖垂基也」。皆被自然化用到文中，顯示了作者淵博的學識，也使文章更加典雅精鍊，內涵豐富，能夠引發讀者更多聯想。

其二，語緻辭贍，句多排偶。

陸機博學深思，且「才欲窺深，辭務索廣，故思能入巧，而不制繁」（《文

心雕龍・才略》），陸論語言華贍，句多排偶，有意鍊字琢句，形成典雅溫醇、綺茂藻麗的風格。

論中大量運用對句，尤其是使用四六相間的句式進行偶對。其運用的對句形式多樣，以《辯亡論》爲例，就有單句對，有複句對，每一種又有多種類型。單句對根據字數的不同，又分爲四言對句，如「謀無遺諝，舉不失策」，「魏人請好，漢氏乞蒙」等；五言對句，如「弘敏而多奇，雅達而聰哲」，「加之以篤固，申之以節儉」等；六言對句，如「珍瑰重跡而至，奇玩應響而赴」，「束帛旅於丘園，旌命交於途巷」等；七言對句，如「豪彥尋聲而響臻，志士希光而景騖」，「齊民免干戈之患，戎馬無晨服之虞」等。複句對又有上四下四型，如「巨象逸駿，擾於外閒；明珠瑋寶，耀於內府」等；上四下五型，如「曹劉之將，非一世所選；向時之師，無曩日之眾」；上四下六型，如「賓禮名賢，而張昭爲之雄；交御豪俊，而周瑜爲之傑」，「重山積險，陸無長轂之徑；川厄流迅，水有驚波之艱」，「銳師百萬，啓行不過千夫；舳艫千里，前驅不過百艦」等；上四下八型，如「太康之役，眾未盛乎曩日之師；廣州之亂，禍有愈乎向時之難」等；上六下六型，如「興雲之將帶州，颷起之師跨邑；哮闞之群風馳，熊羆之眾霧集」等。《五等論》中除以上幾種類型外，還有八言對句，如「上之子愛於是乎生，下之體信於是乎結」，「國安由萬邦之思治，主尊賴群后之圖身」「成湯親照夏后之鑒，公旦日涉商人之戒」等。複句對中還有上四下七型，如「強毅之國，不能擅一時之勢；雄俊之士，無所寄霸王之志」等；上六下七型，如「分天下以厚樂，而己得與之同憂；饗天下以豐利，而我得與之共害」等。其中，又以單句對中的六言對句與複句對中的上四下六型居多。對句的使用使行文整飭，節奏感強。又以連接語將其連接起來，扣合緊密，使文章既抑揚頓挫，氣勢宏大，又精警含蓄，文辭爽朗。

排句在陸論中單獨運用的並不多，多與對句結合起來，組成長句，增加句子容量。大量列舉，也使陸論語言繁縟。如《辯亡論》上篇述及孫權能求賢用人時列舉其所用文才武將達四十五人之多，就顯得過於繁縟。

劉勰針對陸機文富辭繁的特點有精闢論述，他認爲「陸機才優，而綴詞尤繁」，「士衡矜重，故情繁而詞隱」，也就是說，陸機文之所以具有繁縟的特點，一是因爲他服膺儒術而爲人矜持莊重，二則因其才思富贍而形成「才欲窺深，辭務索廣」的愛好。劉勰的分析頗爲有理。陸機在入洛之前，一直接

受的是儒學思想。史稱，機「少有異才，文章冠世，服膺儒術，非禮不動」，
〔註84〕汪東學術性質上屬於東漢舊學，沒有受到正始玄學的洗禮。陸機從祖
父陸績的《易》學仍是象數之學，顏延之《庭誥》稱其「得其象數而失其成
理」。所以，陸機對東漢文的喜愛與模擬也應與此有關。入洛之初，陸機「本
無玄學」，在融入北方文化圈的過程中，才「提緯古今，總驗名實」，但表現
出的仍是漢儒的學風。張其成在《象數易學》中指出，象數方法論的思維特
點之一便是「重視感性形象，輕視抽象本質」，與之相應，陸氏家學也呈現出
「博而寡要」的特點。這種「博而寡要」的治學傳統與陸機的繁蕪文風緊密
相關。

其三，反筆作論，譬喻說理。

陸機之論雖有繁縟贍密的特點，但其「辭達而理舉」（《文賦》）的特點
更不容忽視。劉熙載《藝概·文概》指出：「六代之文，麗才多而練才少。
有練才焉，如陸士衡是也。蓋其思既能入微，而才復足以籠鉅，故其所作，
皆傑然自樹質幹。《文心雕龍》但目以『情繁詞隱』，殊未盡之。」〔註85〕黃
侃亦云：「古人文傷繁者，不僅士衡一人，閱之而不以繁為病者，必由有新
意清氣以彌縫之也。患專在辭，故其疵猶小，若意辭俱濫，斯真無足觀采矣。」
〔註86〕「思贍者善敷」（《文心雕龍·熔裁》），陸機當屬此類。

作為論體文，以明理為目的，敘事仍為說理。陸機之論的說理藝術亦有
別於其他文士。反筆作論，是陸機頗具特色的寫法。吳滅後，吳國故臣薛瑩
面對晉武帝的質問「孫皓之所以亡者何也？」以「歸命侯臣皓之君吳也，昵
近小人，刑罰妄加，大臣大將，無所親信，人人憂恐，各不自保，危亡之釁，
實由於此」〔註87〕答之，精闢地總結了吳滅亡的原因。作為吳之世臣，陸機
深明此因，卻不能直筆而書，只能反筆議論。《辯亡論》中並沒有直接譴責孫
皓兇暴驕矜、不納忠言、濫殺無辜，而是提出假設「藉使守之以道，御之有
術，敦率遺典，勤人謹政，修定策，守常險，則可以長世永年，未有危亡之
患也」，言外之意就是吳所以亡者，乃孫皓守業無道，治國無方，不謹政事，

〔註84〕 〔唐〕房玄齡等：《晉書》，卷54《陸機傳》，北京：中華書局，1974年版，
　　　　第1467頁。
〔註85〕 〔清〕劉熙載著，徐中玉、蕭華榮校點：《劉熙載論藝六種》，成都：巴蜀書
　　　　社，1990年版，第21頁。
〔註86〕 黃侃：《文心雕龍札記》，上海：華東師範大學出版社，1996年版，第145頁。
〔註87〕 〔晉〕陳壽撰，〔宋〕裴松之注：《三國志》，卷53《薛綜傳》，北京：中華書
　　　　局，1959年版，第1256頁裴注引干寶《晉紀》。

不遵舊典，不從故策之故也。所有的無奈、痛惜、悲歎，都蘊含在這一含蓄的假設中，立言得體，不著痕跡。《五等論》中也有這種手法的運用。在論及秦廢封建之失時，較之以周事，最後感歎道：「藉使秦人因循其制，雖則無道，有與共之，覆滅之禍，豈在曩日？」沒有正面論述秦失周制最終導致二代而亡，而是從反面發論，筆法多變，餘音嫋嫋，令人回味無窮。

　　譬喻說理增強了文章的生動性。《五等論》在論述諸侯與王室的關係時，寫道：

　　　　然後國安由萬邦之思化，主尊賴群后之圖身。譬猶眾目營方，
　　則天網自昶；四體辭難，而心膂獲乂。〔註88〕

將諸侯喻作網目，將王室喻作天網，一引其網，則萬目皆張。又以四體喻諸侯，以心膂喻王室，以此來突出諸侯與王室一榮俱榮、一損俱損之關係。

　　至於文中引經據典以作論，與漢儒說理文一脈相承。《辯亡論》與《五等論》中均引易玄之語來說理，典故的運用，前文已述，沒有什麼創新之處。如熊禮彙所云：「保留了先秦儒家說理文論而不議、議而不辯的特點，故廣引經書以助論，評說史事以作論；長於考求事實，短於辯駁推論，用的是實證式的說理方法」〔註89〕，此概括是確切的。

　　《辯亡論》與《五等論》因創作的機緣不同，其感情基調、文章風格也迥然不同。陸機作《辯亡論》，其心情是複雜的，跟賈誼作《過秦論》時客觀冷靜的心態迥異。陸氏家族的榮辱興衰與孫吳政權的生死存亡緊密相聯。吳國的滅亡，使陸氏宗族遭受沉重打擊，陸機之兄陸景、陸晏為晉將王濬所殺。「吳祚傾基，金陵畢氣，君移國滅，家喪臣遷。」〔註90〕所以，陸機所承受的不僅是亡國之恨，亦是喪家之痛。在這種情況下，他「既不能忘懷於故國，又不能開罪於新朝，一方面肩負著總結教訓的歷史使命，另一方面不得不時刻注意適應現實的政治環境。這樣兩難的矛盾，被他巧妙地統一起來。述孫權之興，包含著無限緬懷；記孫皓之亡，流露出沉沉哀歎」〔註91〕。基於此，在論中，他自然無法如賈誼那樣暢所欲言，直抒胸臆，只能處處壓抑自己的感情，這自然也與其接受的儒家中和節制思想的影響有關。國亡之

〔註88〕〔唐〕房玄齡等：《晉書》，卷 54《陸機傳》，北京：中華書局，1974 年版，
　　　　第 1476 頁。
〔註89〕熊禮彙：《先唐散文藝術論》，北京：學苑出版社，1999 年版，第 745 頁。
〔註90〕〔唐〕房玄齡等：《晉書》，卷 54《陸機傳》，北京：中華書局，1974 年版，
　　　　第 1487 頁。
〔註91〕譚家健：《六朝文章新論》，北京：燕山出版社，2002 年版，第 166 頁。

痛、家破之恨、功名未就之悲幾種感情糾結在一起，在低徊中緩緩地起伏、流淌，在文章表達上則表現爲深沉含蓄，寄託深遠，感興幽微。孫月峰評其「氣不雄勁」（《評注昭明文選》），可能與此有關。其上篇在敘完孫皓之亡時，說道：「雖忠臣孤憤，烈士死節，將奚救哉？」僅此一句，就將深深的痛惜之情表現得淋漓盡致，委婉深厚，勝過反覆痛快的斥言。下篇最後一句說道：「夫然，故能保其社稷，而固其土宇，《麥秀》無悲殷之思，《黍離》無愍周之感也」，飽含亡國之痛，悲涼之情，欲說還休，卻又深沉蘊籍，戛然而止，而又餘味無窮。

《五等論》作於陸機入洛之後，其文議論明快，詞鋒英偉，波瀾壯闊，與《辯亡論》的風格迥異。浦二田曰：「駢儷體，難不在詳贍，而在縱控。難更不在縱控，而在渾成。讀此文，逐節看其縱控，全體看其渾成。」（《評注昭明文選》）黃侃亦稱其「運思命意，至爲綿密，而氣體仍不失純厚。」（《文選平點》）此文渾然一體，氣脈貫通，爽利痛快，文勢勁淨有力。如在駁五等多亂、牧守易治之論時，寫道：

> 或以「諸侯世位，不必常全，昏主暴君，有時比跡，故五等所以多亂。今之牧守，皆以官方庸能，雖或失之，其得固多，故郡縣易以爲政。」夫德之休明，黜陟日用，長率連屬，咸述其職，而淫昏之君，無所容過，何則其不治哉？故先代有以興矣。苟或衰陵，百度自悖，鬻官之吏，以貨準財，則貪殘之萌皆群后也，安在其不亂哉？故後王有以之廢矣。〔註92〕

先列出批駁的觀點，然後加以批駁，認爲先代之所以興，關鍵在帝王英明，諸侯恪盡職守，後世之所以廢，則因帝王昏庸無能，百度自悖，諸侯貪婪殘暴。駁得巧妙有力，反問句與肯定句交錯使用，甚爲爽利。

總之，陸機之論體現了其文學觀，敘事精微，行文朗暢，說理質實，詞贍藻麗而語義昭晰，在魏晉論壇獨樹一幟。

第三節　「辯覺法師」慧遠

東晉時期，名僧慧遠、僧肇皆由儒道而入佛，其論體文成就尤其突出，堪稱東晉論體文兩方重鎮。慧遠師從道安，其論主要爲護教而作，綜合運用

〔註92〕〔唐〕房玄齡等：《晉書》，卷54《陸機傳》，北京：中華書局，1974年版，第1478～1479頁。

多種論辯技巧，具有犀利的論辯鋒芒。僧肇師從鳩摩羅什，吸取中觀派「有無雙遣，不落兩邊」的論辯藝術，將其與先前接受的儒學、玄學影響融會貫通，形成自己獨特的論辯風格。佛家之論在語言風格方面，亦受當時流行的駢儷文體的影響，但與其重在釋理的特點有關，因而又不爲文體所束縛，將深邃的佛理用自然樸實的語言闡述清楚。

一、「辯才」慧遠與其論

關於「辯才」，中國傳統習慣上將其定位於縱橫家，且多有非議。儒家不好辯，孟子稱「予豈好辯哉？予不得已也。」（《孟子·滕文公下》）道家自有「多言數窮」、「辯不如默，道不可聞」的說法（《老子》第五章，《莊子·知北遊》），欣賞淵默之致。而佛教則對「辯才」進行積極而正面的肯定。《高僧傳·義解論》概括法師的使命爲：「故須窮達幽旨，妙得言外，四辯莊嚴，爲人廣說，示教利憙，其在法師乎。」可見作爲一名法師，需具備多方面的才能，其中之一就是要有「辯才」。

高僧慧遠（334～416）曾向佛學巨擘鳩摩羅什寫信致意，羅什在回信中對其志在弘教的心跡予以肯定，並且特別指出：「夫財有五備：福、戒、博聞、辯才、深智。兼之者道隆，未具者疑滯。仁者備之矣。所以寄心通好，因譯傳意，豈其能盡？粗酬來意耳。」〔註93〕對慧遠的才能大加贊賞，且將「辯才」與「福戒」、「博聞」、「深智」一起提升到關係「道隆」的緊要地位，可見他對「辯才」的重視程度。而慧遠也確實如羅什所評，「五財」皆備，尤具「辯才」。

公元 364 年，爲避中原戰亂，道安率眾南行襄陽。在此期間，曾派慧遠前往荊北江陵慰問南下建康途中遇疾的竺法汰。慧遠與法汰會面後，參與了法汰組織的破斥「心無義」的辯論，辯論的對手是「執心無義大行荊土」的道恒。《高僧傳·竺法汰傳》載：

> 時沙門道恒，頗有才力，常執心無義，大行荊土。汰曰：「此是邪說，應須破之。」乃大集名僧，令弟子曇一難之。據經引理，析駁紛紜。恒仗其口辯，不肯受屈，日色既暮，明旦更集。慧遠就席，設難數番，關責蜂起。恒自覺義途差異，神色微動，塵尾扣案，

〔註93〕 〔清〕嚴可均：《全晉文》，卷 163 鳩摩羅什《答慧遠書》，《全上古三代秦漢三國六朝文》，北京：中華書局 1958 年版，第 2404 頁。

未即有答。遠曰：「不疾而速，杼軸何爲？」座者皆笑矣。心無之義，於此而息。〔註94〕

第一天參加辯論的是法汰的得意弟子曇一，他「博練經義，又善《老》、《易》，風流趣好，與慧遠齊名」〔註95〕，可見他深具談辯之才，但未能讓道恒屈。第二天的談辯就由慧遠出場了。他連連問難，打亂了道恒的理路，抑制其氣勢，使之不得不拿出談家「麈尾扣案」的招數。然沒有達到樂廣揮動麈尾啓悟問者的效果，被慧遠抓住破綻，只以短短八個字，「不疾而速，杼軸何爲」，使其沒有退守的餘地。由此可見慧遠論辯技巧之高超。

慧遠不僅口頭論辯才能高超，而且在其所著論體文中更表現出他的雄辯之才。他與桓玄辯沙門是否應該禮敬王者，創作《沙門不敬王者論》（五篇並序）；與何無忌辯沙門是否應祖服，寫了《沙門祖服論》與《答何無忌難沙門祖服論》；分別與桓玄、戴逵辯是否有因果報應，寫了《明報應論》與《三報論》，成爲「早期中國佛教史上最偉大的護教者」〔註96〕。

慧遠之所以具備雄辯之才，主要與以下因素有關：

其一，學貫儒、道、佛，學識淵博。慧遠「弱而好書，珪璋秀發……故少爲諸生。博綜六經，尤善《老》、《莊》」〔註97〕，可見他在少年時期即已傾心和潛心於儒家經典，後來他在《與隱士劉遺民等書》中稱自己「每尋疇昔，遊心世典，以爲當年之華苑」，道出自己早年視儒家經典爲實現「一世之榮」安身立命之所在，但也因此而精通了儒家經典，在其論中大量運用儒家經典，後文有詳述。對道家思想的研習，使他對魏晉玄學有所認同，「及見《老》《莊》，便悟名教是應變之虛談」，這種對名教的深刻反省，使他斷絕了走儒家式濟世之路的夢想。後來歸心佛門，師從高僧道安，「一面盡敬，以爲眞吾師也。後聞安講《般若經》，豁然而悟。」慧遠在進入佛教境界後，重新對三教加以對比審視，認爲「儒道九流，皆糠粃耳」，在《與隱士劉遺

〔註94〕〔梁〕慧皎撰，湯用彤校注：《高僧傳》，卷5《竺法汰傳》，北京：中華書局，1992年版，第192～193頁。

〔註95〕〔梁〕慧皎撰，湯用彤校注：《高僧傳》，卷5《竺法汰傳》，北京：中華書局，1992年版，第193頁。

〔註96〕〔荷蘭〕許里和著，李四龍、裴勇等譯：《佛教征服中國》，南京：江蘇人民出版社，1998年版，第436頁。

〔註97〕〔梁〕釋僧祐撰，蘇晉仁、蕭鍊子點校：《出三藏記集》，卷15《慧遠法師傳》，北京：中華書局，1995年版，第566頁。

民等書》中亦說「以今而觀，則知沈冥之趣，豈得不以佛理爲先」〔註98〕。慧遠的好學還表現在爲掌握佛法眞諦，轉益多師，增益己所不能。他派弟子各路尋求佛教經典，把名僧僧伽提婆，佛馱跋陀羅等請到廬山，共同研習佛法。向鳩摩羅什致信通好，並向其請教，深得羅什贊揚，稱其爲「東方菩薩」。

對儒、道、佛三家思想的精研，使慧遠具備淵博的學識，也使其思維更加縝密，此正是鳩摩羅什在信中所說的「博聞」與「深智」，二者緊密結合，加之其積學慧根而能豁然而悟，再圓滿呈現於口頭或筆下，就是「辯才」。

其二，遊學生活開拓其視野，論辯經歷增強其實力。清代錢泳在《履園叢話》中說：「『讀萬卷書，行萬里路』，二者不可偏廢。」慧遠「年十三，隨舅令狐氏，遊學許洛」，在許洛遊學的八年生活使慧遠以卓異的才智和學養而享譽於學界，「性度弘偉，風鑒朗拔；雖宿儒英達，莫不服其深致焉。」〔註99〕在慧遠皈依佛門後，隨其師道安爲避中原戰禍，取道新野，向襄陽移動，在此過程中，慧遠與道恒進行正面交鋒，前文已述。慧遠表現出來的「席上談論，精義簡要」，〔註100〕絕非一日之功，當是多次與人論辯的結果。遊學生活開拓了其視野，與形形色色人物論辯的經歷則既激發其思維的靈活性，也使其有機會汲眾家之長，融於己身。所以在論辯中才能遊刃有餘，以磅礴的氣勢、飛揚的才情與高超的論辯技巧令對方折服。

其三，靜思諷持，以弘法護教爲己任。慧遠在歸心佛門後仍虔敬修業，「厲然不群，常欲總攝綱維，以大法爲己任。精思諷持，以夜繼晝。貧旅無資，縕纊常闕，而昆弟恪恭，始終不懈」，因此，「年二十四，便就講說」〔註101〕。長期的修煉與豐厚的學養，使慧遠「神韻嚴肅，容止方棱，凡預瞻睹，莫不心形戰慄」，曾有慧義法師，「強正少憚，將欲造山，謂遠弟子慧寶曰：『諸君庸才，望風推服，今試觀我如何。』至山，值遠講《法華》，每欲難問，輒心悸汗流，竟不敢語。出謂慧寶曰：『此公定可詝。』其伏物蓋眾如此。」〔註102〕由此可見慧遠之威儀風采，這是長期精思諷持的結果。

〔註98〕 〔梁〕僧祐：《弘明集》，上海：上海古籍出版社，1991年版，第315頁。

〔註99〕 〔梁〕釋僧祐撰，蘇晉仁、蕭鍊子點校：《出三藏記集》，卷15《慧遠法師傳》，北京：中華書局，1995年版，第566頁。

〔註100〕 〔梁〕釋僧祐撰，蘇晉仁、蕭鍊子點校：《出三藏記集》，卷15《慧遠法師傳》，北京：中華書局，1995年版，第570頁。

〔註101〕 〔梁〕慧皎撰，湯用彤校注：《高僧傳》，卷6《義解三·晉廬山釋慧遠》，北京：中華書局，1992年版，第212頁。

〔註102〕 〔梁〕慧皎撰，湯用彤校注：《高僧傳》，卷6《義解三·晉廬山釋慧遠》，北

　　更重要的是慧遠「以大法爲己任」，以弘法護教作爲自己奮鬥的目標。當佛法面臨滅頂之災時，他充分展示了自己的辯才，爲護法而辯，爲明惑而辯。在世俗的觀念中，帝王有無上的權威，所謂「普天之下莫非王土，率土之濱莫非王臣」。慧遠卻作《沙門不敬王者論》，在中國佛學史上第一次理直氣壯、義正詞嚴地提出沙門不應禮敬王者，並將這一問題提升到關係到佛教存亡的高度。

　　中國佛教源自印度。印度佛教有著濃厚的出世主義傳統，出家僧人對世俗政治持遠離態度。《般舟三昧經・擁護品》云：「守是三昧者，終不中毒，終不中兵，終不爲火所燒，終不爲帝王得其便。……持是三昧者，若帝王、若賊、若水、若火者、若龍若蛇、若閱叉鬼神、若猛獸……設欲中是菩薩者，終不能中。」在印度佛教徒看來，帝王、政治與賊、水火、猛獸同類，都是妨礙個人解脫的桎梏，所以很少有出家的佛教信徒直接參與政治，或同世俗統治者保持密切往來的。中國的傳統與印度不同，自秦代始，便在政治上形成以皇帝爲絕對權威的專制主義中央集權制度，儒家的三綱五常與「忠」、「孝」爲核心的政治倫理道德觀念成爲中國古代最牢固最持久的上層建築。作爲外來的宗教，佛教的出世特徵與中國的傳統產生矛盾，必須作出相應的調整和改造，以適應封建政治的需要。早在漢代，在《牟子理惑論》中就有關於佛教無父無君的爭論。佛教教義歷來主張無父無君，不拜父母，不拜王者。而其服飾爲「袒服」，飲食爲「踞食」，都同維護中國專制政治和血源關係的禮儀制度產生分歧。東晉成康之世，大臣庾冰輔政，從維護皇帝的絕對權威出發，提出沙門應該向皇帝跪拜致敬，這一建議遭到尚書令何充等人的反對，經過往返討論，未有結果。東晉元興年間，桓玄在策劃篡晉稱帝之時又舊事重提，與中書令王謐、僧人慧遠等人展開辯論，到其篡位，才詔許沙門不敬王者。不久桓玄失敗。

　　《沙門不敬王者論》在序中簡明扼要地介紹了討論沙門敬王事件的始末，特別提到桓玄的主要觀點。文章包括在家、出家、求宗不順化、體極不兼應、形盡神不滅五部分，對佛教的社會職能和政治職能、佛教與儒家名教的相互關係、佛教的「天國」的「眞實」存在等方面作出全面、系統地論證，從理論上奠定了沙門和佛教的社會和政治地位。

　　慧遠曾與何鎭南等人討論過「沙門袒服」的問題，並作《沙門袒服論》

京：中華書局，1992 年版，第 215 頁。

及答覆何無忌問難的《答何無忌難沙門袒服論》，是佛教東傳歷史上最早捍衛沙門服制的專論。這個問題直接涉及到佛禮與儒禮的不同。天竺佛教徒袒服應與當地氣候炎熱有關，但慧遠卻認爲此乃天竺的「國法」，是「盡於所尊，表誠於神明」的表現，並且將儒家的「禮」的觀念引進了佛教。將佛教徒右袒與辨道俗、勵精進、篤誠防邪、敬慢不雜聯繫起來，認爲袒服是勸誘信徒服膺佛門的有效途徑。慧遠將佛禮與儒教融合，以達到提升沙門地位，獲得國人，尤其是統治者對僧侶尊重的目的，以有效地發揮佛教特殊社會政治影響的作用。

當世人局限於現驗而質疑佛法的「報應論」時，慧遠又一次發揮其「辯才」，作論爲世人解疑答難。誠如方立天所說，「慧遠是在我國第一個把印度佛教思想和中國有關迷信觀念結合起來闡發因果報應說的人」。（《慧遠及其佛學》）因果報應論是慧遠佛學思想的重心。「審三報之相催，知險趣之難拔「（《慧遠傳》），生動說明慧遠對這一思想的重視。在《明報應論》與《三報論》中，慧遠對因果報應觀點進行了系統闡述。《明報應論》全稱爲《答桓南郡明報應論》，是慧遠就桓玄提出的關於業報輪迴疑問所作出的解答。《三報論》的副題是「因俗人疑善惡無現驗而作」，是針對戴逵對善惡報應的懷疑而進行的論述。

慧遠之論的思想內容，前人研究較多，此處不再展開。〔註 103〕

二、慧遠談「論」

佛教中的「論」，《佛學大辭典》解釋爲：「佛自論議問答而辨理也，而佛弟子論佛語，議法相，與佛相應者，亦名優婆提舍。三藏中之阿毗達磨藏也。」〔註 104〕而阿毗達磨，即毗曇、阿毗曇，譯爲無比法或對法，是智慧的別名。因三藏中之論藏詮顯學者之智慧的緣故，雖涉於大小乘論藏之通名，而常指小乘薩婆多部之論藏。慧遠沒有專門談「論」的文章，但在其《大智論抄序》中卻有部分文段探討了「論」作爲「體」所具有的基本屬性，這在佛教史上尙屬首次，具有不可估量的開創之功，直接影響到劉勰在《文心雕龍》中對「論體」的論述。慧遠認爲：

> 論之爲體，位始無方而不可詰，觸類多變而不可窮。或開遠理

〔註 103〕可參閱《慧遠評傳》《慧遠及其佛學》《弘道與明教》《中國佛教史》等。
〔註 104〕丁福保：《佛學大辭典》，上海：上海書店，1991 年版，第 2636 頁。

以發興，或導近習以入深，或闢殊塗於一法而弗雜，或鬭百慮於同相而不分。此以絕夫壘瓦之談，而無敵於天下者。爾乃博引眾經以贍其辭，暢發義音以弘其美。美盡則智無不周，辭博則廣大悉備。是故登其涯而無津，挹其流而弗竭，汪汪焉莫測其量，洋洋焉莫比其盛。雖百川灌河，未足語其辯矣；雖涉海求源，未足窮其邃矣。若然者，非夫淵識曠度，孰能與之潛躍？非夫越名反數，孰能與之澹漠？非夫洞幽入冥，孰能與之沖泊哉？〔註105〕

為了更好地理解這段話，不妨將其與劉勰《文心雕龍·論說》中對「論」的有關論述進行比較：

原夫論之為體，所以辨正然否，窮于有數，追于無形，迹堅求通，鈎深取極，乃百慮之筌蹄，萬事之權衡也。故其義貴圓通，辭忌枝碎，必使心與理合，彌縫莫見其隙；辭共心密，敵人不知所乘：斯其要也。是以論如析薪，貴能破理。〔註106〕

劉勰之論明顯受慧遠的影響，從下表可一目了然地看出二者的關係：

人物 內容	慧　遠	劉　勰
本質屬性	位始無方而不可詰， 觸類多變而不可窮。	窮於有數，追於無形； 跡堅求通，鈎深取極。
形式特點	博引眾經以贍其辭， 暢發義音以弘其美。 美盡則智無不周， 辭博則廣大悉備。	義貴圓通，辭忌枝碎。 必使心與理合，彌縫莫見其隙；辭共心密，敵人不知所乘。
基本特徵	雖百川灌河，未定語其辨矣； 雖涉海求源，為足窮其邃矣。	論之為體，所以辨正然否。

通過比較可以看出：

其一，二者都強調了「論」的「無方」、「無形」。但慧遠是從思想的無限豐富性來確立「論」的基幹，認為「論」一開始就沒有具體方位和規矩，無處不在又不可追問，隨事物性質的變化而變化，不可窮盡。劉勰更傾向於「論」作為一種文體在創作上的特點，認為「論」要對現象作徹底的探究，

〔註105〕〔梁〕釋僧祐撰，蘇晉仁、蕭鍊子點校：《出三藏記集》，卷10《大智論抄序》，北京：中華書局，1995年版，第390頁。

〔註106〕范文瀾：《文心雕龍注》，北京：人民文學出版社，1958年版，第328頁。

追究到超過形象的理論，要攻破困難求得貫通，要深入探索取得最後結論。

其二，二者都強調了「辭」與「義」兩方面內容，但側重點顯然不同。慧遠注重論體在音辭上的美感，不僅要博引眾經來豐瞻其文辭，增強論辭的說服力，而且要通過暢發義音來弘揚佛教音聲、教義之美。劉勰則強調「論」的立意貴在圓通，語忌煩碎，更重要的是要使「心與理合」「辭共心密」，即使內心的認識與客觀事物的道理一致，做到縝密綿密而不留縫隙，遣辭造句與內心的思想一致，使論敵無隙可乘。

其三，二者都強調了「論」的顯著特徵「辨」。但慧遠強調的是「論」的雄辯性與深刻性，撇開真理的評判標準，著眼於運思用智本身的魅力。而劉勰則認為「論」有辨明是非的要求，即使文字講得巧妙，也要考求實際來判斷其理是否正確，「惟君子能通天下之志」，也就是說只有「君子」才能把握是非的標準。

由上可見，從論證的內容看，二者所言「論之為體」的內涵不同，側重點也不同。慧遠所說的「體」是指事物的本質或體性，即法的本質，著眼於佛教三藏之一的論藏的本質屬性，而劉勰講的「體」則指的是文體，將「論」作為一種文體進行論述，更側重於其文體特徵。從論證的形式看，二者又有共通之處，都概念清楚、條理清晰，運用成熟精到、深湛微妙的邏輯進行論證，思辨性甚強，皆深得佛教「論」理之三昧。

另外，值得注意的是，在《大智論鈔序》中，慧遠對「論」體的形式也有精闢闡述：

> 故敘夫體統，辨其深致，若意在文外，而理蘊於辭，輒寄之賓主，假自疑以起對，名曰問論。

此處談到「論」體的一種主要形式，「問論」，即假借賓主，自設問答，頗類於賦中的設難體。吉藏《十二門論疏》就明確地指出：

> 問：云何名論？答：直言秤（稱）說，交言曰論。
>
> 交言曰論，直語名說。

互相論議是論藏的主體形式，包括兩種：一種是探究式的。具有討教性質，作者設計這種形式的論，無疑只是為了便於逐層說明自己的意見，其作用就是「過渡」，由一個問題引向另一個問題，或對之進行更深入地探討，問者與答者在觀念上是一致的。另一種是駁難性質的。問者與答者的意見觀念相異，通過批駁錯誤的觀念來突出正面意旨。慧遠之論，這兩種方式均有，

如《沙門不敬王者論》之四、五爲探究式，並且在結尾部分採用漢賦常用的假設問答式，《沙門袒服論》、《答何無忌難沙門袒服論》、《明報應論》則採用駁難式。

由上所述，可以看出慧遠對「論」體的認識已較前人有了深入發展，在理論認識與創作實踐都有著自覺追求。

三、慧遠之論的論辯藝術

慧遠論文之所以具有高超的論辯藝術、銳利的論辯鋒芒，因爲其文是在明確的論辯思想指導下創作的，採用具體的論辯方法與其特有的論辯技巧。

（一）明確的論辯思想

1.「津要既明，則群疑同釋」

慧遠特別強調「明津要」的重要性。《明報應論》中，針對桓玄的質疑，慧遠答曰：「意謂此二條，始是來問之關鍵，立言之津要。津要既明，則群疑同釋」。又曰：「請尋來問之要，而驗之於實。」也就是說，要釋疑辯難，首先要抓住問題的關鍵，然後才能解決問題。

2.「統夫指歸，暢其幽致」

「統」作爲一種方法論意義上的概念，魏晉玄學的代表人物之一王弼，對其有重要論述。他對《論語·里仁》中孔子說「吾道一以貫之哉！」的解釋爲「夫事有歸，理有會。故得其歸，事雖殷大，可以一名舉；總其會，理雖博，可以至約窮也。譬猶以君御民，執一統眾之道也。」對同篇曾子說「夫子之道，忠恕而已矣」的解釋爲「能盡理極，則無物不統。極不可二，故謂之一也。推身統物，窮類適盡，一言而可終身行者，其唯恕也」。對《論語·陽貨》中孔子說：「予欲無言」解釋爲「予欲無言，蓋欲明本。舉本統末，而示物於極者也。」（《論語釋疑》）可見王弼強調的是「執一統眾」、「推身統物」、「舉本統末」。與「統」相對的是「雜」，「雜者尚乎眾美，而總以行之」，「雜以行物，穢亂必興」，「見其不繫，則謂之雜」，「雜以行物，穢亂必興」（《老子指略》）。做到「統之有宗，會之有元」，就可以「繁而不亂，眾而不惑」（《周易略例·明象》）。王弼運用這種統會的方法研究經典，開創一代學風。他認爲《老子》的指歸在於「文雖五千，貫之者一；義雖廣贍，眾則同類。解其一言而蔽之，則無幽而不識；每事各爲意，則雖辯而欲惑」，其結果將「莫不

誕其言以爲虛焉」。(《老子指略》)王弼運用統會的方法建構其言不盡意、崇本統末的玄學體系。

對於「尤善《老》、《莊》」的慧遠來說,對道家思想的研習,使他對魏晉玄學有所認同,「及見《老》《莊》,便悟名教是應變之虛談」,(《高僧傳·慧遠傳》)在他立論時借鑒這種王弼式的統會方法,也是完全可能的。在慧遠的論中多次提到「統」,如《沙門不敬王者論·求宗不順化三》指出「凡在有方,同稟生於大化,雖群品萬殊,精粗異貫,統極而言,唯有靈與無靈耳」,《明報應論》指出「然佛教深玄,微言難辨,苟未統夫指歸,亦焉能暢其幽致?」在其他文章中,亦有論述,如《廬山出修行方便禪經統序》指出「然理不云昧,庶旨統可尋」,「而尋條求根者眾,統本運末者寡」。皆可見王弼統會方法的影響,這已成爲慧遠論辯的重要思想之一,他試圖以「統」來處理佛教各派思想之間的關係。

3.「可以理尋,難以事詰」

慧遠深深地認識到「談者以常識生疑,多同目亂」(《沙門不敬王者論五》),「微言逐淪於常教,令談者資之以生疑」,「朗滯情於常識之表,發奇唱於未聞」,傳統的知識修養形成了人們重感性經驗的思維習慣,「由世典以一生爲限,不明其外。其外未明,故尋理者自畢於視聽之內」(《三報論》)。所以,慧遠提出「夫幽宗曠邈,神道精微,可以理尋,難以事詰」(《沙門不敬王者論四》)的觀點,要求在方法上擺脫對事例驗證的糾纏,強調「理尋」。他在《又與戴處士書》中亦說「佛教精微,難以事詰」,破除戴逵「比驗古今」的局限。因爲戴逵堅持認爲「推淵商之善惡,足明冥中之無罰;等比干盜跖,可識禍福之非行」(《釋疑論答周處士難》),而慧遠則希望其篤信佛經中的三報說。「世或有積善而殃集,或有凶邪萬惡致慶,此皆現業未就而前行始應」(《三報論》),那麼,「比干商臣之流,可不思而得」。

(二)具體的論辯方法與論辯實踐

1.「驗之以實」

東漢桓譚提出著名的燭火之喻,指出「精神居形體,猶火之然燭矣」、「氣索而死,如火著之俱盡矣」(《弘明集·神不滅論》)〔註107〕,以此說明精神不能脫離形體而獨立存在。後來,王充在《論衡》中接著進行論述,他說:「形

〔註107〕〔梁〕僧祐:《弘明集》,上海:上海古籍出版社,1991年版,第30頁。

須氣而成，氣須形而知。天下無獨燃之火，世間安得有無體獨知之精？」《沙門不敬王者論・形盡神不滅五》中的問者提出「法令本異，則異氣數合，合則同化，亦為神之處形，猶火之在木，其生必存，其毀必滅，形離則神散而罔寄，木朽則火寂而靡託」，當承桓譚與王充而來。針對這個問題，慧遠答曰：

火木之喻，原自聖典，失其流統，故幽興莫尋，微言遂淪於常教，令淡者資之以成疑。……請為論者驗之以實：火之傳於薪，猶神之傳於形；火之傳異薪，猶神之傳異形。前薪非後薪，則知指窮之術妙；前形非後形，則悟情數之感深。（《弘明集・沙門不敬王者論五》）〔註108〕

此處，慧遠提出其論證的方法是「驗之以實」，也就是說，要結合現實來論述，不能孤立地看待問題。他結合現實中常見的薪經過燃燒，成為灰燼，但是火卻從此薪傳到彼薪、永不熄滅的現象，來證明人的形體消滅了，「神」也從這一形體傳到另一形體，永恆不滅，所以更易於理解和接受。而在慧遠之後，鄭鮮之也以薪火之喻來證明神不滅，卻是從另一個角度，他認為「夫火因薪則有火，無薪則無火，薪雖所以生火，而非火之本，火本自在，因薪為用耳。若待薪然後有火，則燧人之前，其無火理乎？火本至陽，陽為火極，故薪是火所寄，非其本也。神形相資，亦猶此矣。」（《弘明集・神不滅論》）〔註109〕很明顯，他以火理象徵事物本質，而薪火只是火的現象，割裂了現象與本質的關係，所以並不易於為人所接受。

為了說明何以不順化以求宗，慧遠也採用了與現實相結合的方法，他認為「天地雖以生生為大，而未能令生者不死；王侯雖以存存為功，而未能令存者無患」，所以沙門「達患累緣於有身，不存身以息患，知生生由於稟化，不順化以求宗」，正是其意義所在，因此有充分的理由「抗禮萬乘，高尚其事，不爵王侯，而沾其惠」（《沙門不敬王者論四》）。

2.「驗之以理」

上文所述可以看出，慧遠認識到「幽宗曠邈，神道精微，可以理尋，難以事詰」，因此對佛理持深信不疑的態度。在論證實踐中，「驗之以理，則微言而有徵」（《沙門不敬王者論五》），所以很重視對理性的追尋，能靈活運用各種邏輯推理方法。

〔註108〕〔梁〕僧祐：《弘明集》，上海：上海古籍出版社，1991年版，第32頁。
〔註109〕〔梁〕僧祐：《弘明集》，上海：上海古籍出版社，1991年版，第29頁。

（1）概念辨析

戰國時期，論辯風盛。墨家、名家在論辯時頗重視概念的闡述。魏晉時期，隨著玄學的興起，辨名析理成爲當時的風尚，但占思想界統治地位的儒家卻更重視從經學教條出發的演繹與類比，而不重視對概念本身的分析與批判。隨著佛教的傳入，中國士人表現出空前的理性自覺。孫昌武先生在《佛典與中國古典散文》一文中指出，「佛典表現上的一個特點是名相事數的繁雜與細密。有時候，對名相的辨析達到讓人迷惑或發笑的程度，但這卻正是佛教建立起其龐大教義體系的根基。這種名相辨析有不少詭辯和玩弄詞藻的成分，但也包含豐富的邏輯因素。」〔註110〕受佛典的影響，慧遠之論頗重視概念的辨析，而這正是「驗之以理」關鍵的起始部分。《沙門不敬王者論・形盡神不滅五》中關於形神問題的理論前提就是「神」究竟是什麼，慧遠根據佛教的心物論對其作出重要的概念表述：

> 夫神者何耶？精極而爲靈者也。……神也者，圓應無生，妙盡無名，感物而動，假數而行。感物而非物，故物化而不滅；假數而非數，故數盡而不窮。（《沙門不敬王者論五》）〔註111〕

慧遠首先以一個全稱判斷給「神」的概念下了明確的定義：「神」是一種「精極」之「靈」。它無名無形，微妙至極；它無生無滅，運變無窮；它感應萬物，卻自身無體；它假「四大」等名數而行，自身卻又不是名數。這樣，就給「非卦象之所圖」、「雖有上智，猶不能定其體狀，窮其幽致」的「神」以較爲清楚的描述，有點類似於道家對「道」的描述。與東正教會對「神」的描繪也有相通之處，「神是無形的、不可知的、不可認識的、不可言喻的奧秘……任何試圖利用人們日常使用的概念來闡明這個奧秘，來測度神明的深不可測的丘壑的嘗試，都是徒勞的。」〔註112〕對這種無法形象描繪的「神」或「道」，只能通過寫其「無」，來說明其「有」。這也正是佛教中常用的「遮詮」論法。

（2）演繹推理

慧遠在論證的具體方法上使用了佛教「論」文中常用的「六離合釋」中的「帶數釋」，即在解說一個事理時，將其內涵分爲一、二、三等條，再逐條

〔註110〕孫昌武：《佛典與中國古典散文》，北京：《文學遺產》1988 第 4 期。
〔註111〕〔梁〕僧祐：《弘明集》，上海：上海古籍出版社，1991 年版，第 32 頁。
〔註112〕〔蘇〕德・莫・烏格里諾維奇著，沈翼鵬譯：《宗教心理學》，北京：社會科學文獻出版社，1989 年版，第 88 頁。

進行解析。佛教名相事數繁多，帶數釋可以條理清楚地解釋事相，使問題條分縷析，使文意如剝筍般層次清晰，行文邏輯周密嚴謹。這也正是邏輯學中所說的演繹推理。如《三報論》：

> 經說業有三報：一曰現報，二曰生報，三曰後報。現報者，善惡始於此身，即此身受。生報者，來生便受。後報者，或經二生三生，百生千生，然後乃受。受之無主，必由於心；心無定司，感事而應；應有遲速，故報有先後；先後雖異，咸隨所遇而爲對；對有強弱，故輕重不同。斯乃自然之賞罰，三報之大略也。（《三報論》）〔註113〕

先將報應分爲三種，現報，生報和後報，然後一一加以闡釋，再進一步分析，指出報應的主體是「心」，而所謂的「三報」，乃是自然依據每個人的業分別作出的賞罰。這樣的剖析層層深入，論辯嚴密完整，具有較強的說服力。

二難推理是演繹推理的一種。如前文所述，嵇康經常運用這種推理方法，將論敵置於二難的境地，以達到駁倒對方的目的，慧遠亦堪稱運用二難推理的大師。

> 就如來論，假令神形俱化，始自天本，愚智資生，同稟所受。問所受者，爲受之於形耶？爲受之於神耶？若受之於形，凡在有形，皆化而爲神矣；若受之於神，是以神傳神，則丹朱與帝堯齊聖，重華與瞽叟等靈，其可然乎？其可然乎？如其不可，固知冥緣之構，著於在昔，明闇之分，定於形初。雖靈均善運，猶不能變性之自然，況降茲已還乎？（《沙門不敬王者論五》）〔註114〕

爲了證明對方所說的人皆稟受元氣而生，死時形神俱化，人的聰慧愚鈍有共同來源的觀點是錯誤的，先設置一個選言命題，稟受的是神呢，還是形呢。然後在此基礎上，設兩個假言命題，如果稟受的是形體，那麼凡是形體相似的，都應該有相同的愚癡聰明，但丹朱與其父堯、舜同其父瞽皆形體相似，但聰明才智卻相差甚大；如果稟受的是精神，以神傳神，那麼父子應有同樣的聰明才智，丹朱與其父、舜與其父應都聰明，但丹朱不肖，瞽叟愚頑。這樣，就置對方於二難的境地，非此即彼，非彼即此，但無論選擇哪個，都是不合理的，自然證明自己的結論是正確的。

〔註113〕　〔梁〕僧祐：《弘明集》，上海：上海古籍出版社，1991年版，第35頁。
〔註114〕　〔梁〕僧祐：《弘明集》，上海：上海古籍出版社，1991年版，第32頁。

（3）因果推理

在慧遠論中，有一種類似於修辭中頂針的語言形式，不過，其並非爲了取得修辭的效果，而是爲了說理。從表面看，這種說理方式類似於傳統邏輯中的連鎖推理，其實質又與連鎖推理不同，因連鎖推理，前後成分之間是屬種關係，而它的前後成分之間是因果關係，不妨將其稱爲因果推理。〔註115〕

具體到慧遠論中的因果推理，有兩種方式，一種爲單線推理，如「知久習不可頓廢，故先示之以罪福。罪福不可都忘，故使權其輕重。輕重權於罪福，則驗善惡以宅心。」（《明報應論》）「受之無主，必由於心，心無定司，感事而應。應有遲速，故報有先後。先後雖異，咸隨所遇而爲對；對有強弱，故輕重不同。」（《三報論》）另一種爲複線推理，如：

> 無明爲惑網之淵，貪愛爲眾累之府。二理俱遊，冥爲神用，吉
> 凶悔吝，唯此之動。無明掩其照，故情想凝滯於外物。貪愛流其性，
> 故四大結而成形。形結，則彼我有封。情滯，則善惡有主。有封於
> 彼我，則私其身而身不忘。有主於善惡，則戀其生而生不絕。於是
> 甘寢大夢，昏於同迷，抱疑長夜，所存唯著。（明報應論》）〔註116〕

論證中雙線並行，一條爲「無明—情滯—善惡有主—戀其生而生不覺」，一條爲「貪愛—形結—彼我有封—私其身而身不忘」，最後得出結論「於是甘寢大夢，昏於同迷，抱疑長夜，所存唯著」。

3.「引而明之」

慧遠論中亦有引經據典之處，分兩種情況，一種是直接引用。一方面引佛典，但行文中並沒有注明是哪部經。如：「經稱：泥洹不變，以化盡爲宅；三界流動，以罪苦爲場。」（《沙門不敬王者論三》）「經云：佛有自然神妙之法，化物以權，廣隨所入。」（《沙門不敬王者論四》）另一方面，也引道家經典。如：

> 古之論道者，亦未有所同，請引而明之。莊子發玄音於《大宗》
> 曰：「大塊勞我以生，息我以死。」又，以生爲人羈，死爲反眞。此
> 所謂知生爲大患，以無生爲反本者也。文子稱黃帝之言曰：「形有靡
> 而神不化，以不化乘化，其變無窮。」莊子亦云：「持犯人之形，而

〔註115〕可參閱張曉芒：《中國古代論辯藝術》，太原：山西人民出版社，2001年版，第344頁。
〔註116〕〔梁〕僧祐：《弘明集》，上海：上海古籍出版社，1991年版，第34頁。

　　猶喜。若人之形，萬化而未始有極。」此所謂知生不盡於一化，方

逐物而不反者也。二子之論，雖未究其實，亦嘗傍宗而有聞焉。(《沙

門不敬王者論五》）〔註117〕

慧遠並非中規中矩地去引用道家經典，而是以「六經注我」的態度，將對方

引用的論據經過巧妙的解析，使其成為證明自己觀點的旁證。他對老莊一派

的道家人生觀、形神觀作了有利於己方觀點的闡發，把老莊等視人生為大患

的說教類同於佛教的人生是苦說，從而得出了道家也是倡導無生觀的結論。

這顯然是違背老莊原意的，但卻達到了駁倒對方的目的。

　　還有一種更常見的是化用或隱括《老》、《莊》的語句。據福永光司詳加

舉證，本於《老子》的語彙有「不言之化」、「尚賢之心」、「後身退己」、「居

眾人之所惡」、「玄覽」、「生為大患」、「患累緣於有身」「難以事詰」「復歸於

無物」、「靜復」、「同王侯於三大」、「大樸未虧」、「神器」、「理玄無名」、「微

明」、「無為而無不為」、「下士聞道，大而笑之」、「大方無垠」、「希聲」「希音」、

「廓大象於未形」、「沖和」、「日損之功」、「倚伏之勢」、「人之難悟，其日固

久」、「深根固蒂」、「合抱之一毫」、「信言不美」等；本於《莊子》的語彙更

多，幾乎涉及全書各篇，其中用到《齊物論》的最多，有「吹萬不同」、「魂

交」、「形開」、「待盡」、「正典隱於榮華、玄樸虧於小成」、「道隱於文」、「大

道虧於小成」、「方生方死之說」、「兩行」、「彼我有封」、「六合之外，存而不

論⋯⋯六合之內，論而不辯⋯⋯春秋經世先王之志，辯而不議」、「止其智之

所不知」、「不言之辯」、「早計」、「大夢」、「窮齡」、「罔兩」、「有待」、「物我

同觀」等。〔註118〕

　　聯繫慧遠「博綜六經，尤善《老》、《莊》」，「年二十四便就講說，嘗有客

聽講，難實相義，往復移時，彌增疑昧。遠乃引《莊子》義為連類，於是惑

者曉然。是後安公特聽慧遠不廢俗書」，(《高僧傳・慧遠傳》) 不難理解其何

以能以《老》、《莊》文義作為寫作時的典故成語運用，且豐沛自如。

　　除了化用道家典籍的話語，慧遠還化用大量儒家典籍的話語。如《沙門

不敬王者論》中，「以天地之大德曰生」源於《易・繫辭下》：「天地之大德曰

生，聖人之大寶曰位。」「所謂有行藏」語出《論語・述而》：「用之則行，舍

〔註117〕〔梁〕僧祐：《弘明集》，上海：上海古籍出版社，1991 年版，第 32 頁。

〔註118〕〔日〕木村英一編《慧遠研究・研究篇》，東京：創文社 1962 版 397～401，

　　　　轉引自曹虹：《慧遠評傳》，南京：南京大學出版社，2002 年版，第 16～17 頁。

之則藏。」「因親以教愛，因嚴以教敬」語出《孝經·聖治章》：「聖人因嚴以教敬，因親以教愛。」「協契皇極」出於《尚書·洪範》：「五，皇極，皇建其有極。」「感物而動」出於《禮記·樂記》「人心之動，物使之然也。感於物而動，故形於聲。」諸如此類，不勝枚舉。由此可見慧遠對這些典籍甚爲熟悉，也可以理解他何以會提出「常以爲道法之與名教，如來之與堯、孔，發致雖殊，潛相影響，出處誠異，終期則同」的觀點。引儒入佛，佛儒相融，是慧遠堅持不懈的追求。

（三）特殊的論辯技巧

1. 心理分析

熊十力認爲：「佛教哲學，以今哲學上術語言之，不妨說爲心理主義。所謂心理主義者，非謂是心理學，乃謂其哲學從心理學出發故。」〔註119〕佛教重視心理體驗，慧遠在論辯中常採取換位思考的方法，設身處地地從對方的角度考慮問題，揣摩其產生疑惑的心理狀態，以更好地抓住問題的根本來答疑釋難。

> 論者不尋無方生死之說，而或聚散於一化；不思神道有妙物之靈，而謂精粗同盡，不亦悲乎？（《沙門不敬王者論五》）

> 惑者見形朽於一生，便以爲神情共喪，猶睹火窮於一木，謂終期都盡耳。此由從養生之談，非遠尋其類者也。（《沙門不敬王者論五》）

> 六合之外，存而不論者，非不可論，論之或乖。六合之內，論而不辨者，非不可辨，辨之或疑。《春秋》經世先王之志，辨而不議者，非不可議，議之者或亂。（《沙門不敬王者論四》）

這三處或從對方的經驗、體會出發，或聯繫對方的知識積累，以引發其認同感，消除其悖理感，使自己的理論更易於對方接受。

2. 偷換概念

偷換概念本是詭辯者常用的論辯方法，慧遠在論中偶而也會無意識地使用這種方法，來證明自己的觀點。如前面所引的薪火之喻，就在論證的過程中偷換了概念。慧遠所講的薪是具體的薪，而火卻是指一般的火，這在邏輯上是錯誤的。產生於某一塊木材的火，是不能離開該木柴的，某一塊木柴燒

〔註119〕熊十力：《佛家名相通釋》，上海：中國大百科全書出版社，1985年版，第6頁。

盡了，火也就滅了。用這一塊木柴的火去點燃另一塊木柴而燃起的火，是另一塊木柴的火，其間是不同的。而把不同木柴相繼燃燒時存在的火的傳遞現象，用來比喻「神」可以從這一形體轉附到另一形體，也是非科學的比喻，犯了偷換概念的邏輯錯誤。在今人看來，慧遠的神不滅論毫無疑問是建立在違反邏輯的基礎上的，但在當時的人看來，卻是極為有道理的。如此，慧遠也就達到自己弘揚佛法的目的。再如前文所引的以父子間形似而神不同的事實來證明形神同源一體的觀點時，慧遠也偷換了概念，由討論形神問題，轉到討論遺傳問題，實際上也確實有詭辯的成分在裏面。

四、慧遠之論的語言風格

（一）運用譬喻，說理形象

慧遠之論中運用的比喻，除了前面引述的火木之喻外，還有其他，使說理更加形象生動。例如：「若彼我同得，心無兩對，遊刃則泯一玄觀，交兵則莫逆相遇，傷之豈唯無害於神，固亦無生可殺。」「無明為惑網之淵，貪愛為眾累之府。」（《明報應論》）前者為說明心靈無所執著的狀態，將其比為兩軍交戰時，敵對的雙方若能像莫逆之交的朋友相遇，則不僅不會傷神，還會認為戰爭中本來就無生命可以摧殘。後者將「無明」比喻為迷惑之網的淵源，「貪愛」比喻為眾多煩惱的府第。二者皆將抽象的道理比喻為形象的事物，更加容易理解。

（二）句式多變，感情豐富

一般說來，語義表達除了基本的理性義外，還有情感義。通過句式的變化，不僅能使理性義表達得更加透徹，而且能使情感義更加豐富。慧遠在論中交錯使用多種句式，設問、反問、反覆、感歎等，使其為護法而以理相爭、以情相感的動人形象栩栩如生地表現在文章中。

> 反覆：「達患累緣於有身，不存身以息患；知生生由於稟化，不順化以求宗。」義存於此！義存於此！斯沙門之所以抗禮萬乘，高尚其事，不爵王侯而沾其惠者也。（《沙門不敬王者論三》）

> 反問：論者不尋無方生死之說，而惑聚散於一化；不思神道有妙物之靈，而謂粗精同盡，不亦悲乎？（《形盡神不滅》）

> 感歎：「斯乃如來勸誘之外因，敘粗之妙跡，而眾談未喻，或欲革之，反古之道，何其深哉！（《沙門袒服論》）

　　　　設問：推此而言，則知聖人因其迷滯，以明報應之對，不就其

　　迷滯，以爲報應之對也。何者？人之難悟，其日固久，是以佛教本

　　其所由，而訓必有漸。(《明報應論》)

　　雖說出家人四大皆空，但在佛法面臨生死存亡之際，面對來自桓玄的質
疑、何無忌的責難，慧遠「深懼大法之將淪」，憂心似焚，著急、焦慮、擔憂、
強烈的責任感交織在一起，難以遏制，自然流露於字裏行間。而在面對民眾
迷滯於現驗時，慧遠的悲憫之情溢於言表。通過句式的變化，慧遠將這些複
雜的感情表現得淋漓盡致，使以理性思辨爲特色的論文充滿濃厚的情感意味。

（三）駢散相兼，文風質樸

　　慧遠文才出眾，又活動在重文辭的南方，他的文質觀與時風頗爲不同。
他在《大智論抄序》中寫道：

　　　　譬大羹不和，雖味非珍；神珠內映，雖寶非用。信言不美，固

　　有自來矣。若遂令正典隱於榮華，玄樸虧於小成，則百家競辯，九

　　流爭川，方將幽淪長夜，背日月而昏逝，不亦悲乎。於是靜尋所由，

　　以求其本，則知聖人依方設訓，文質殊體。若以文應質，則疑者眾；

　　以質應文，則悅者寡……於是簡繁理穢，以詳其中，令質文有體，

　　義無所越。〔註120〕

可見其雖不忽視文采，但仍以內容爲根本，與當時文壇的潮流截然有異。在
這種文質觀指導下，慧遠創作的論體文首先更重視內容，表達上雖已融入駢
體，但遠較時下流行的駢體爲疏樸。論辯之文在於實用，誠如《文體明辨序
說》所言，「其大要在於據經析理，審時度勢。文以辯潔爲能，不以繁縟爲巧；
事以明核爲美，不以深隱爲奇。」〔註121〕慧遠之論是其文質觀的眞實體現。
如《沙門不敬王者論‧出家第二》通篇多用對句，或單句對，或複句對，字
數不等，交錯運用，以連接詞使其構成長句，扣合嚴密，故文章筆筆頓挫，
氣勢暢達緊健。用語質樸，無絲毫雕飾，純爲說理，確實有「辭理精峻」的
特點。

　　《高僧傳》載，慧遠「卜居廬阜三十餘年，影不出山，迹不入俗。每送

〔註120〕〔梁〕釋僧祐撰，蘇晉仁、蕭鍊子點校：《出三藏記集》，卷10《大智論抄序》，
　　　　　北京：中華書局，1995 年版，第 391 頁。

〔註121〕〔清〕徐師曾著，羅根澤校點：《文體明辨序說》，北京：人民文學出版社，
　　　　　1962 年版，第 133 頁。

客遊履，常以虎溪爲界」〔註122〕，改變其師道安「不依國主，則法事難立」的告誡，以其獨立特行之姿態，令時人折服。「殷仲堪國之重臣，桓玄威震人主，謝靈運負才傲物，慧義強正不憚，乃俱各傾倒。非其精神卓絕，至德感人，曷能若此！」〔註123〕如蜂屋邦夫所說「像慧遠這樣的思想家正是遠離現實，沉潛於一種超俗的世界之中，才產生了既有體系且追求一種終極意義的有深度的思想。因而，從長遠的眼光來看，並不能說惟有那些言論與現實社會具體相關的人物其思想才是現實的。」〔註124〕慧遠對佛教的功績，恰如宋祖琇所云：「去孔子百年而有孟軻。當孟軻時，孔子之道幾衰焉，軻於是力行而振起之。自大教東流凡三百年而有遠公。當遠公時，沙門寖盛，然未有特立獨行憲章懿範爲天下宗師如遠公者，吾道由之始振。蓋嘗謂遠有大功於釋氏，猶孔門之孟子焉。」〔註125〕慧遠之論正是其弘道明教的戰鬥檄文，在他之後，再也看不到像《沙門不敬王者論》這樣鐵骨錚錚、擲地有聲的宏論了。《廬山記》卷一載「遠公大中六年諡辯覺法師」，「辯覺法師」，慧遠之恰切稱謂也。

第四節　「法中龍象」僧肇

　　僧肇（384～414），東晉京兆（今陝西省西安市）人，主要活動於東晉十六國的後秦時期。西域名僧鳩摩羅什入長安之後，佛教得到前所未有的發展，僧肇爲最早較深刻地領會和闡發印度大乘空宗思想的著名學者，被後人譽爲「中華解空第一人」、「中土的三論之祖」。

一、僧肇的學術淵源與論體文創作

　　僧肇少時家貧，以傭書繕寫爲業，「乃歷觀經史，備盡墳籍」。他志好玄微，喜讀老莊，謂老子《道德經》「美則美矣。然期神冥累之方，猶未盡善」。

〔註122〕〔梁〕慧皎撰，湯用彤校注：《高僧傳》，卷6《義解三・晉廬山釋慧遠》，北京：中華書局，1992年版，第221頁。

〔註123〕湯用彤：《漢魏兩晉南北朝佛教史》，北京：北京大學出版社 1997年版，第239頁。

〔註124〕〔日〕蜂屋邦夫著，雋雪豔、陳捷等譯《道家思想與佛教》，瀋陽：遼寧教育出版社，2000年版，第41頁。

〔註125〕《隆興佛教編年通論》，卷3；《龍舒增廣淨土文》，卷5「辯遠祖成道事」條引之。轉引自曹虹：《慧遠評傳》，南京：南京大學出版社，2002年版，第348頁。

由此可見其與慧遠一樣，在出家之前已接受儒道思想的浸染，具有較高的學養。後來見到《維摩經》，「歡喜頂受，披尋翫味，乃言始知所歸矣。因此出家，學善方等，兼通三藏」，並且「及在冠年，而名振關輔」。〔註126〕

僧肇聰慧過人，又較早地師事羅什，因此深得羅什所介紹的龍樹中觀佛學之眞諦。明釋德清在《肇論略注》中曰：「什公在姑臧，肇走依之。什與語驚曰：『法中龍象也。』及歸關中，評定經論，四方學者，輻輳而至，設難交攻，肇迎刃而解。」僧肇對《大品般若經》和三論皆有很深造詣。羅什譯出《大品》之後，僧肇即作《般若無知論》一文，弘揚般若學說。後又爲《百論》、《十二門論》作序文，對龍樹所著的《中論》尤爲重視。在他的四篇佛學論文中皆援引了《中論》的思想和文字，貫穿了「非有非無」的中道正觀思想。

印度龍樹中觀佛學，是在大乘最初經典《般若經》佛學思想上發展而來的。《般若經》基本思想是「緣起性空」說，認爲諸法因緣和合而生，而無自己固有的不變的本質（「無自性」），所以諸法性空。在這一「緣起性空說」的基礎上，龍樹提出了「中道空觀」的理論。所謂「中道」（中觀），即是表示不偏不倚，不落有無兩邊，採取有無雙遣，即主張既否定有，亦否定無的「非有非無」之說。龍樹認爲，只有把諸法實相看作爲「非有非無」，才是眞正懂得了中道正觀，得到了大乘佛學的眞諦。龍樹的這一思想，由羅什入關傳入中土。羅什所宣揚的三論（中論、百論、十二門論）的思想亦爲中道空觀思想。羅什曰：「佛法有二種：一者有，二者空。若常在有，則累於想著；若常觀空，則舍於善本。若空有迷用，則不設二過。」（《注維摩詰經》卷六「觀眾生品」）意思是從諸法緣起看，諸法是無常的，是性空而非有，然而諸法既是因緣和合而成，又「無物爲空」，從而應是非無的。故一切諸法應是「非有非無」。這一思想對於漢地佛教來說是前所未聞的。

僧肇撰寫的佛學論文共四篇，按寫作時間前後當爲：《般若無知論》（404年）、《不眞空論》（409年）、《物不遷論》（409年）、《涅槃無名論》（413年），與《宗本義》一起被後人集結爲《肇論》一書。慧達在其《肇論序》中云：

> 夫大分深義，厥號本無，故建言宗旨，標乎實相。開空法道，莫逾眞俗。所以次釋二諦，顯佛教門。但圓正之因，無尚般若；至

〔註126〕〔梁〕慧皎撰，湯用彤校注：《高僧傳》，卷第6《義解三·晉長安釋僧肇》，北京：中華書局，1992年版，第249頁。

極之果，唯有涅槃。故末啓重玄，明眾聖之所宅。雖以性空擬本，無本可稱。語本絕言，非心行處。然則不遷當俗，俗則不生。不眞爲眞，眞但名説。若能放曠蕩然，崇茲一道，清耳虛襟，無言二諦，斯則靜照之功著。故般若無知。無名之德興，而涅槃不稱。余謂此説周圓……但宗本蕭然，莫能致詰。《不遷》等四，事開接引，問答析微，所以稱論。〔註127〕

可見，《肇論》的編纂，並非按照論文寫作時間的先後次序來排列，而是按照一定的思路結構來編排：先明宗本，建言宗旨；次釋眞俗二諦，講不遷當俗，不眞即眞（即《物不遷論》和《不眞空論》）。末後再講般若無知和涅槃無稱。這亦能説明，《肇論》中的四篇論文有其內在的思想體系。《物不遷論》、《不眞空論》討論了客觀世界與宇宙眞諦，談的是大乘空宗佛學的世界觀，爲宇宙本體論，乃僧肇論體文的理論基礎；《般若無知論》、《涅槃無名論》討論了主觀世界和人生眞諦，講的是佛教的人生解脱説與理想的境界説，研討的是佛教人生論，是僧肇佛學的根本宗旨和目的。〔註128〕這四篇論文，在我國佛學史上「第一次較全面、較系統、較深刻地弘揚了印度大乘中觀空學。同時，他又不是簡單地重複印度佛學的思想，而是與中國的老莊思想和魏晉玄學所討論的問題結合了起來，用玄學的簡明扼要的語言概括地總結了當時我國佛學乃至玄學所討論的基本問題，從而把中國佛學乃至中國哲學的發展推進到了一個新時期、新高峰」。〔註129〕

二、獨特的思維方式與論證藝術

作爲佛學史上膾炙人口的精品佳作，僧肇論文的論證詳悉，辭嚴義密，在當時即倍受世人推崇。據《高僧傳》載，鳩摩羅什讀了《般若無知論》後，曰「吾解不謝子，辭當相挹」，對其文辭大加贊賞。劉遺民稱其「才運清俊，旨中沈允，推步聖文，婉然又歸。披味殷勤，不能釋手。眞可謂浴心方等之淵，悟懷絕冥之肆，窮盡精巧，無所間然」，對其藝術成就評價甚高。今人湯用彤稱其「僧肇悟發天眞，早玩《莊》、《老》，晚從羅什。所作《物不遷》、《不眞空》及《般若無知》三論，融會中印之義理，於體用問題有深切之證

〔註127〕〔日〕伊藤隆壽、林鳴宇：《肇論集解令模鈔校釋》，上海：上海古籍出版社，2008年版，第24～29頁。
〔註128〕具體闡述可參閱許抗生：《僧肇評傳》，南京：南京大學出版社，1998年版。
〔註129〕許抗生：《僧肇評傳》，南京：南京大學出版社，1998年版，第3頁。

知，而以極優美極有力之文字表達其義，故爲中華哲學文字最有價值之著作也。」〔註130〕對其評價亦很高。

僧肇論體文最突出的特點是思辨性強，不是以情感氣勢壓人，而是以強大的邏輯力量服人。這一特點在我國古代論體文中是極罕見的。曹文軒稱「亞歷士多德創造了邏輯，從此培養了西方人的思維模式：邏輯的、理性的。從這個意義上講，亞里士多德創造了整整一個西方」〔註131〕的確，當我們閱讀西方大哲的著作時，能夠深深地感受到那種絲絲入扣、無懈可擊的強大感人的邏輯力量和清晰的、富有條理的邏輯之類，如黑格爾、康德、萊布尼茨、赫爾德等，他們的著作似乎是冷漠無情的。然而，中國人的邏輯著作《墨經》、《墨辯》卻被後人拋棄了。日本學者末木剛博通過中外東西方邏輯的比較研究指出，中國邏輯的長處是概念論較發達，而判斷論和推理論則相對貧乏，特別是對思維形式本身，缺少邏輯的探討。其中一個原因，是中國古代思想家，比較關心政治倫理的實踐，爲當時實踐上視爲必要的就研究，認爲在實踐上暫時不需要的就沒有興趣研究。的確，中國古代思想者在構建一種思想時，一開始就出於強烈的主觀動機，或憤慨於現實，或出於憂國憂民之心，或出於其他什麼主觀願望。在構造過程中，思想者總是在衝動的情緒之中，將自己的主觀精神直接滲入思想。因此，理性與感情摻雜在一起，使得中國幾乎沒有純理性的思想家。僧肇的論體文表現出來的是運用邏輯進行思維，而不是靠躁動不安的感情去推動思維。這與他僧人的身份有密切關係，更取決於他「不落兩邊，有無雙遣」的中觀思維方式，體現在具體論述中，主要表現有二：

其一，雙邊肯定正反兩項，將兩個對立的性質，貫徹在同一事物中。例如：

> 不遷，故雖往而常靜。不住，故雖靜而常往。雖靜而常往，故往而不遷；雖往而常靜，故靜而弗留矣。(《物不遷論》)
>
> 性莫之易，故雖無而有；物莫之逆，故雖有而無。雖有而無，所謂非有；雖無而有，所謂非無。(《不眞空論》)
>
> 然則萬物果有其所以不有，有其所以不無。(《不眞空論》)

〔註130〕湯用彤：《漢魏兩晉南北朝佛教史》，北京：北京大學出版社，1997 年版，第234 頁。

〔註131〕曹文軒：《思維論》，上海：上海文藝出版社，1991 年版，第 291 頁。

　　　　果有其所以不有，故不可得而有；有其所以不無，故不可得而

　　無耳。(《涅槃無名論》)〔註132〕

選文以「雖……而……」或「有其所以不……」的句法，將兩個矛盾項放在
一起，表示正反兩面的性質，同時爲某個事物所包攝。

　　其二，雙邊否定正反兩項，以倡立其說。

　　　　欲言其有，有非眞生；欲言其無，事象既形。象形不即無，非

　　眞非實有。(《不眞空論》)

　　　　欲言其有，無狀無名；欲言其無，聖以之靈。聖以之靈，故虛

　　不失照；無狀無名，故照不失虛。照不失虛，故混而不渝；虛不失

　　照，故動以接粗。(《般若無知論》)

　　　　夫有若眞有，有自常有，豈待緣而後有也？譬彼眞無，無是常

　　無，豈待緣而後無也？若有不能自有，待緣而後有者，故知有非眞

　　有。有非眞有，雖有不可謂之有矣。不無者，夫無則湛然不動，可

　　謂之無。萬物若無，則不應起，起則非無，以明緣起，故不無也。(《不

　　眞空論》)〔註133〕

　　在論證過程中，言有必言無，言無必言有，既否定有，也否定無，雙遣
而行，決不執其一端，而失之偏頗。如此這般使論證嚴密，無懈可擊。劉遺
民受慧遠佛學影響，與僧肇的佛學各有所本，「標位似各有本，或當不必理盡
同」，自然不懂得僧肇大乘中觀非有非無、不落兩邊的思維方式，所以在讀《般
若無知論》時，「但暗者，難以獨曉，猶有餘疑一兩」，請僧肇爲其釋疑。

　　假言推理的運用增強了僧肇論文的邏輯力量，是其文的重要特色。印度
佛教中的辯證邏輯思想，帶有否定的和非過程的性質，這跟西方辯證邏輯思
想的肯定性和過程性不同。古希臘哲人蘇格拉底通過對話揭示論敵的矛盾，
從而駁倒論敵，獲得新的合理思想。這是以矛盾（不合理性）爲中介，但使
合理思想由低級向高級推移。龍樹在世，「佛家邏輯」（此包括陳那的因明及
法稱的量論）還未建立，所以完全沒有受到「陳那三支學說」及「法稱二支
學說」的影響。當時印度流行的是「四量說」（即是「現量」、「比量」、「譬喻」

〔註132〕〔清〕嚴可均：《全晉文》，卷164、卷165，《全上古三代秦漢三國六朝文》，
　　　　北京：中華書局，1958年版，第2414、2415、2421頁。

〔註133〕〔清〕嚴可均：《全晉文》，卷164，《全上古三代秦漢三國六朝文》，北京：
　　　　中華書局，1958年版，第2411～2416頁。

及「聖言量」），在論證推理則採用「正理派」的「五支做法」，宗、因、喻、合、結。不過，龍樹卻完全沒有採納這種推論的形式，採用的是近乎西方邏輯中的「假言推理」（即「假言三段論式」Hypothetical Syllogism）。與此相類似，僧肇論證方法受印度龍樹的影響，在論文中既運用了充分條件假言推理，又運用了必要條件假言推理。前者如：

> 人則求古於今，謂其不住；吾則求今於古，知其不去。今若至古，古應有今；古若至今，今應有古。今而無古，以知不來；古而無今，以知不去。若古不至今，今亦不至古，事各性住於一世，有何物而可去來？（《物不遷論》）〔註134〕

運用「充分條件假言推理」，可分解為以下論式：

如 p1，則 q1	今若至古，古應有今
今非 q1	古而無今，

故非 p1　　　　今未至古（以知不去）

如 p2，則 q2	古若至今，今應有古
今非 q2	今而無古，

故非 p2　　　　古未至今（以知不來）

以上論證均為「充分條件假言推理」中的「否定後項，則否定前項」有效式的論證，故彼二推理亦應有效。在此基礎上，自然就得出最後的結論。論證嚴密，無懈可擊。

後者如：

> 求向物於向，於向未嘗無；責向物於今，於今未嘗有。於今未嘗有，以明物不來；於向未嘗無，故知物不去。覆而求今，今亦不往。是謂昔物自在昔，不從今以至昔；今物自在今，不從昔以至今。（《物不遷論》）〔註135〕

〔註134〕〔清〕嚴可均：《全晉文》，卷 164，《全上古三代秦漢三國六朝文》，北京：中華書局，1958 年版，第 2414 頁。

〔註135〕〔清〕嚴可均：《全晉文》，卷 164，《全上古三代秦漢三國六朝文》，北京：中華書局，1958 年版，第 2414 頁。

運用「必要條件假言推理」，可分解爲以下論式：

只有 p1，才 q1　　　求向物於向，於向未嘗無
q1　　　　　　　　於向未嘗無
————————　————————
故 p1　　　　　　　故知物不去

只有 p2，才 q2　　　責向物於今，於今未嘗有
q2　　　　　　　　於今未嘗有
————————　————————
故 p2　　　　　　　以明物不來

此二論證，皆爲「必要條件假言推理」中的「肯定後項，則肯定前項」的有效論式，故推理亦應有效。

由現象入本質，是認識事物的基本途徑。僧肇在論證過程中亦遵循此規律，使其論體文結構嚴謹、周密，層層深入，環環相扣。《物不遷論》的根本宗旨在於打破人們對事物運動的常見（常識之見，世俗之見），而把事物的眞實的運動當作假象，當作虛妄之象，從而可以進一步引導人們去打破對事物本身眞實存在的執著，以使人們接受大乘空宗的一切皆空的思想。文章開頭列出人們常見的運動現象「夫生死交謝，寒暑迭遷，有物流動，人之常情」，之後依據《放光》「法無去來，無動轉者」的論斷，闡釋動靜之關係，提出「談眞則逆俗，順俗則違眞」的觀點，爲破除人之常識之見「夫人之所謂動者，以昔物不至今，故曰動而非靜」，進一步論證得出「物不遷」的結論。《不眞空論》先確立起「不眞故空」的主旨，然後再引出「眾論競作」的心無、即色、本無三種觀點，一一加以簡要精賅的批駁，其後再依據一系列大乘經典，辨析大乘空觀的眞意。

僧肇在論證中經常採用「引經立論—設問質疑—闡釋答疑」的三段式結構以增強論證的縝密性。《不眞空論》云：

　　《摩訶衍論》云：「諸法亦非有相，亦非無相。」《中論》云：「諸法不有不無者，第一眞諦也。」尋夫不有不無者，豈謂滌除萬物，杜塞視聽，寂寥虛豁，然後爲眞諦者乎？誠以即物順通，故物莫之逆；即僞即眞，故性莫之易。性莫之易，故雖無而有；物莫之逆，故雖有而無。雖有而無，所謂非有；雖無而有，所謂非無。如

此，則非無物也。〔註136〕

這段文字先引用《摩訶衍論》與《中論》中的語句提出有與無的問題，再提出自己的問題，然後加以闡述，講清有與無之間的關係，論證嚴密。

從行文結構上看，《般若無知論》與《涅槃無名論》兩文比較接近，都採用了問答式，有問難有回答。《般若無知論》精密圍繞著主題般若有知還是無知而展開討論，在詰問的過程中，由遠及近，層層逼近，將各方面的矛盾像剝繭抽絲似的逐層揭露出來。《涅槃無名論》前有上奏秦王表一文，談了撰文之緣起，之後為論文正文，有九折十演。所謂「九折」，即指問難有九個。所謂「十演」，即指推演闡說涅槃無名思想有十，包括答難「九折」的九演，與第一演「開宗」闡說主題的一演，仍可視為問答體，只不過與《般若無知論》環環相扣、層層深入的連續問答不同罷了。

僧肇在《涅槃無名論》前《上秦主姚興表》中寫道：「論有九折十演，博採眾經，託證成喻，以仰述陛下無名之致」，〔註137〕指出其論採用較多的論證方法為「博採眾經」與「託證成喻」。「博採眾經」，與他早年出入經史、雅好老莊，長期浸潤於墳籍經論中而形成的「經學思維方式」有關。關於「經學思維方式」的特點，前文在論述「嵇康之論」時已述，此不贅言。僧肇在立說時借助經典來鋪陳著墨，尋找理據，與那些引經據典的文士又有不同之處。在論中，僧肇援引了大量印度佛教經典中的文句來論證它的不真空義、物不遷義和般若無知、涅槃無名思想。僧肇對這些佛經的熟稔程度，能信手拈來用到自己的文章中。如此做，其目的也許不僅僅是為了論證自己的觀點，增強文章說服力，也有可能蘊含著弘揚這些新近流行於中土的經典的目的，同時藉此表明自己的佛學修為是從羅什法師譯筵參承所得。除佛典外，僧肇論體文中亦大量援用了教外傳統典籍的文句，如《論語》、《老子》、《莊子》等。許抗生曾對其進行詳細統計〔註138〕，不再贅述。由此，亦可看出當時以儒道解佛的格義說的盛行。這自然也是為了照顧讀者的閱讀經驗與理解水平，使更多人瞭解佛法。

〔註136〕〔清〕嚴可均：《全晉文》，卷 164，《全上古三代秦漢三國六朝文》，北京：中華書局，1958 年版，第 2415 頁。

〔註137〕〔清〕嚴可均：《全晉文》，卷 165，《全上古三代秦漢三國六朝文》，北京：中華書局，1958 年版，第 2417 頁。

〔註138〕可參閱許抗生：《僧肇評傳》，南京：南京大學出版社，1998 年版，第 181～189 頁。

「託證成喻」，就是運用精緻的譬喻來顯現複雜的哲理，於此，佛教有過相當自覺而深入的實踐。譬喻可以使複雜的論證簡單化，抽象的思想具體化，枯燥的理論生動化。在論體文中運用譬喻，一方面是順應接受者思維中殘留的原始人那種「詩性邏輯」的思維傾向，另一方面也是論辯者不自覺的運用「詩性邏輯」的表現。通過巧譬曲喻以明理，使理更易於為他人接受，是思想的需要和思辨的必然所決定的。僧肇論文中譬喻的運用頗值得注意。《涅槃無名論》之《位體第三》云：「聖人之在天下也，寂寞虛無，無執無競，導而弗先，感而後應，譬猶幽谷之響，明鏡之像，對之弗知其所以來，隨之罔識其所以往，恍焉而有，惚焉而亡，動而逾寂，隱而彌章，出幽入寂，變化無常。」以幽谷之響，明鏡之像喻聖人之寂寞虛無，無執無競，使抽象的道理形象化。《辨差第八》云：「如人斬木，去尺無尺，去寸無寸，修短在外尺寸，不在無也。」以近喻況遠旨，如《肇論中吳集解》所說：「虛空，斬木近喻也。涅槃，斷障遠旨也。去尺喻都盡，去寸喻未盡，無字喻虛空。謂斬木有長短，不在虛空，斷惑有深淺，不在涅槃。」運用人們熟知的現象來比喻佛理，加深理解，促進體悟。

三、僧肇之論的語言風格

僧肇在《維摩詰經序》中稱《維摩詰經》「其文約而詣，其旨婉而彰，微遠之言，於茲顯然」〔註 139〕，在《百論序》中稱其「理致淵玄，統群籍之要；文義婉約，窮製作之美。然至趣幽簡，尟得其門。有婆藪開士者，明慧內融，妙思奇拔，遠契玄蹤，為之訓釋。使沉隱之義，彰於徽翰；諷味宣流，被於來葉。文藻煥然，宗塗易曉」〔註 140〕。從這些評論中可以看出僧肇對文章文藻的重視，他在創作中亦很注意文辭的富贍。慧達在《肇論序》中評其曰：「余謂此說周圓，罄佛淵海，浩博無涯，窮法體相，雖復言約而義豐，文華而理詣，語勢連環，意實孤誕，敢是絕妙好辭，莫不竭茲洪論。」明釋德清在《肇論略注》中稱其「皆妙盡精微」，皆肯定了僧肇論體文語言方面的成就。

僧肇並非沒有覺察到語言對表達思想的局限性，他深得玄學「得意忘言」之要領，並將其與佛教空觀相聯繫。《般若無知論》道：「然則聖智幽微，深

〔註 139〕〔梁〕釋僧祐撰，蘇晉仁、蕭鍊子點校：《出三藏記集》，卷 8《維摩詰經序》，北京：中華書局，1995 年版，第 310 頁。
〔註 140〕〔梁〕釋僧祐撰，蘇晉仁、蕭鍊子點校：《出三藏記集》，卷 11《百論序》，北京：中華書局，1995 年版，第 402～403 頁。

隱難測，無相無名，乃非言象之所得。爲試罔象其懷，寄之狂言，豈曰聖心而可辨哉？」《答劉遺民書》道：「至趣無言，言必乖趣」，認爲理解佛教大義應「相期與文外」，與慧遠所說的「佛教深玄，微言難辯」（《明報應論》）意思相近。然而，「無名之法，故非言所能言也。言雖不能言，然非言無以傳。是以聖人終日言，而未嘗言也。」（《般若無知論》）也就是說，要把握佛教眞諦，不能執著於言語，而要闡述佛理，又必須借助於言語。純熟地運用當時流行的駢儷文體作論，又不受其局限，將深邃的佛學思想以自然優美的語言表達清楚，僧肇論體文堪稱爲典範。錢鍾書稱其「吾國釋子闡明彼法，義理密察而又文詞雅馴，當自肇始。」〔註 141〕

用形象的語言描述虛無的境界，僧肇在論文中進行大膽嘗試。例如，涅槃聖境本不可言詮，僧肇也認識到這一點，但他還是採用華美之辭，運用遮詮的手法，摹寫出聖境的神妙意涵。他在《涅槃無名論》中寫道：

> 夫涅槃之爲道也，寂寥虛曠，不可以形名得；微妙無相，不可以有心知。超群有以幽昇，量太虛而永久，隨之弗得其蹤，迎之罔眺其首，六趣不能攝其生，力負無以化其體。潢漭惚恍，若存若往。
> 〔註 142〕

抓住涅槃之道「寂寥虛曠」、「微妙無相」的特點，以「弗得其蹤」、「罔眺其首」、「不能攝其生」、「無以化其體」等語句明遣其所非，暗顯其所是，突出其「潢漭惚恍，若存若往」的特點。

般若境界本是抽象縹緲的，僧肇亦對其進行正面闡述：

> 是以聖人虛其心而實其照，終日知而未嘗知也。故能默耀韜光，虛心玄鑒，閉智塞聰，而獨覺冥冥者矣。然則智有窮幽之鑒，而無知焉；神有應會之用，而無慮焉。神無慮，故能獨王於世表；智無知，故能玄照於事外。智雖事外，未始無事；神雖世表，終日域中。所以俯仰順化，應接無窮，無幽不察，而無照功。斯則無知之所知，聖神之所會也。（《般若無知論》）〔註 143〕

文段通過一系列帶有對立意味的語詞，如「虛其心—實其照」、「終日知—未

〔註 141〕錢鍾書：《管錐編》，北京：中華書局，1979 年版，第 1270 頁。
〔註 142〕〔清〕嚴可均：《全晉文》，卷 165，《全上古三代秦漢三國六朝文》，北京：中華書局，1958 年版，第 2417 頁。
〔註 143〕〔清〕嚴可均：《全晉文》，卷 164，《全上古三代秦漢三國六朝文》，北京：中華書局，1958 年版，第 2412 頁。

嘗知」、「窮幽之鑒－無知」、「應會之用－無慮」等，來啟示聖智的性質與內涵。又利用一些華辭麗藻，如「默耀韜光」、「虛心玄鑒」、「閉智塞聰」、「獨覺冥冥」、「俯仰順化」等嘗試正面闡述般若在智照活動中的景象，詳贍地描摹了般若照察外境時，在般若主體身上所發生的情境。

僧肇論文語言具有整齊而多變、朗暢而優美、流宕而富於節奏感的特點，有時整段以對句出之。文句對仗工整，辭采華美，音情頓挫，精賅曉暢，表現出全新的格調。

為使說理更加嚴密，造成先聲奪人的氣勢，僧肇亦喜用頂針句法。如《不真空論》曰「如此，則萬象雖殊，而不能自異。不能自異，故知象非真象；象非真象，故則雖象而非象」，《涅槃無名論・位體第三》曰「其為治也，故應而不為，因而不施。因而不施，故施莫之廣；應而不為，故為莫之大。為莫之大，故乃返於小成，施莫之廣，故乃歸乎無名。」皆用頂針句法增強氣勢。

僧肇論體文對後世的影響深遠，不僅其佛學思想直接影響到唐宋明清佛教的各個流派，其論證藝術、語言風格亦對後人產生很大影響。清代詩人錢謙益云：「余為時文，好刺取內典，名儒邵濂呼為楞嚴秀才，必旁及《肇論》、《淨名注》，兄擊節歎曰：又是方袍平叔矣。」（《有學集》引《何君實墓誌銘》）可見僧肇論體文獨立物表的議論風格和優美有力的文字對其產生的影響。

第七章　六朝論體文名家及子書著述（下）

　　魏晉南北朝時期，史學逐漸擺脫經學的束縛而獲得獨立地位。史學的興盛促進史論的發達，史家在歷史敘事過程中闡釋其理性認識，探討興亡規律、評論制度優劣、品鑒人物高下，借古以鑒今，史論之題材內容甚爲豐富〔註1〕。魏晉南北朝編年體史書以袁宏《後漢紀》爲代表，紀傳體史書則以范曄《後漢書》爲代表，其史論之多、篇幅之大前所未有。

　　魏晉南北朝子書撰作亦頗爲活躍，可謂此種著述形式繼先秦之後的又一次頗爲興盛的時期，思想上呈現較爲濃重的兼容性，內容上摺射出時代特色與創作個性。

第一節　「一時文宗」袁宏

一、袁宏《後漢紀》之史論

　　袁宏，字彥伯，東晉人。《晉書·文苑傳》稱他「有逸才，文章絕美，曾爲詠史詩，是其風情所寄」〔註2〕，所作《東征賦》、《北征賦》、《三國名臣頌》，皆其文之高者。袁宏以文章名世，而史學尤卓絕。史學著作有《後漢紀》三

〔註1〕　具體論述可參閱楊朝蕾：《魏晉南北朝論體文通論》，新北：臺灣花木蘭文化出版社，2015 年版。

〔註2〕　〔唐〕房玄齡等：《晉書》，卷 92《文苑傳》，北京：中華書局，1974 年版，第 2391 頁。

十卷及《竹林名士傳》三卷。以上作品，完整流傳至今的只有《三國名臣頌》與《後漢紀》，其餘多已散佚。

《後漢紀》為編年體東漢史。唐人劉知幾在總結東漢史的撰述時，寫道「……先是，晉東陽太守袁宏抄撮《漢氏後書》，依荀悅體，著《後漢紀》三十篇。世言漢中興史者，唯范袁二家而已。」〔註3〕又云：「為紀傳者則規模班馬，創編年者則議擬荀、袁。」〔註4〕皆對袁宏《後漢紀》給予高度評價。這是一部成功的歷史著作，可謂為，於前，追蹤荀悅《漢紀》，於後，無愧范曄《後漢書》。

《後漢紀》在編撰方法上除符合編年記事的基本要求外，還有自身的特點，就是史論部分加重。全書之論共計五十五條（包括所引華嶠論四條），最長的達一千零三十四字，最短的四十一字，一般都在三百字上下，共計約一萬七千字左右，占全書篇幅的十二分之一，為歷來史書所僅見。《史通·論贊》云：「《春秋》《左傳》每有發論，假君子以稱之。二傳云『公羊子』『穀梁子』，《史記》云『太史公』。」〔註5〕袁宏的史論則是以「袁宏曰」的形式直接出現。不僅出現在篇末，也出現在文中，更加自由靈活，不拘一格。有的一卷沒有一條，有的一卷則有數條。這些論各具形態，言辭精鍊，旨義深刻，表現了作者豐富的史學思想，是我國古代史論中的傑出篇章。史稱袁宏為「一時文宗」，其史論亦具有較高的文學價值。

作為一部編年體史書，《後漢紀》的史論都是在敘述史實的過程中闡發的，以史實為引發點，闡發著者的自然觀、社會觀與政治觀，但又並不完全拘泥於就事論事，而是從中高度抽象概括出具有普遍社會意義的理論。這種認識並非著者在列舉一些史實之後歸納出來的，而是早已蘊於其心中，遇有適當的時機而一觸即發。這顯然受到當時玄學學風的影響，也與袁宏「通古今而篤名教」的著述意旨有關。汝陰王銍在《重刻兩漢紀後序》中稱其「於朝廷紀綱，禮樂刑政，治亂成敗，忠邪是非之際，指陳論著，每致意焉」〔註6〕，所言甚是。

《後漢紀》藉史發論，從形式上看大致可分兩種：其一，在敘述完史實

〔註3〕〔唐〕劉知幾撰，〔清〕浦起龍釋：《史通通釋》，上海：上海古籍出版社，1978年版，第343頁。

〔註4〕〔唐〕劉知幾撰，〔清〕浦起龍釋：《史通通釋》，上海：上海古籍出版社，1978年版，第6頁。

〔註5〕〔唐〕劉知幾撰，〔清〕浦起龍釋：《史通通釋》，上海：上海古籍出版社，1978年版，第81頁。

〔註6〕〔晉〕袁宏撰，張烈點校：《後漢紀》，北京：中華書局，2002年版，第597頁。

之後，先以三言兩語加以評判，之後再上升至一定理論高度，加以論述。如
《孝質皇帝紀卷第二十》，在敘述完太尉李固欲立清河王爲帝，而梁冀專權，
與太后定策禁中，將李固策免的史實之後，宏曰：「若李固者，幾古之善人也。
將立昏闇，先廢李固。李固若存，則明必建，而天下弗違也。嘗試言之曰：
夫稱善人者，不必無一惡；言惡人者，不必無一善……」。針對李固被廢，宏
發表了對善惡的論述，得出了爲政者選善以爲天下正的結論。李固事件只是
發論的契機，論李固是爲了論善惡，表現了宏精闢的見解。其二，不涉史實，
直接發論。《孝章皇帝紀下卷二十》在敘述完古文尙書、毛詩、穀梁左氏傳的
流傳、整理情況後，直接論述歷史上傳授、賞罰、婚姻、廢立、褒貶的不同，
之後提出其「道明其本，儒言其用」之理論。

　　當然，不管用哪種方式發論，都表現了袁宏抽象思維之發達，較之《史
記》傳記的論，更能看出《後漢紀》史論的理論性與抽象性。《史記》傳紀的
論和藝術形象緊密聯繫，或點明傳記人物的行爲意義，或以作者見聞補傳中
不足，或畫龍點睛，闡明主旨。而《後漢紀》之史論則更注重闡發其理論，
頗類於子書中的論，袁宏論刑，談禮、言樂，講禪讓、外交、舉賢、任賢、
選善等諸方面，不難看出其作爲一衰世人物，藉著史而發論，正一代之得失，
匡古今之興衰的卓遠識見。劉知幾曾評論曰「若袁彥伯之務飾玄言，謝靈運
之虛張高論，玉巵無當，曾何足云」〔註7〕。的確如此，由於袁宏援「玄」入
史，儒道思想雜糅，使其史論更加抽象，自然迥異於前人，形成自己的藝術
特色。

　　《後漢紀》史論對人物事件進行評述褒貶時，往往情理交融，氣韻流暢。
既有犀利的批判，尖銳的嘲諷，也有深沉的同情，由衷的讚賞。即使對最高
統治者，宏亦不隱瞞其眞實評價，表現了一位史學家的膽力與卓識。

　　東漢開國皇帝光武劉秀在袁宏之前已得到較多論贊，曹植稱其爲「世祖
體乾靈之休德，稟貞和之純精，通黃中之妙理，韜亞聖之懿才。………乃規
弘跡而造皇極，創帝道而立德基。」（曹植《漢二祖優劣論》）曹植對光武的
評價不可謂不高，他認爲光武優於高祖。然而袁宏卻並未對他大唱讚歌。《光
武帝紀卷第三》寫完劉秀即皇帝位後對他有一段批評性史論。先是論證名教
出於自然，然後筆鋒一轉曰：

〔註7〕　〔唐〕劉知幾撰，〔清〕浦起龍釋：《史通通釋》，上海：上海古籍出版社，1978
　　　　年版，第 82 頁。

於斯時也，君以義立，然則更始之起，乘義而動，號令稟乎一人，爵命班乎天下，及定咸陽而臨四海，清舊宮而饗宗廟，成爲君矣。世祖經略，受節而出，奉辭征伐，臣道足矣。然則三王作亂，勤王之師不至；長安猶存，建武之號已立，雖南面而有天下，以爲道未盡也。〔註8〕

袁宏對劉秀的評價十分客觀，既指出其「道足」的一面，又指出其「道未盡」的一面。他認爲劉秀是在更始政權存在的情況下即皇帝位的，雖然當時三王作亂，使更始的地位搖搖欲墜，但作爲臣下，應該率師勤王，對劉秀加以批判，並未因其爲東漢開國之君而隱其爲人臣時「道未盡」之不足。

《孝獻皇帝紀卷第三十》在寫到曹操的謀士荀彧在曹操欲稱帝問題上與曹操有矛盾而在憂懼中死去之後，宏曰：「夫假人之器，乘人之權，既而以爲己有，不以仁義之心，終亦君子所恥也。」顯然是針對曹操而發論，可謂嚴厲斥責，氣憤填膺之情溢於紙面。荀彧作爲曹操的重要謀士，爲曹操的「不義」事業立下了汗馬功勞，當然亦難逃袁宏之筆伐。但他在曹操稱帝問題上與操有矛盾，故又獲得袁宏之同情與惋惜：「惜哉！雖名蓋天下而道不合順，終以憂卒，不殞不與義。故曰：非智之難，處智之難；非死之難，處死之難。嗚呼，後之君子，默語行藏之際，可不慎哉！」〔註9〕

後來，曹丕代漢稱帝，以「禪讓」的形式冠冕堂皇地完成，且云效法上古時堯禪讓於舜，舜禪讓於禹。袁宏寫至此，又是一段充滿激憤的議論：「漢自桓、靈，君道陵遲，朝綱雖替，虐不及民。雖宦豎乘間竊弄權柄，然人君威尊未有大去王室，世之忠賢皆有寧本之心……然則劉氏之德未泯，忠義之徒未盡，何言其亡也？漢苟未亡，則魏不可取。今以不可取之實而冒揖讓之名，因輔弼之功而當代德之號，欲比德堯、舜，豈不誣哉！」〔註10〕

這些論觀點鮮明犀利，如一把把匕首直刺對方利害之處，撕碎其虛僞的面紗。理直才能氣壯，不虛美，不隱惡的直筆寫法增強了袁宏史論的批判鋒芒。

劉勰在《文心雕龍・風骨》中云：「情與氣偕，辭共體並」。袁宏在史論中對許多東漢人物以飽含感情之筆墨加以評價，情深意長，跌宕多姿，在其字裏行間，可以窺見宏之抱負、情懷、愛憎、胸襟。其論馬援曰：「馬援才氣

〔註8〕〔晉〕袁宏撰，張烈點校：《後漢紀》，北京：中華書局，2002年版，第40頁。
〔註9〕〔晉〕袁宏撰，張烈點校：《後漢紀》，北京：中華書局，2002年版，第582頁。
〔註10〕〔晉〕袁宏撰，張烈點校：《後漢紀》，北京：中華書局，2002年版，第590頁。

志略，足爲風雲之器，躍馬委質，編名功臣之錄，遇其時矣。天下既定，偃然休息，猶復垂白，據鞍慷慨，不亦過乎！」論鄧禹曰：「鄧生杖策，深陳天人之會，舉才任使，開拓帝王之略。當此之時，臣主歡然，以千載俄頃也。洎關中一敗，終身不得列於三公，俯首頓足，與夫列侯齊伍。嗚呼！彼諸君子，皆嘗乘雲龍之會，當帝者之心，鞠躬謹密，猶有若斯之難，而況以勢相從不以義合者乎！」論寇榮曰「寇榮之心，良可哀矣，然終至滅之者，豈非命也哉！」如此類，不勝枚舉，同情惋惜之情溢於字間。袁宏似乎在借論古人之遭際而發自己之感慨，借古人之酒杯澆自己之塊壘。《晉書・文苑傳》記載宏「少孤貧，以運租自業。」〔註 11〕「性強正亮直，雖被溫禮遇，至於辯論，每不阿屈，故榮任不至。」〔註 12〕可見袁宏以孤貧自拔，與並世清談學派、門閥士族，風趣標致，多有扞格。如此也就不難理解他借論抒懷，實是由於他與論主心意相通，進而產生情感上的共鳴之故。由此可見，袁宏之史論褒貶分明，感情充沛，氣韻流暢，這也是其具有較高文學性的一個重要因素。

明代劉基認爲：「文以理爲主，而氣以抒之。理不明爲虛文，氣不足則理無所駕。」（《劉基文選・蘇平仲文稿序》）可見說理透闢才能使文章一氣貫通，氣勢磅礡。《後漢紀》中許多史論可視作單篇論體文，它們論點鮮明，論據充分，論證嚴密，結構完整，有一種撼人氣魄之魅力。

《孝桓皇帝紀下卷第二十二》中史論長達千言。開頭兩句提出論點：「夫人生合天地之道，感於事動，性之用也。故動用萬方，參差百品，莫不順乎道，本乎情性者也。」〔註 13〕接著闡述「爲道者」、「爲德者」、「爲仁者」、「爲義者」四類人的不同做法，得出結論「故因其所弘則謂之風，節其所託則謂之流，自風而觀則同異之趣可得而見，以流而尋則好惡之心於是乎區別。」〔註 14〕又舉古先哲王之例正面論述，舉中古陵遲之例反面論述，再追溯春秋、戰國、高祖、元、成、明、章，以史爲例，與「自茲以降」對比論證，之後又引用《左傳》中的語句爲據，進一步論證。最後得出結論：「苟失斯道，庶人干政，權移於下，物競所能，人輕其死，所以亂也。」〔註 15〕起承

〔註 11〕　〔唐〕房玄齡等：《晉書》，北京：中華書局，1974 年版，第 2391 頁。
〔註 12〕　〔唐〕房玄齡等：《晉書》，北京：中華書局，1974 年版，第 2398 頁。
〔註 13〕　〔晉〕袁宏撰，張烈點校：《後漢紀》，北京：中華書局，2002 年版，第 432 頁。
〔註 14〕　〔晉〕袁宏撰，張烈點校：《後漢紀》，北京：中華書局，2002 年版，第 433 頁。
〔註 15〕　〔晉〕袁宏撰，張烈點校：《後漢紀》，北京：中華書局，2002 年版，第 434 頁。

轉合，步步深入，首尾圓融，論證謹嚴，說理透闢，無懈可擊。

為了準確而深入地表達自己的思想，袁宏熟練的運用了多種說理技法，不防舉一斑而略窺其全豹。

比喻明理，貼切明瞭。如「夫天地者萬物之官府，山川者雲雨之丘墟。萬物之生遂，則官府之功大；雲雨施其潤，則丘墟之德厚。」〔註16〕

類比推理，淺顯易明。如「夫金剛水柔，性之別也；員行方止，器之異也。故善御性者，不違金水之質；善為器者，不易方員之用。」〔註17〕

據典證理，說服力強。如「書稱：『協和萬邦』，易曰『萬國咸寧』。然則諸侯之治建於上古，未有知其所始者也。」〔註18〕

設問說理，引人入勝。如「夫讒人之心非專在傷物，處之不以忠信，其言多害也。何以知其然？夫欲合主之情，必務求其所欲，所惡者一人，所害者萬物，故其毀傷不亦眾乎！」〔註19〕

對比論理，言簡意賅。如「斯所謂勢利苟合之末事，焉可論之以治哉！先王則不然。匡其變奪則去其所爭，救其巧偽則塞其淫情。人心安樂乃濟其難以悅之，又何不從之有焉？」〔註20〕

袁宏將這些說理方法綜合運用，使其史論氣勢雄渾，具有極強的說服力、感染力、震撼力。

袁宏以詩賦見長，其《詠史詩》受到鍾嶸推重，被稱為「鮮明緊健，去凡俗遠矣」（《詩品》）《文心雕龍‧才略》稱其「發軫以高驤，故卓出而多偏。」其辭賦與王粲等並列為「魏晉之賦首」，《文心雕龍‧詮賦》稱「彥伯梗概，情韻不匱。」袁宏現存《東征賦》殘篇中亦頗有精彩之句，少凡俗套語，表現了噴薄之才氣，如「褰林而蕭瑟，雲出山而蓬勃」等。然而，其史論卻表現了另一風格，語言質樸無華，句式駢散相兼，文氣疏朗，音節和諧。這個特點一方面與東晉文學受玄學影響崇尚質樸淡美有關，如《文心雕龍‧時序》所云：「自中朝貴玄，江左稱盛。因談餘氣，流成文體。是以世極迍邅，而辭意夷泰。」另一方面也與史論這種文體有關。陸機在《文賦》中云：「論精微而朗暢」，章太炎對此語作如此解釋：「論者，評議臧否之作，人之思想，愈

〔註16〕 〔晉〕袁宏撰，張烈點校：《後漢紀》，北京：中華書局，2002年版，第153頁。
〔註17〕 〔晉〕袁宏撰，張烈點校：《後漢紀》，北京：中華書局，2002年版，第84頁。
〔註18〕 〔晉〕袁宏撰，張烈點校：《後漢紀》，北京：中華書局，2002年版，第123頁。
〔註19〕 〔晉〕袁宏撰，張烈點校：《後漢紀》，北京：中華書局，2002年版，第99頁。
〔註20〕 〔晉〕袁宏撰，張烈點校：《後漢紀》，北京：中華書局，2002年版，第115頁。

演愈深，非論不足以發表其思想，故貴乎精微朗暢也。」〔註 21〕論是爲了闡發思想的，以精微朗暢爲高，自然不必追求辭藻之華美了。

至於駢散之運用，本無定法，各有短長。「言宜單者，不能使之偶；語合偶者，不能使之單。」「魏晉佳論，譬如淵海，華美精辯，各自擅場」。〔註 22〕《後漢紀》之史論的語言特色是質樸而雅潔，不刻意雕琢字句，不浮侈，不板滯，有工致之美而不傷自然。加之通篇常常奇偶相生，散文句錯落其間，幫助詠歎，增加了文章疏宕之美。

《孝桓皇帝紀上卷第二十一》史論云：

> 夫松竹貞秀，經寒暑而不衰；榆柳盧橈，盡一時而零落。此草木之性，脩短之不同者也。廉潔者必有貪濁之對，剛毅者必遇強勇之敵。此人事之對，感時之不同者也。咸自取之，豈有爲之者哉！

〔註 23〕

首句爲工整的四六駢句，次句爲散句，三句又爲對句，四五句爲散句，造句研煉，疏蕩有致，文辭雅潔，文氣疏朗。

袁宏本爲辭賦高手，在他的史論中有意無意地運用了辭賦的寫法也是自然的，使其史論文采飛揚，氣勢雄渾，抑揚詠歎，跌宕多姿。王銍評袁宏之史論曰：「其詞縱橫放肆，反復辯達，明白條暢，既啓告當代，而垂訓無窮，其爲書卓矣」，〔註 24〕所評甚當。

綜上所述，袁宏《後漢紀》之史論所具有的立論抽象概括，論證嚴密透徹，感情洋溢，語言樸實的藝術特色，今天對我們仍富有啓發意義，值得我們去研究借鑒。

二、《兩漢紀》史論藝術之比較

魏晉南北朝編年體史書，完整保存至今的有兩部，即荀悅《漢紀》與袁宏《後漢紀》，合稱《兩漢紀》。這兩部史學巨著的史論均在全書中佔據重要篇幅，在藝術上各具特色。袁宏《後漢紀序》稱「荀悅才智經綸，足爲嘉史，所述當世，大得治功已矣」〔註 25〕，其《後漢紀》之體例就是仿荀悅書，並

〔註 21〕 章太炎：《國學講演錄》，上海：華東師範大學出版社，1995 年版，第 256 頁。
〔註 22〕 章太炎：《國學講演錄》，上海：華東師範大學出版社，1995 年版，第 241 頁。
〔註 23〕 〔晉〕袁宏撰，張烈點校：《後漢紀》，北京：中華書局，2002 年版，第 407 頁。
〔註 24〕 〔晉〕袁宏撰，張烈點校：《後漢紀》，北京：中華書局，2002 年版，第 597 頁。
〔註 25〕 〔晉〕袁宏撰，張烈點校：《後漢紀》，北京：中華書局，2002 年版，第 1 頁。

且加重史論的比例。通過《兩漢紀》史論藝術之比較，可以使我們更深刻地認識史學家論史之宗尚、著述之目的與文質之觀念對其史論藝術的影響。

（一）論史宗尚之不同決定其行文風格之異

司馬光曾以「史者儒之一端」〔註26〕概括史學與儒學的關係，這實際上也是中國傳統史學的特點。史學雖在魏晉時期已脫離經學而獨立，但其思想傾向仍與儒學血脈相連。《文心雕龍·史傳》指出：「史之為任，乃彌綸一代，負海內之責，而贏是非之尤。」〔註27〕經史兼修的史家，儒學是其安身立命之所在，其著史的目的即是鑒往知來。荀悅依《春秋》之體，刪《漢書》為《漢紀》。他在褒貶史事評判人物時處處以儒家經義為指導原則，史載，荀悅「年十二，能說《春秋》」〔註28〕，他對《春秋》的熟稔程度可想而知，「春秋大義」成了《漢紀》史論中無所不在的衡量尺度。簡要列舉如下：

> 《高帝紀》論曰：《春秋》之大義，居正罪無赦。趙王掩高之逆心，失「將而必誅」之義，使高得行其謀，不亦殆乎！無藩國之義，減死可也，侯之，過歟？〔註29〕

> 《景帝紀》論曰：《春秋》之義，許夷狄者，不一而足也。若以利害由之，則以功封，其逋逃之臣，賞有等差，可無列土矣。〔註30〕

> 《宣帝紀》論曰：《春秋》之義，王者無外，欲一於天下也。〔註31〕

> 《元帝紀》論曰：誠其功義足封，追錄前事可也。《春秋》之義，毀泉臺則惡之，舍中軍則善之，各由其宜也。〔註32〕

由這些例子不難看出，荀悅思想受儒學浸染之深，儒家經義成為其立論的根基與依據。荀悅將《漢紀》與《春秋》等古代正統經典相提並論，賦予其更多經典著作的神聖價值。

〔註26〕〔宋〕司馬光編著，〔元〕胡三省音注：《資治通鑒》，北京：中華書局，1956年版，第3868頁。
〔註27〕范文瀾：《文心雕龍注》，北京：人民文學出版社，1958年版，第287頁。
〔註28〕〔南朝宋〕范曄：《後漢書》，北京：中華書局，1965年版，第2058頁。
〔註29〕〔漢〕荀悅撰，張烈點校：《漢紀》，北京：中華書局，2002年版，第49頁。
〔註30〕〔漢〕荀悅撰，張烈點校：《漢紀》，北京：中華書局，2002年版，第148頁。
〔註31〕〔漢〕荀悅撰，張烈點校：《漢紀》，北京：中華書局，2002年版，第356頁。
〔註32〕〔漢〕荀悅撰，張烈點校：《漢紀》，北京：中華書局，2002年版，第403頁。

荀悅曾論述經典的來歷曰：「陰陽之節在於四時五行，仁義之大體在於三綱六紀。上下咸序，五品有章；淫則荒越，民失其性。於是在上者則天之經，因地之義，立度宣教以制其中，施之當時則爲道德，垂之後世則爲典經，皆所以總統綱紀，崇立王業。」〔註33〕在他看來，經典乃經緯陰陽，綱紀萬物之準繩，所以推崇備至。荀悅受儒家經典影響甚深，其思維方式具有經學思維的特點。所謂經學思維，高晨陽先生稱「我們所理解的經學思維方式應該涵蓋兩個方面的內容：一是以傳統爲權威的崇古與復古意識作爲內在的觀念內容；二是以經學方法作爲外在的形式。權威意識與經學模式分別從內外兩個層面規定並體現著經學思維方式沉迷於傳統而忽視創新的根本特質。」〔註34〕經學思維在《漢紀》史論中的突出表現除了上述依經附聖以立論外，在具體的論證方法上則表現爲引經據典，大量援引《易》、《詩》《書》《春秋》《周禮》等儒家經典之語爲理據，評價歷史人物，臧否歷史事件。《孝文皇帝紀》史論曰：

> 《書》云：「高宗諒闇，三年不言。」孔子曰：「古之人皆然。」
> 「三年之喪天下之通喪。」由來者尚矣。今而廢之，以虧大化，非
> 禮也。雖然，以國家之重，愼其權柄，雖不諒闇，存其大體可也。
> 〔註35〕

此處荀悅援引《書》與孔子的話，既作爲評論史實的標準，又增強史論的說服力，發揮其所爲儒者對經典掌握嫻熟的優勢。

在《漢紀》史論中，荀悅承襲了先儒所提倡的天人感應論，也積極鼓吹災祥報應說。爲了論證宇宙與人類現象相互感應的觀點，他採用「以小知大，近取諸身」〔註36〕的論證方法，舉現實生活中的例子爲證據。「夫事物之性，有自然而成者，有待人事而成者，有失人事不成者，有雖加人事終身不可成者，是謂三勢。凡此三勢，物無不然。以小知大，近取諸身。譬之疾病，有不治而自瘳者，有治之則瘳者，有不治則不瘳者，有雖治而終身不可愈者，豈非類乎？……推此以及教化，則亦如之，何哉？人有不教而自成者，待教而成者，無教化則不成者，有加教化而終身不可成者。」〔註37〕在此，荀悅

〔註33〕 〔漢〕荀悅撰，張烈點校：《漢紀》，北京：中華書局，2002 年版，第 437 頁。
〔註34〕 高晨陽：《中國傳統思維方式研究》，濟南：山東大學出版社，1994 年，第 214 頁。
〔註35〕 〔漢〕荀悅撰，張烈點校：《漢紀》，北京：中華書局，2002 年版，第 127 頁。
〔註36〕 〔漢〕荀悅撰，張烈點校：《漢紀》，北京：中華書局，2002 年版，第 85 頁。
〔註37〕 〔漢〕荀悅撰，張烈點校：《漢紀》，北京：中華書局，2002 年版，第 85～86 頁。

認爲，大凡世間萬物的存在形式不外乎以上「三勢」，事物的「三勢」又是命中注定的。而荀悅用以證明「天人三勢」論的論據，只是疾病的三種情形和人性三品兩個比喻，其論據雖蒼白無力，但表現形式卻新穎別致。

玄學是魏晉時期之顯學，文學、史學、佛學無不受其影響。東晉袁宏對玄學服膺甚深，其《竹林名士傳》將玄學人物分爲正始名士、竹林名士、中朝名士三期，可見其對玄學理解之透徹，目光之犀利。《後漢紀》史論被劉知幾稱爲「務飾玄言」〔註38〕，與玄學有著密切關係。袁宏在《後漢紀·自序》中稱「夫史傳之興，所以通古今而篤名教也」，從自然與名教的體用關係出發，將儒家思想與道家思想巧妙結合起來，「道明其本，儒言其用」，與玄學家郭象的觀點甚爲接近，因此被周國林先生在《袁宏玄學化史論初探》一文中稱其「在討論名教與自然同異的玄學家行列中，是屬於『將毋同』一派。」〔註39〕

袁宏《後漢紀》史論是援玄入史的典型，他自覺運用玄學理論與思維方式，著眼於大事、大局，深入探討自然與名教、天性與人性等命題，其史論具有較強的思辨特點與理性力量。《孝桓皇帝紀》論曰：

> 寇榮之心良可哀矣，然終至滅亡者，豈非命也哉！性命之致，古人豈肯明之，其可略言乎。《易》稱「天之所助者」，信然。則順之與信，其天人之道乎！得失存亡，斯亦性命之極也。夫向之則吉，背之則凶，順之至也；推誠則通，易應則塞，信之極也。故順之與信，存乎一己者也。而吉凶通塞，自外而入，豈非性命之理，致之由己者乎！夫以六合之大，萬物之眾，一體之所棲宅，猶秋毫之在馬背也，其所資因小許處耳，而賢者順之以通，不肖者逆之以塞，彼之所乘，豈異塗徹哉！致之在己，故禍福無門之殊應也。〔註40〕

由寇榮之事引出對性命之理的論述，其理似乎早已在胸，只是藉此機會發表而已。其理論之抽象顯然受玄學影響。其他諸如論刑，談禮、言樂，講禪讓、外交、舉賢、任賢、選善等諸方面，無不表現出其袁宏闊的視野、博大的氣象與靈活變通的思辨能力。

〔註38〕 〔唐〕劉知幾撰，〔清〕浦起龍釋：《史通通釋》，上海：上海古籍出版社，1978年版，第82頁。

〔註39〕 鄧鴻光、李曉明：《史學理論與史學史（第一輯）》，武漢：崇文書局，2002年版，第168頁。

〔註40〕 〔晉〕袁宏撰，張烈點校：《後漢紀》，北京：中華書局，2002年版，第407頁。

　　玄學的滲透也表現在治理國家的政策上，袁宏提出「寬以臨民，簡以役物」的原則，認爲「簡易之可以致治」。他論曰：

　　　　在溢則激，處平則恬，水之性也。急之則擾，緩之則靜，民之情也。故善治水者引之使平，故無衝激之患，善治人者雖不爲盜，終歸刻薄矣。以民心爲治者，下雖不時整，終歸敦厚矣。〔註41〕

以水性喻民性，以治水喻治民，顯然受道家之影響，《道德經》曰：「江海之所以能爲百穀王者，以其善下之，故能爲百穀王。是以欲上民，必以言下之。欲先民，必以身後之。是以聖人處上而民不重，處前而民不害。是以天下皆樂推而不厭。以其不爭，故天下莫能與之爭」，以簡馭繁，持一統眾，是袁宏甚爲重視的處理國政、統治百姓的策略。

（二）著作目的之不同決定其書寫姿態之異

　　荀悅《漢紀》是受漢獻帝之命而撰寫的一部帝王讀本，據《後漢書·荀悅傳》載「帝好典籍，常以班固《漢書》文繁難省，乃令悅依《左氏傳》體以爲《漢紀》三十篇，詔尚書給筆札。辭約事詳，論辨多美」〔註42〕。在這種情況下，皇帝和宮廷就成了對漢代政治進行敘述和評價的惟一焦點。《漢紀·自序》言其撰述宗旨爲「質之事實而不誣，通之萬方而不泥。可以興，可以治；可以動，可以靜；可以言，可以行。懲惡而勸善，獎成而懼敗。茲亦有國之常訓，典籍之淵林」。〔註43〕可以看出其借古鑒今、勸善懲惡目的之明確。張璠《漢紀》稱其「因事以明臧否，致有典要；其書大行于世」〔註44〕，袁宏《後漢紀序》稱「荀悅才智經綸，足爲嘉史，所述當世，大得治功已矣」〔註45〕，皆是著眼於此。

　　《漢紀》史論貫徹了荀悅的撰述宗旨，表現了其秉筆直書的精神與直言無忌的特點。針對御史大夫公孫弘被封爲丞相後封平津侯的史實，荀悅論曰：「丞相始拜而封，非典也。夫封必以功，不聞以位。孔子曰：『如有所譽，必有所試矣。』譽必待試，況於賞乎！」〔註46〕針對張敞之罪論曰：

〔註41〕　〔晉〕袁宏撰，張烈點校：《後漢紀》，北京：中華書局，2002 年版，第 483 頁。
〔註42〕　〔南朝宋〕范曄：《後漢書》，北京：中華書局，1965 年版，第 2062 頁。
〔註43〕　〔漢〕荀悅撰，張烈點校：《漢紀》，北京：中華書局，2002 年版，第 2 頁。
〔註44〕　〔晉〕陳壽撰，〔宋〕裴松之注：《三國志》，北京：中華書局，1959 年版，第 316 頁。
〔註45〕　〔晉〕袁宏撰，張烈點校：《後漢紀》，北京：中華書局，2002 年版，第 1 頁。
〔註46〕　〔漢〕荀悅撰，張烈點校：《漢紀》，北京：中華書局，2002 年版，第 199～200 頁。

「天子無私惠，王法不曲成。若張敞之比，以議能之法宥之可也；使之亡，非也。」〔註47〕皆語意豁然，態度明朗，對不按典而行的封賞進行批判，其警世作用甚爲明顯。唐太宗稱贊荀悅《漢紀》「敘致既明，論議深博，極爲治之體，盡君臣之義」〔註48〕，即是就其發表的關於統治思想、君臣之道的意見而言。

基於皇帝作爲預期讀者的特殊性，荀悅在史論中亦不乏直抒胸臆、縱橫捭闔之言，借史論以進諫，行文酣暢橫肆，痛快淋漓之至。有感於哀帝建平四年（前 3 年），僕射平陵侯鄭崇因屢屢勸諫哀帝不宜進封外戚傅高和寵信佞臣董賢，結果被逮捕下獄致死而發論，一連列舉了二十幾種情況來說明爲臣進言之難，「夫臣之所以難言者何也？其故多矣。言出於口則咎悔及身。舉過揚非則有干忤之禍，勸勵教誨則有刺上之譏。下言而當則以爲勝己，不當賤其鄙愚。先己而明則惡其奪己之明，後己而明則以爲順從。違下從上則以爲諂諛，違上從下則以爲雷同，與眾共言則以爲專美。言而淺露則簡而薄之，深妙弘遠則不知而非之……」。〔註49〕模仿韓非《說難》行文筆法，若無切身體會恐難以發出如此感慨，亦難揭露如此深刻，道出了封建專制統治下爲臣者的心聲。

較之荀悅《漢紀》的奉詔而作，袁宏的《後漢紀》則是私家著述。《後漢紀序》曰：「予嘗讀《後漢書》，煩穢雜亂，睡而不能竟也。聊以暇日，撰集爲《後漢紀》。」〔註50〕在對前人所撰史書去粗取精、理性批判的基礎上，袁宏撰成《後漢紀》。袁宏雖依荀悅《漢紀》之編年體例，但對其撰史宗旨在肯定的基礎上進行批判，「荀悅才智經綸，足爲嘉史，所述當世，大得治功已矣，然名教之本，帝王高義，韞而未敘」。〔註51〕出於「略舉義教所歸，庶以弘敷王道」的目的，袁宏撰論以闡揚名教爲己任，具有強烈的致用意識。其論立君之道曰：「立君之道，有仁有義。夫崇長推仁，自然之理也；好治惡亂，萬物之心也」〔註52〕；論禮法制度曰：「自古在昔有治之始，聖人順人心以濟亂，因去亂以立法。故濟亂所以爲安，而兆眾仰其德；立法所以成治，而民氓悅其理。是以有法有理，以通乎樂治之心，而順人物之情者」〔註53〕。諸如此

〔註47〕 〔漢〕荀悅撰，張烈點校：《漢紀》，北京：中華書局，2002 年版，第 351 頁。
〔註48〕 〔後晉〕劉昫等：《舊唐書》，北京：中華書局，1975 年版，第 2388 頁。
〔註49〕 〔漢〕荀悅撰，張烈點校：《漢紀》，北京：中華書局，2002 年版，第 505 頁。
〔註50〕 〔晉〕袁宏撰，張烈點校：《後漢紀》，北京：中華書局，2002 年版，第 1 頁。
〔註51〕 〔晉〕袁宏撰，張烈點校：《後漢紀》，北京：中華書局，2002 年版，第 1 頁。
〔註52〕 〔晉〕袁宏撰，張烈點校：《後漢紀》，北京：中華書局，2002 年版，第 40 頁。
〔註53〕 〔晉〕袁宏撰，張烈點校：《後漢紀》，北京：中華書局，2002 年版，第 114 頁。

類，不勝枚舉。無不可見袁宏安邦治國之論實兼容儒道兩家思想，是其「儒言其用，道明其本」思想的具體體現。

《晉書‧文苑傳》稱袁宏「有逸才，文章絕美，曾爲詠史詩，是其風情所寄」〔註54〕，其《後漢紀》之史論未嘗不是其「風情所寄」。《後漢紀》在對人物事件進行評述褒貶時，同情惋惜之情溢於字間，其論鄧禹曰：「夫以鄧生之才，參擬王佐之略，損翮弭鱗，棲遲刀筆之間，豈以爲謙，勢誠然也！及其遇雲雨，騰龍津，豈猶吳漢之疇能就成矢之構，馬武之徒亦與鸞鳳參飛。由此觀之，向之所謂通塞者，豈不然乎！」〔註55〕論寇恂曰：「觀寇恂之才，足居內外之任，雖暫撫河內，再綏潁川，未足展其所能也。及在汝南，延儒生，受《左氏》，何其閒也。晚節從容，不得預於治體。夫以世祖之明，如寇生之智能，猶不得自盡於時，況庸主乎！」〔註56〕皆爲借古人之酒杯，澆自己之塊壘。

（三）文質觀念之不同決定其語言風格之異

荀悅《漢紀》撰於建安年間，其時文風尚未大變。其治學理路沿襲東漢，文風亦以質樸練達爲主。《漢紀》史論語言明快、暢達，用詞洗練，句式靈活，是荀悅「平直眞實」理論主張的體現。

荀悅雖沒有直接提出文學主張，但在《孝元皇帝紀》中指出：「僞生於多巧，邪生於多欲，是以君子不尚也。禮，與其奢也，寧儉；事，與其煩也，寧略；言，與其華也，寧質；行，與其綵也，寧樸……平直眞實者，正之主也。故德必覈其眞，然後授其位；能必覈其眞，然後授其事；功必覈其眞，然後授其賞；罪必覈其眞，然後授其刑；行必覈其眞，然後貴之；言必覈其眞，然後信之；物必覈其眞，然後用之；事必覈其眞，然後脩之」〔註57〕。此處雖是針對佞臣之惑而提出的用人觀點，但亦可見荀悅對平直眞實的重視，其史論正是在這種理論主張下進行的創作實踐。

《漢紀》史論語言精萃典雅，言簡意賅，深入淺出，樸實無華，又雋永有味，句式靈活多變，舒展自如，有很強的表現力。其論王鳳與馮婕妤曰：「王商言水不至，非以見智也，非以傷鳳也，將欲忠主安民，事不得已，而鳳以爲慨恨；馮婕妤之當熊，非欲見勇也，非欲求媚也，非以高左右也，惻怛於

〔註54〕〔唐〕房玄齡等：《晉書》，卷92《文苑傳》，北京：中華書局，1974年版，第2391頁。

〔註55〕〔晉〕袁宏撰，張烈點校：《後漢紀》，北京：中華書局，2002年版，第123頁。

〔註56〕〔晉〕袁宏撰，張烈點校：《後漢紀》，北京：中華書局，2002年版，第108頁。

〔註57〕〔漢〕荀悅撰，張烈點校：《漢紀》，北京：中華書局，2002年版，第387頁。

心將以救上，而傅昭儀以爲隙。皆至於死，眞可痛乎！」〔註58〕將二者事蹟以對句論之，言語質樸，感情熾烈，更易產生一種撼人心魄的力量。針對劉向、劉歆父子著《七略》而論曰：「夫潛地窟者而不覩天明，守多株者而不識夏榮，非通炤之術也。然博覽之家不知其穢，兼而善之，是大田之莠與苗並興，則良農之所悼也；質樸之士不擇其美，兼而棄之，是崑山之玉與石俱捐，則卞和之所痛也。」〔註59〕以類比的方式說明「及至末俗，異端並生，諸子造詣，以亂大倫」之情形，形象生動而道理昭然。

較之荀悅，袁宏的文人氣息更濃。他以詩賦見長，爲一時之文宗。鍾嶸稱其《詠史詩》「鮮明緊健，去凡俗遠矣」〔註60〕，其辭賦與王粲等並列爲「魏晉之賦首」〔註61〕，被劉勰稱爲「發軫以高驤，故卓出而多偏」〔註62〕，「彥伯梗概，情韻不匱」〔註63〕。《後漢紀》史論中有時亦運用賦之鋪排寫法，以增加文章氣勢，使其史論文采飛揚，氣勢雄渾，抑揚詠歎，跌宕多姿。《光武皇帝紀》論曰：

> 夫人君者，必量材任以授官，參善惡以毀譽，課功過以賞罰者也。士苟自賢，必貴其身，雖官當才，斯賤之矣。苟矜其功，必蒙其過，雖賞當事，斯薄之矣。苟伐其善，必忘其惡，雖譽當名，斯少之矣。於是怨責之情必存於心，希望之氣必形於色，此矜伐之士、自賢之人所以爲薄，而先王甚惡之者也。君子則不然。勞而不伐，施而不德；致恭以存其德，下人以隱其功；處不避汙，官不辭卑；唯懼不任，唯患不能。故力有餘而智不屈，身遠咎悔而行成名立也。
>
> 〔註64〕

運用鋪排的寫法，從人君與士人兩方面論述「能讓而不自賢」的重要，排偶句式的運用使說理井然有條而鏗鏘有力，饒有氣勢。

通過比較，不難發現，荀悅《漢紀》之論語言明快、暢達，用詞洗練，既精萃典雅，言簡意賅，深入淺出，樸實無華，又雋永有味，句式靈活多變，舒展自如，有很強的表現力。袁宏《後漢紀》之論則語言質樸而雅潔，不刻

〔註58〕〔漢〕荀悅撰，張烈點校：《漢紀》，北京：中華書局，2002年版，第439頁。
〔註59〕〔漢〕荀悅撰，張烈點校：《漢紀》，北京：中華書局，2002年版，第437頁。
〔註60〕陳延傑：《詩品注》，北京：人民文學出版社，1961年版，第39頁。
〔註61〕范文瀾：《文心雕龍注》，北京：人民文學出版社，1958年版，第701頁。
〔註62〕范文瀾：《文心雕龍注》，北京：人民文學出版社，1958年版，第701頁。
〔註63〕范文瀾：《文心雕龍注》，北京：人民文學出版社，1958年版，第136頁。
〔註64〕〔晉〕袁宏撰，張烈點校：《後漢紀》，北京：中華書局，2002年版，第102頁。

意雕琢字句，不浮佻，不板滯，有工致之美而不傷自然。加之通篇常常奇偶相牛，散文句錯落其間，幫助詠歎，增加了文章疏宕之美。

第二節　史論巨擘范曄

范曄《後漢書》之史論，成就斐然。據統計，《後漢書》中共有序 28 篇，論 110 篇。序也稱序論，是紀傳前的論。因此，與論一起統稱爲史論。這些史論不僅有著深刻的歷史識見，而且具有較強的文學色彩。《文選》中所選史論共九篇，其中范曄之史論就有四篇之多，可見其符合蕭統「事出於沉思，義歸乎翰藻」之選史論標準。明代學者陸御天稱：「范史諸論，其秀逸雋永之致，較前史又爲開新。」清代李慈銘言：「自漢以後，蔚宗最爲良史，刪繁舉要，多得其宜，其論贊剖別賢否，指陳得失，皆有特見，遠過馬、班、陳壽，餘不足論矣。」〔註 65〕近代學人戴藩豫曾稱譽其「蓋兼子長、孟堅之博贍，咀華嶠、袁宏之菁英，有其長而無其短者，厥爲范氏乎？」皆肯定其史論的獨特價值。基於前人對范曄其人及《後漢書》史論已有較多關注〔註 66〕，故本文只擇取幾點進行論述，以期對其有新的開掘。

一、論史意識的自覺與史論觀念的提升

傳統史學以敘事爲先，敘事的目的在於向讀者傳達所記載歷史事件的眞相，不宜直接抒發自己的感慨，而史論則屬於著史者的私家話語，可以自由地表達自己的觀點與情感。范曄在《獄中與諸甥侄書》中稱「詳觀古今著述及評論，殆少可意」，將「評論」與「著述」相提並論，肯定了史論的獨立地位。西晉時期，陸雲《與兄平原書》稱陸機「《辯亡》則已是《過秦》對事」，范曄亦自稱「至於《循吏》以下及六夷諸序論，筆勢縱放，實天下之奇作。其中合者，往往不減《過秦》篇」，認爲《後漢書》中《循吏》以下及六夷諸序論堪與史論典範賈誼《過秦論》相媲美。錢鍾書指出：「至與賈生爭出手，固機、曄二人所齊心同願也。」〔註 67〕也就是說，在范曄看來，《後漢書》之

〔註 65〕〔清〕李慈銘：《越縵堂讀書記》，上海：上海書店出版社，2000 年版，第 235 頁。

〔註 66〕可參閱戴藩豫：《范曄與其〈後漢書〉》，瞿林東：《范曄評傳》，程方勇《范曄及其史傳文學》，中國社會科學院研究生院，博士論文，2003 年；鍾書林：《范曄之人格與風格》，中國社會科學出版社 2010 年版。

〔註 67〕錢鍾書：《管錐編》，北京：三聯書店，2001 年版，第 2006 頁。

史論與《過秦論》一樣具有獨立的文體地位，這一觀點顯然具有進步意義。蕭統《文選》收錄《後漢書》史論四篇，亦是將其視爲獨立文體。《隋書‧經籍志》有范曄《後漢書贊論》四卷，《舊唐書‧藝文志》載范曄《後漢書論贊》五卷，儘管不一定是范曄將《後漢書》論贊單獨輯出，但其史論單行，已足以證明後人對其史論的重視。孫德謙《六朝麗指》稱，「余最愛讀其序論，嘗欲抄撮一編，以作規範」，亦將《後漢書》史論視作獨立文體，認爲其「氣體蕭穆，使人三復迷厭者，莫如范蔚宗之史論。學六朝文者，其知之哉」〔註68〕，將其視爲六朝文之典範。明沈國元輯《二十一史論贊》，將史論單獨輯出，所收《後漢書》史論甚多。與范曄相比，唐代劉知幾之史論觀則明顯退化。他在《史通‧論贊》中評論史論之發展曰：「司馬遷始限以篇終，各書一論。必理有非要，則強生其文，史論之繁，實萌於此。夫擬《春秋》成史，持論尤宜闊略。其有本無疑事，輒設論以裁之，此皆私徇筆端，苟炫文采，嘉辭美句，寄諸簡冊，豈知史書之大體，載削之指歸者哉？」在他看來，史論重量加大源自司馬遷，認爲史論不過是「私徇筆端，苟炫文采，嘉辭美句，寄諸簡冊」，實際上有違史體。

范曄批判班固《漢書》之史論「後贊於理近無所得」，又稱自己較之班固「博贍不可及之，整理未必愧也」，突出自己「理」之所長。曹丕、陸機、李充等人均對論體文之「理」甚爲重視，而范曄強調史論亦應該於理有所得，把握住史論之文體特徵。又強調「吾雜傳論，皆有精意深旨，既有裁味，故約其詞句」，「諸細意甚多」，顯然受其時以意爲主、得意忘言之風的影響。又稱，「又欲因事就卷內發論，以正一代得失，意復未果」，明確史論「正一代得失」之功能，顯然有別於司馬遷「究天人之際，通古今之變，成一家之言」的著史宗旨與班固頌揚漢德、維護漢之統治的著史意圖，表現出自覺的以史爲鑒意識。《後漢書》之史論，「其一，崇義烈；其二，表清廉；其三，獎守節；其四，明風槪；其五，彰貞臣之節；其六，推明儒術之效；其七，闢讖緯；其八，破禁忌；其九，昭炯戒；其十，砭虛俗；其十一，激濁揚清」〔註69〕，其以史爲鑒之用心顯而易見，汪榮祖稱其論尤重一代政治之陞降，一代之風教，更具以史爲諫之深旨〔註70〕。

〔註68〕 孫德謙：《六朝麗指》，王水照：《歷代文話》，上海：復旦大學出版社，2007年版，第 8480 頁。

〔註69〕 戴蕃豫：《范曄與其後漢書》，北京：商務印書館，1941 年版，第 32～38 頁。

〔註70〕 汪榮祖：《史傳通説》，北京：中華書局，2003 年版，第 105 頁。

二、「虛處傳神」之藝術

清人劉淇在《助字辨略》的自序開頭提出：「構文之道，不過實字虛字兩端，實字其體骨，而虛字其性情也。」認爲實字是文章的骨格，虛字（虛詞）則蘊含了作者的情感。清人劉大櫆《論文偶記》曰：「文必虛字備而後神態出。」郭兆麟《梅崖詩話》亦曰：「詩中虛字用得妙時，直使全篇精神踴躍而出。」皆強調虛詞的恰當運用能夠增強文章表現力，反映作者獨特的情態與個性。劉勰《文心雕龍·章句》指出：「詩人以兮字入於句限，楚辭用之，字出句外。尋兮字成句，乃語助餘聲。舜詠南風，用之久矣；而魏武弗好，豈不以無益文義耶？至於夫惟蓋故者，發端之首唱；之而於以者，乃箚句之舊體；乎哉矣也，亦送末之常科。」〔註71〕在劉勰看來，「兮」字的運用能夠增強文章的情感抒發，又將其他虛字分爲三類，一類是「夫」「惟」「蓋」「故」等「發端之首唱」，置於句首，以引起下文；一類是「之」「而」「於」「以」等置於句中起承接作用的「箚句之舊體」；還有一類是「乎」「哉」「矣」等置於句末的「送末之常科」。其位置不同，作用自然迥異。范曄在《後漢書》史論中對虛詞的靈活運用，是彰顯其史論藝術魅力的一大亮點。現對其《後漢書》後論中所運用的主要虛詞統計如下：

者	也	矣	乎	哉	焉	不	無	其	自	之	可	以	已	未
188	160	125	124	52	67	252	66	296	70	722	72	352	29	61
豈	若	然	或	於	非	而	雖	方	爾	耳	因	則	歟	乃
48	52	74	37	180	45	285	46	47	3	2	19	115	2	43

由上表可以看出，在《後漢書》傳後史論中大量運用表示斷定、疑問、反詰等語氣的虛詞，以此增強其情感意蘊。其作用主要表現在以下幾個方面：

（一）語助餘聲，增強詠歎

「也」「矣」「乎」「哉」等語氣助詞的運用增強了文章的詠歎語調，使潛滋暗湧的情感之流迴環往復，韻味無窮。如《劉伯升傳論》云：

　　　　大丈夫之鼓動拔起，其志致蓋遠矣。若夫齊武王之破家厚士，
　　豈游俠下客之爲哉！其慮將存乎配天之絕業，而痛明堂之不祀也。
　　及其發舉大謀，在倉卒擾攘之中，使信先成於敵人，故岑彭以顯義，
　　若此足以見其度矣。志高慮遠，禍發所忽。嗚呼！古人以蜂蠆爲戒，

〔註71〕范文瀾：《文心雕龍注》，北京：人民文學出版社，1958年版，第572頁。

蓋畏此也。《詩》云：「敬之敬之，命不易哉！」

范曄將其對劉伯升的景仰、譴責、痛惜之情雜糅在一起，借助「哉」「也」「嗚呼」等虛詞緩緩道出。沈國元稱：「繳繳數語，無限感慨，無限風戒。史公立言之旨，正在於此。動英雄多少顧慮，可謂情深辭直」〔註72〕，的確如此。

這種語助餘聲以增強詠歎的句子在《後漢書》史論中隨處可見，如「惜哉！寇敵略定矣，而漢祚亦衰焉。嗚呼！」（《西羌傳論》）「斯忠賢所以智屈，社稷故其為墟。《易》曰：『履霜堅冰至。』云所從來久矣。今跡其所以，亦豈一朝一夕哉！」（《宦者傳論》）「雍丘之圍，臧洪之感憤壯矣！想其行跣且號，束甲請舉，誠足憐也。夫豪雄之所趣舍，其與守義之心異乎？」（《臧洪傳論》）或慨歎，或感憤，或抒懷，皆借助虛詞以達到強化抒情之效果，形成情激而調變之特色。

牛運震曾批評范曄「《黨錮傳》總論連用『矣』字，調法塌軟」，「《循吏傳》總論多用『也』字，調法塌軟」、「《王劉張李彭盧傳論》連用數『哉』字，句調格吶，殊覺不?」，可見其未領略《後漢書》史論以虛傳情之意味。如《黨錮傳》序論曰：

> 霸德既衰，狙詐萌起。……士之飾巧馳辯，以要能鈞利者，不期而景從矣……及漢祖杖劍，武夫勃興，憲令寬賒，文禮簡闊，緒餘四豪之烈，人懷陵上之心，輕死重氣，怨惠必讎，令行私庭，權移匹庶，任俠之方，成其俗矣；自武帝以後，崇尚儒學，懷經協術，所在霧會，至有石渠分爭之論，黨同伐異之說，守文之徒，盛於時矣。至王莽專偽，終於篡國，忠義之流，恥見纓紱，遂乃榮華丘壑，甘足枯槁。雖中興在運，漢德重開，而保身懷方，彌相慕襲，去就之節，重於時矣。逮桓、靈之閒，主荒政繆，國命委於閹寺，士子羞於為伍，故匹夫抗憤，處士橫議，遂乃激揚名聲，互相題拂，品覈公卿，裁量執政，婞直之風，於斯行矣。夫上好則下必甚，矯枉故直必過，其理然矣……初，桓帝為蠡吾侯，受學於甘陵周福，及即帝位，擢福為尚書。……黨人之議，自此始矣。〔註73〕

連用七個「矣」字，將黨錮之禍自萌芽至形成的過程勾勒出來，在婉轉抑揚中內蘊慨歎惋惜之複雜情感。如李景星所言：「說兩漢風俗之變，上下四百年

〔註72〕 〔明〕沈國元：《二十一史論贊》卷5，明崇禎十年（1637）大來堂刻本。
〔註73〕 〔南朝宋〕范曄：《後漢書》，北京：中華書局，1965年版，第2184～2186頁。

間瞭如指掌。一路連用『矣』字以作頓挫，真有無窮感慨。其於黨事原起及黨禍始末，與是傳之於黨籍諸人詳略出入之故，皆苦心剖析。蓋以此事爲千古變局，故敘次之間流連不置，亦如作詩者所謂『言之不足而長言之，長言之不足而諮嗟歎之也。」〔註74〕

「矣哉」「矣乎」「哉乎」等兩個或多個虛詞的組合，更易於使詠歎語調增強，強化情感之抒發。此類用法在《後漢書》史論中亦不乏其例，如：

> 世主以此論學，悲矣哉！（《鄭范陳賈張傳論》）

> 至矣哉，社稷之心乎！（《李杜傳論》）

> 至於子伏其死而母歡其義。壯矣哉！（《黨錮傳論》）

> 美哉乎，季漢之名宗子也！（《劉虞傳論》）

> 盛哉乎！其所資也！（《袁紹傳論》）

> 所謂養羊質虎皮，見豺則恐，籲哉！（《劉璋傳論》）

諸如此類，不勝枚舉，這些句子通過歎詞之組合而增強其抒情意味，將范曄之贊美、哀歎、憤慨等情感淋漓盡致地表現出來。

（二）彌縫文體，銜接照應

劉勰《文心雕龍·章句》指出：「據事似閒，在用實切。巧者迴運，彌縫文體，將令數句之外，得一字之助矣。外字難謬，況章句歟？」〔註75〕虛詞除了有語助餘聲的作用，還可以彌縫文體，使行文在銜接照應中渾然一體。前野直彬編《中國文學史》即指出：「具體可以指出的是其助字的頻繁使用。句頭的夫、惟、然，句中的而、之，句末的也、矣等文字總稱爲助字。借助這些助字的頻繁運用，句與句之間的承接關係變得更明瞭，雖然文章本身變長了，但一點也不妨礙讀者順其自然地體會到行文的脈絡。」〔註76〕也就是說，通過虛詞之間的呼應，使文脈流動，生機貫注。如《逸民傳論》曰：

> 自茲以降，風流彌繁，長往之軌未殊，而感致之數匪一。或隱居以求其志，或迴避以全其道，或靜己以鎮其躁，或去危以圖其安，或垢俗以動其概，或疵物以激其情。然觀其甘心畎畝之中，憔悴江

〔註74〕李景星：《四史評議》，長沙：嶽麓書社，1986年版，第335頁。

〔註75〕范文瀾：《文心雕龍注》，北京：人民文學出版社，1958年版，第570頁。

〔註76〕轉引自東英壽《從虛詞使用看歐陽修〈五代史記〉的文體特色》，《江西師範大學學報（哲學社會科學版）2008年第4期。

海之上，豈必親魚鳥樂林草哉，亦云介性所至而已。故蒙恥之賓，
屢黜不去其國；蹈海之節，千乘莫移其情。適使矯易去就，則不能
相爲矣。彼雖硜硜有類沽名者，然而蟬蛻囂埃之中，自致寰區之外，
異夫節智巧以逐浮利者乎！

文段以「自」「而」「或」「然」「豈」「亦」「故」「則」「然而」等貫穿，使之
意脈貫通，結構渾成，或承或合，自然流轉。

再如《袁術傳論》曰：

天命符驗，可得而見，未可得而言也。然大致受大福者，歸於
信順乎！夫事不以順，雖強力廣謀，不能得也。謀不可得之事，日
失忠信，變詐妄生矣。況復苟肆行之，其以欺天乎！雖假符僭稱，
歸將安所容哉！

「然」「夫」「雖」「況復」「雖」等關聯詞的運用，使文章一波三折，邏輯層
次清晰，情感逐步升級，段末對假符僭稱者進行反詰痛斥，使情感在抵達頂
點時戛然而止。

（三）頓折逆轉，激盪情感

實詞有狀物摹態之功，虛詞則有傳聲達意之效。袁仁林《虛字總說》：「故
虛字者，所以傳其聲，聲傳而情見焉。」虛詞的靈活運用，使范曄史論具有
濃厚的情感意味。「哉」「乎」「焉」「矣」「也」，在不同程度上表達著疑問和
感歎的語氣，頻繁運用，使行文昂揚激越，起伏跌宕。范曄對傳主的情感，
通過這些語氣詞的運用表達得淋漓盡致。如《臧洪傳論》曰：「雍丘之圍，臧
洪之感憤壯矣！想其行跣且號，束甲請舉，誠足憐也。夫豪雄之所趣舍，其
與守義之心異乎？」〔註77〕「矣」「也」「乎」，三個語氣詞一貫而下，渾身氣
邁，通體感發，感歎句、肯定句與反問句順勢而下，情感之流洶湧澎湃。又
如《桓榮丁鴻傳論》：「言行之所開塞，可無慎哉！原丁鴻之心，主於忠愛乎？
何其終悟而從義也！異夫數子類乎徇名者焉。」〔註78〕語氣詞句句感發，情
感亦隨之噴薄升騰。《耿恭傳論》寫道：

余初讀《蘇武傳》，感其茹毛窮海，不爲大漢羞。後覽耿恭疏

〔註77〕〔南朝宋〕范曄：《後漢書》卷58《臧洪傳》，北京：中華書局，1965年版，
　　　　第1892頁。
〔註78〕〔南朝宋〕范曄：《後漢書》卷37《丁鴻傳》，北京：中華書局，1965年版，
　　　　第1268頁。

勒之事，喟然不覺涕之無從。嗟哉，義重於生，以至是乎！昔曹子
抗質於柯盟，相如申威於河表，蓋以決一旦之負，異乎百死之地也。
以爲二漢當疏高爵，宥十世。而蘇君恩不及嗣，恭亦終塡牢戶。追
誦龍蛇之章，以爲歎息。

「歎息」與「喟歎」相映照，深傷漢恩之薄，詞甚悲咽。此處范曄深感耿恭，有如司馬遷之悲屈原，其中不乏自己的塊壘之歎。「嗟哉」「乎」「也」增強了情感的抒發，「而」則再造波瀾，抑揚分明中仍自含蓄不盡。

　　「豈」是一個表反詰的虛詞，在《後漢書》後論中共出現 48 次，形成頓折逆轉之勢。例如：

　　　　若囂命會符運，敵非天力，雖坐論西伯，豈多嗤乎？（《隗囂傳論》）

　　　　夫納妻皆知取譬己者，而取士則不能。何也？豈非反妒情易，而恕義情難。（《桓譚馮衍傳論》）

　　　　孫懿以高明見忌，而受欺於陰計；翟酺資譎數取通，而終之以謇諫。豈性智自有周偏，先後之要殊度乎？（《楊李翟應霍爰徐傳論》）

　　　　如令志行無牽於物，臨生不先其存，後世何貶焉？古人以宴安爲戒，豈數公之謂乎？（《鄧張徐張胡傳論》）

　　　　斯忠賢所以智屈，社稷故其爲墟。《易》曰：「履霜堅冰至。」云所從來久矣。今跡其所以，亦豈一朝一夕哉！（《宦者傳論》）

「豈……乎」或「豈……哉」之句式，使行文至此情感之波濤呈洶湧之勢，在反詰中引人深思，發人深省。

（四）以虛運實，調整節奏

　　王驥德《曲律‧論字法》稱：「虛句用實字輔襯，實句用虛字點綴。」實詞具有敘事言理之功能，而需要以虛運之，方能辭達意暢。如袁仁林《虛字總說》所言：「較字之虛實，實重而虛輕，主本在實也；論辭之暢達，虛多而實少，運實必虛也。」〔註79〕葛兆光《漢字的魔方》亦指出：「靠著虛字的產生，語言才能清晰而且傳神，有了虛詞的插入，詩歌就更能傳遞細微感受，憑著虛字的鋪墊，句子才能流動和舒緩。」〔註80〕詩歌如此，文章亦如此。

〔註79〕 袁仁林：《虛字說》，北京：中華書局，1989 年版，第 11 頁。
〔註80〕 葛兆光：《漢字的魔方》，瀋陽：遼寧教育出版社，1999 年版，第 164 頁。

以虛運實，能夠起到調整語言節奏、舒緩語氣的作用。

《後漢書》史論中以虛運實，調整節奏主要體現在「且」「其」「以」「之」等虛詞中。《鄧張徐張胡列傳論》曰：

> 爵任之於人重矣，全喪之於生大矣。懷祿以圖存者，仕子之恒情；審能而就列者，出身之常體。夫紆於物則非己，直於志則犯俗，辭其艱則乖義，徇其節則失身。統之，方軌易因，險途難御。故昔人明慎於所受之分，遲遲於歧路之間也。如令志行無牽於物，臨生不先其存，後世何貶焉？古人以宴安為戒，豈數公之謂乎？〔註81〕

「之」「者」「則」「以」的運用，起到舒緩語氣的作用，為整飭的駢儷句增添紆徐有致之趣味。如《語助序》所言：「渾渾噩噩，傑然蔚然，法語直接，巽與婉曲，闔闢變化，賓主抑揚，個中妙用無窮，只在一二虛字為之機括。」〔註82〕

三、「春秋筆法」之運用

「春秋筆法」為歷代史學之權衡、史家之懸鵠。最早對其內涵進行闡發的當屬《左傳》成公十四年：「君子曰，《春秋》之稱，微而顯，志而晦，婉而成章，盡而不污，懲惡而勸善，非聖人孰能修之！」〔註83〕錢鍾書指出：「五者乃古人作史時心向神往之楷模，殫精竭力，以求或合者也，雖以之品目《春秋》，而《春秋》實不足語於此！」〔註84〕「春秋筆法」，概而言之，實體現出史筆「真」「省」「效」「雅」的特點。盡而不污者，「不隱不諱而如實得當，周詳而無加飾」，〔註85〕求其「真」；婉而成章者，乃「文詞簡嚴，取足達意而止」，求其「省」；志而晦者，乃「一言而鉅細咸該，片語而洪纖靡漏」〔註86〕求其「效」；微而顯者，乃「義生文外，祕響旁通」〔註87〕求其「雅」。真實雅達，言簡意賅，為「春秋筆法」之精要，而傳情達意又為

〔註81〕〔南朝宋〕范曄：《後漢書》，北京：中華書局，1965年版，第1512頁。
〔註82〕盧以緯：《助語辭》，北京：中華書局，1988年版，第183頁。
〔註83〕楊伯峻：《春秋左傳注》，北京：中華書局，1990年版，第870頁。
〔註84〕錢鍾書：《管錐編》，北京：中華書局，1979年版，第161頁。
〔註85〕錢鍾書：《管錐編》，北京：中華書局，1979年版，第163頁。
〔註86〕〔唐〕劉知幾著，〔清〕浦起龍通釋：《史通通釋》，上海：上海古籍出版社，2009年版，第161頁。
〔註87〕〔梁〕劉勰著，范文瀾注：《文心雕龍注》，北京：人民文學出版社，1958年版，第632頁。

其目的，具有「懲惡勸善」的社會功利價值和「微而顯」、「志而晦」、「婉而成章」、「盡而不污」的修辭原則與方法〔註88〕。

　　歷代史書多將「春秋筆法」運用於史傳中，視其爲史傳敘述的手法，以達到「一字定褒貶」的美刺效果。關於范曄《後漢書》中「春秋筆法」的運用，章學誠曾言：「范史列傳之體，人自爲篇，篇各爲論，全失馬、班合傳，師法《春秋》之比事屬辭也。」〔註89〕在他看來，范曄《後漢書》之列傳則全失春秋大意。殊不知，范曄的新創之處卻在於巧妙地將春秋筆法融入史論中，創造出一種新的史論筆法。尤其在其《後漢書》帝后紀史論中更是多處運用，使之情感表達曲折幽深，諷喻多致，文約而意豐、委婉而多諷，體現出其史論「皆有精意深旨，既有裁味，故約其詞句」、「諸細意甚多」〔註90〕的特點。

（一）微言見意，婉而成章

　　范曄《後漢書》史論以《光武帝紀論》開篇。東漢開國皇帝光武劉秀，在范曄之前已得到較多論贊，如三國時曹植就稱其爲「世祖體乾靈之休德，稟貞和之純精，通黃中之妙理，韜亞聖之懿才。………乃規弘迹而造皇極，創帝道而立德基。」〔註91〕袁山松《後漢書》、薛瑩《後漢記》中對其亦多褒獎。姚之駰對薛論大爲稱贊：「此篇簡括精悍，自是傑作。末段如神龍掉尾，使人不可捉摸，更佳。」又較之范曄《後漢書》之《光武紀論》，曰：「范論但敘光武符瑞，不及開創大略，失史體矣。」〔註92〕

　　今人瞿林東先生在《說范曄〈後漢書〉帝紀後論》〔註93〕一文中對范曄《後漢書》帝紀論進行了評價，揭示了其對東漢皇朝從中興走向衰亡的幾個轉折的卓識，然，亦批判了范曄在《光武紀論》中對劉秀的神化，稱其爲「不

〔註88〕此處可參閱李洲良《春秋筆法的內涵外延與本質特徵》，《文學評論》，2006年第1期，第91～98頁。

〔註89〕〔清〕章學誠撰，葉瑛校注：《文史通義校注》，北京：中華書局，1994年版，第767頁。

〔註90〕〔清〕嚴可均：《全上古三代秦漢三國六朝文》北京：中華書局，1958年版，第2519頁。

〔註91〕〔清〕嚴可均：《全上古三代秦漢三國六朝文》北京：中華書局，1958年版，第1149頁。

〔註92〕周天遊：《八家後漢書輯注》，上海：上海古籍出版社，1986年版，第286頁。

〔註93〕《學習與探索》2000年第6期，後來此文收入瞿林東先生著《中國史學史》一書中，將其改爲「范曄歷史思想的局限性」。

能脫俗的開篇」，「一切可以用來說明『王者受命』『有符』的手段都排上了用場。對於一個確信『死者神滅』『天下決無佛鬼』的史家來說，這篇史論無疑是一堆胡言亂語。」那麼，范曄眞的在「胡言亂語」嗎？該如何看待這一問題呢？范曄是否在「曲筆阿時，獨成光武之美」？〔註94〕

爲了更好地看清此問題，先將《光武紀論》全引如下：

> 皇考南頓君初爲濟陽令，以建平元年十二月甲子夜生光武於縣舍，有赤光照室中。欽異焉，使卜者王長占之。長辟左右曰：「此兆吉不可言。」是歲縣界有嘉禾生，一莖九穗，因名光武曰秀。明年，方士有夏賀良者，上言哀帝，云漢家曆運中衰，當再受命。於是改號爲太初元年，稱「陳聖劉太平皇帝」，以厭勝之。及王莽篡位，忌惡劉氏，以錢文有金刀，故改爲貨泉。或以貨泉文字爲「白水眞人」。後望氣者蘇伯阿爲王莽使至南陽，遙望見舂陵郡，喟曰：「氣佳哉！鬱鬱葱葱。」及始起兵還舂陵，遙望舍南，火光赫然屬天，有頃不見。初，道士西門君惠、李守等亦云劉秀當爲天子。其王者受命，信有符乎？不然，何以能乘時龍而御天哉！〔註95〕

論中范曄並沒有直言自己對光武帝的評價，只列舉了光武稱帝的諸多祥瑞，作爲南朝史家，范曄距漢已遠，關於劉秀事蹟的傳說，只能根據前代史家的記載進行撰述。這篇史論實出自《東觀漢紀》卷一《世祖光武皇帝》：

> 皇考初爲濟陽令，濟陽有武帝行過宮，常封閉。上將生，皇考以令舍下濕，開宮後殿居之。建平元年十二月甲子夜上生時，有赤光，室中盡明。皇考異之，使卜者王長卜之。長曰：「此善事不可言。」是歲嘉禾生，一莖九穗，大於凡禾，縣界大豐熟，因名上曰秀。是歲鳳凰來集濟陽，故宮皆畫鳳凰。聖瑞萌兆，始形於此。上爲人隆準，日角，大口，美鬚眉，長七尺三寸。在舂陵時，望氣者蘇伯阿曰：「美哉！王氣郁郁葱葱。」〔註96〕

通過比較，不難看出，《光武帝紀論》實本於此，只增加「初，道士西門君惠、李守等亦云劉秀當爲天子」等語。但值得注意的是，在《東觀漢紀》中，此

〔註94〕〔唐〕劉知幾著，〔清〕浦起龍通釋：《史通通釋》，上海：上海古籍出版社，2009年版，第183頁。

〔註95〕〔南朝宋〕范曄：《後漢書》，北京：中華書局，1965年版，第86頁。

〔註96〕〔東漢〕劉珍等：《東觀漢記校注》，鄭州：中州古籍出版社，1987年版，第1頁。

是傳中正文，而范曄將其放在論中，看起來似乎在補傳中之不足，實際上是要表明自己的態度，「其王者受命，信有符乎？不然，何以能乘時龍而御天哉！」一反問，一假設，表明他對這些祥瑞的懷疑。史傳的敘事目的在於向讀者傳達所記載歷史事件的真相，不宜直接抒發自己的感慨，而史論則可以自由地表達自己的情感。因此，范曄充分利用史論的這一特色，將自己的觀點寓於反問與假設中，不必明言，而意在其中。

再聯繫《宋書・范曄傳》，也可看出范曄對光武帝的真實態度。《宋書・范曄傳》稱范曄「常謂死者神滅，欲著《無鬼論》；至是與徐湛之書，云『當相訟地下』。其謬亂如此。又語人：『寄語何僕射，天下決無佛鬼。若有靈，自當相報。』」〔註97〕范曄確實是一位無神論者，在無處伸冤之時，與徐湛之書信中所說「當相訟地下」實為泄憤之語，自不必以為其真信鬼神。在《光武帝紀》中，范曄絲毫沒有神化劉秀，寫道：「（秀）性勤於稼穡，而兄伯升好俠養士，常非笑光武事田業，比之高祖兄仲。」等到李通等以圖讖說光武云：「劉氏復起，李氏為輔。」〔註98〕光武的態度是「初不敢當，然獨念兄伯升素結輕客，必舉大事，且王莽敗亡已兆，天下方亂，遂與定謀，於是乃市兵弩。」〔註99〕在紀中，劉秀對讖緯的理性態度，實際上表明的是范曄對讖緯的客觀認識。再聯繫《章帝紀論》，更可以瞭解范曄對讖緯的觀點。《章帝紀》中詳載其詔書，以醇厚之文傳出醇厚之治，惟上下鋪張祥瑞，是當時莫大之弊，故在紀中屢屢書之。在《章帝紀論》中范曄引述魏文帝對章帝的評價，「明帝察察，章帝長者」，肯定其忠厚長者的德行，又於論末總結一筆曰：「在位十三年，郡國所上符瑞，合於圖書者數百千所。嗚呼懋哉！」〔註100〕誠如李景星所云，「只一『懋』字，便是微辭，猶言何如此多也」。〔註101〕所謂一字之貶，嚴於斧鉞者矣。由此可見范曄對讖緯符瑞之類實持批判態度，而當時社會上確實盛傳許多符瑞，當然，劉秀稱帝後也確實依據讖緯神學做了許多神化自己的工作。范曄不將其載入紀中，只在論中補敘，一則彰顯當時歷史之事實，二則表明自己懷疑的態度。

很顯然，瞿林東先生因為沒有注意《光武紀論》中史筆的運用，而對范

〔註97〕〔梁〕沈約：《宋書》，北京：中華書局，1974 年版，第 1828～1829 頁。
〔註98〕〔南朝宋〕范曄：《後漢書》，北京：中華書局，1965 年版，第 1 頁。
〔註99〕〔南朝宋〕范曄：《後漢書》，北京：中華書局，1965 年版，第 2 頁。
〔註100〕〔南朝宋〕范曄：《後漢書》，北京：中華書局，1965 年版，第 159 頁。
〔註101〕李景星：《四史評議》，長沙：嶽麓書社，1986 年版，第 267 頁。

曄之意圖有所誤解。這篇史論實爲「婉而成章」的典範。所謂「婉而成章」，杜預稱其爲「曲從義訓，以示大順。諸所諱辟，壁假許田之類是也。」婉，曲也。辟，亦作「避」。謂屈曲其辭，有所辟諱，以示大順，而成篇章。這裡主要講的是避諱，通過委曲之辭以達避諱之意。作爲東漢開國之君的劉秀，范曄在其他傳論中對他多有褒獎。如《中興二十八將傳論》中稱光武「觀其治平臨政，課職責咎，將所謂導之以法，齊之以刑者乎」，贊賞之意溢於言表。在《光武紀論》中，范曄沒有對光武大加褒揚，而是將自己客觀與理性的評價通過反問與假設句式表現出來，既避尊者諱，又沒有違背自己的本意，反映了他不揚惡、不隱晦的史學態度。

在范曄之前的《史記·高祖本紀》之開篇，筆筆寫劉邦爲龍種，都帶有明褒暗貶的特點。所以沈國元提醒我們：「史漢《高祖本紀》亦引雲氣以著異，而此通稱符瑞，不及行事，正見王者當失，非狐鳴魚帛可假託。史家之意深遠，豈貪奇好怪，故神其說，讀者當善會之。」〔註102〕如此看來，不管是將符瑞載於紀中，還是置於論裏，其史家的態度都是值得我們注意的，並非就是完全相信，而是明褒之而暗貶之。

漢桓帝、漢靈帝與漢獻帝當政時期，東漢逐漸走向滅亡。對於這三位君主的評價，范曄更多採用「微而顯」的筆法，或寓褒貶於一字之中，措辭幽微卻含義明顯，或直書其事，具文見意。范曄在《桓帝紀論》中寫道：「桓帝好音樂，善琴笙。飾芳林而考濯龍之宮，設華蓋以祠浮圖、老子，斯將所謂『聽於神』乎！」論中「聽於神」，取《左傳》「國將亡，聽於神」之意，實括盡桓帝一生，不言其國將亡，而寓意明顯，以典故而達意。靈帝時宦官當權，大興宮室，爲遮蔽靈帝而編造謊言，說是皇帝登高而百姓離散，使靈帝果不登高。《靈帝紀論》曰：「《秦本紀》說趙高譎二世，指鹿爲馬，而趙忠、張讓亦紿靈帝不得登高臨觀，故知亡敝者同其政矣。」〔註103〕引《秦本紀》，以趙高譎二世爲比，其實趙忠、張讓輩有更甚於高者，從而指出古今「亡敝者」的心計與行跡有相通之處。贊稱「靈帝負乘，委體宦孽」，其實趙、張輩又不足責矣，對靈帝昏庸無能的批判寓於其中，不必明言而旨意全出。東漢至獻帝，衰敗之勢已定，獻帝亦無迴天之力，范曄在《獻帝紀論》借鼎爲喻，歸之「運窮」，曰：「天厭漢德久矣，山陽其何誅焉！」〔註104〕於獻帝不下一

〔註102〕〔明〕沈國元輯《二十一史論贊》卷5，明崇禎十年（1637）大來堂刻本。
〔註103〕〔南朝宋〕范曄：《後漢書》，北京：中華書局，1965年版，第359頁。
〔註104〕〔南朝宋〕范曄：《後漢書》，北京：中華書局，1965年版，第391頁。

貶語，意境特超。此處范曄將其歸之漢之國運已盡，並非爲獻帝開脫，實是因爲他認識到東漢的衰敗之勢由來已久，非獻帝所能挽回，在對歷史發展大勢的洞察中表現出范曄的卓見。

（二）言近旨遠，文略理昭

劉知幾認爲《後漢書》爲皇后立紀不當，指出：「范曄《漢書》記后妃六宮，其實傳也，而謂之爲紀……其未達紀傳之情乎？苟上智猶且若斯，則中庸故可知矣。」〔註105〕「紀者，既以編年爲主，唯敘天子一人。有大事可書者，則見之於年月，其書事委曲，付之列傳。此其義也。」〔註106〕范曄立《皇后紀》，意在反映東漢女主專政的史實，東漢時期，「皇統屢絕，權歸女主，外立者四帝，臨朝者六后，莫不定策幃帟」。〔註107〕皇后的權力很大，實際上就是女皇帝，范曄稱「后正位宮闈，同體天王」。〔註108〕所以應該爲皇后立紀，客觀記錄歷史。其實，《皇后紀》始自華嶠《後漢書》，范曄只是根據史實要求，採用華嶠的體例而已，這正符合史家變通之旨，是無可厚非的。〔註109〕汪榮祖稱「范氏之明通」，〔註110〕不無道理。

清代姚範批評道：「按郭后之立，據《劉植傳》，乃光武當時藉后舅劉揚兵眾以破王郎，平河北，納后以結其心，及光武元年，東海王生，后既素貴，而又生皇子，故得立，及建武四年而明帝生，聰知絕出，且陰后又帝少所慕悅，故廢郭后而立陰后，郭后本無罪，故加恩增寵不衰，而范氏以爲愛升歡墜，又信爲寵衰怨懟而見廢，似不得其實也。」〔註111〕在對郭后的評價中，范曄果眞「不得其實」嗎？

先來看《光武郭皇后紀論》：

> 物之興衰，情之起伏，理有固然矣。而崇替去來之甚者，必唯崇惑乎？當其接紼第，承恩色，雖險情贅行，莫不德焉。及至移意

〔註105〕〔唐〕劉知幾著，〔清〕浦起龍通釋：《史通通釋》，上海：上海古籍出版社，2009年版，第42頁。

〔註106〕〔唐〕劉知幾著，〔清〕浦起龍通釋：《史通通釋》，上海：上海古籍出版社，2009年版，第35頁。

〔註107〕〔南朝宋〕范曄：《後漢書》，北京：中華書局，1965年版，第401頁。

〔註108〕〔南朝宋〕范曄：《後漢書》，北京：中華書局，1965年版，第397頁。

〔註109〕陳清泉：《中國史學家評傳》，河南：中州古籍出版社，1985年版，第197頁。

〔註110〕汪榮祖：《史傳通說—中西史學之比較》，中華書局，2003年版，第1350～1352頁。

〔註111〕〔清〕姚範：《援鶉堂筆記》，南京：江蘇古籍刻印社影印，1987年版。

愛，析嬚私，雖惠心妍狀，愈獻醜焉。愛升，則天下不足容其高；
歡墜，故九服無所逃其命。〔註112〕

聯繫《後漢書》卷 21《劉植傳》與《耿純傳》有關記載來看這則史論，范曄
的真實看法就比較明顯了。《劉植傳》載：「時真定王劉揚起兵以附王郎，眾
十餘萬，世祖遣植說揚，揚乃降。世祖因留真定，納郭后，后即揚之甥也，
故以此結之。迺與揚及諸將置酒郭氏漆里舍，揚擊筑為歡，因得進兵拔邯鄲，
從平河北。」〔註113〕再看《耿純傳》：「時真定王劉揚復造作讖記云：『赤九之
後，瘿揚為主。』揚病瘿，欲以惑眾。」〔註114〕劉揚見耿純，卻被耿純突然
襲擊，兄弟悉被誅殺。范曄敘述此事，前後情感，隱晦自見。光武被王郎緝
拿，四處逃亡，僥倖逃到安定，得到郭后舅舅劉揚的收留。為了得到劉揚的
全力援助，打敗王郎，在河北站穩腳跟，所以光武納郭后，這場婚姻一開始
就帶有十分露骨的政治目的。後來劉揚謀反，郭后的被廢也就在自然之中。

范曄這支撲朔迷離之筆，留下的蛛絲馬蹟，不細心地前瞻後顧，是不易
體察到的。因此李景星指出：「論光武郭后之被廢而有微辭。」〔註115〕微辭寓
於隱晦中，可看作「志而晦」的特例。「『志而晦』，約言示制，推以知例。參
會不地、與謀曰『及』之類是也。」《疏》曰：「志，記也。晦，亦微也。謂
約言以記事，事敘而文微。」「晦」指什麼呢？一言以蔽之，「言近而旨遠，
辭淺而義深。雖發語以殫，而含意未盡。使夫讀者望表而知裏，捫毛而辨骨，
睹一事於句中，反三隅於字外，晦之時義，不亦大哉！」〔註116〕因此，省而
晦，文略理昭。

（三）伏脈千里，褒貶互見

清代李慈銘曾指出范曄對鄧太后的論述有矛盾之處，《越縵堂讀書記》
曰：「《和熹鄧太后紀論》有曰：『建光之後，王柄有歸，遂乃名賢戮辱，便嬖
党進，故知持權引謗，所幸者非己』云云。是稱鄧后之德，直不亞於馬后，
而安帝為不克負荷。及《安帝紀論》，則又曰：『孝安雖稱尊享御，而權歸鄧
氏，令自房幃，威不逮遠，始失根統，歸成陵敝。遂復計金授官，移民逃寇，

〔註112〕〔南朝宋〕范曄：《後漢書》，北京：中華書局，1965 年版，第 404 頁。
〔註113〕〔南朝宋〕范曄：《後漢書》，北京：中華書局，1965 年版，第 760 頁。
〔註114〕〔南朝宋〕范曄：《後漢書》，北京：中華書局，1965 年版，第 763 頁。
〔註115〕李景星：《四史評議》，長沙：嶽麓書社，1986 年版，第 274 頁。
〔註116〕〔唐〕劉知幾著，〔清〕浦起龍通釋：《史通通釋》，上海：上海古籍出版社，
2009 年版，第 162 頁。

既云哲婦，亦惟家之索，』云云，則全歸過於鄧氏。雖史家美惡，不妨彼此互見，然太相矛盾，未免輕重失倫。」〔註117〕除此之外，其他史論亦有矛盾之處。如，《順帝紀論》批評順帝「何具效僻之多與」，《左周黃列傳論》則曰：「順帝始以童弱反政，而號令自出，知能任使，故士得用情，天下喁喁仰其風采。」則又對順帝甚爲贊美，兩論對照，太過矛盾，有損全書前後觀點的一致性。對於范曄這種貌似前後矛盾的寫法該如何理解呢？其眞矛盾嗎？

眾所周知，司馬遷在《史記》傳記中多處採用「互見法」，北宋蘇洵在《史論》一文中認爲，司馬遷之所以採用「互見法」是因爲人難免「功十而過一」，爲了在本傳中表現人物性格的正面特徵。當代學者則多從敘事藝術、文學技巧方面進行解讀。是否可以認爲范曄在其史論中借鑒了司馬遷敘事寫人中採用的「互見法」呢？如果從此角度來理解，那麼一切所謂矛盾之處都會化解。

漢安帝是鄧太后與其兄車騎將軍鄧騭策劃所立，13歲即位，當時，「太后猶臨朝」〔註118〕。安帝時期，各種矛盾不斷激化，自然災害嚴重，安帝雖屢屢下詔自責，卻缺乏有效的措施，出現了「計金授官」之舉與「京師大饑，民相食」的局面〔註119〕。范曄稱之爲「始失根統，歸成陵敝」是恰當的，將之歸因於「令自房幃」「惟家之索」顯然是其思想的局限，受儒家思想的影響至深。范曄自稱其作史之目的在於「因事就卷內發論，以正一代得失」，其根本即在於「歸本儒學」。《詩經・大雅・瞻卬》稱：「哲夫成城，哲婦傾城；懿厥哲婦，爲梟爲鴟。婦有長舌，維厲之階。亂匪降至天，生自婦人。」儒家倫理重尊卑，別男女，慕貞潔，認爲陰不得居陽位，女主不得與政，后妃不得持寵惑帝，以色取媚，而在專制政體下，幼主即位的可能性極大，母后「垂簾聽政」時有發生，更要約束「司晨牝雞」。在此思想指導下，范曄將安帝朝的衰敗歸因於鄧氏當政，實有其警世之目的。然而，在《和熹鄧太后紀論》中，范曄則客觀地評價了鄧后的功績。李景星指出：「序論於前代宮闈善否言之極悉，『自古雖主幼時艱』一段，不惟直揭一朝之弊，並可永爲萬世之防。其明德、和熹二紀敘次獨詳者，一則德冠後宮，一則終身稱制也。論光武郭

〔註117〕 〔清〕李慈銘：《越縵堂讀書記》，瀋陽：遼寧教育出版社，2001年版，第226頁。
〔註118〕 〔南朝宋〕范曄：《後漢書》，北京：中華書局，1965年版，第243頁。
〔註119〕 〔南朝宋〕范曄：《後漢書》，北京：中華書局，1965年版，第212頁。

后之被廢而有微辭，論和熹鄧后之稱制而多恕辭者，一以見開國貽謀職不善，一以見嗣主即位之無能也。」〔註120〕可謂的見。

東漢政權至順帝時期愈加衰落，順帝亦在集團紛爭中年幼時即位，無管理國家之能力，大權旁落。范曄論曰：「《順帝紀論》：「古之人君，離幽放而反國祚者有矣，莫不矯鑒前違，審識情僞，無忘在外之憂，故能中興其業。觀夫順朝之政，殆不然乎？何其徼僻之多歟！」〔註121〕並沒有直斥順帝之無能，而是以「古之人君」作旁白，從反面立論，「用筆含蓄，極似史遷神理」。〔註122〕以假設出之，將其褒貶情感深深掩藏起來。在《左周黃列傳論》中對順帝幼年即位而能號令自出加以肯定，實爲說明東漢在順帝朝衰敗更甚，而順帝也非一無所長，從不同側面展現順帝的歷史功過，更客觀，更理性，從而達到「義生文外，祕響旁通」〔註123〕的效果。

范曄在《獄中與諸甥侄書》中對其《後漢書》史論頗具自負之情，特別指出其史論「皆有精意深旨，既有裁味，故約其詞句」、「諸細意甚多」。在帝后紀論中創作性地運用「春秋筆法」，在「約其詞句」的同時，又眞實、簡省、有效、文雅地傳達出自己的「精意深旨」與「甚多細意」。不僅揭示了東漢從興盛到衰敗、滅亡的歷史軌跡，而且在對帝後人生悲劇的揭示中使其史論上升到更爲博大、也更爲深刻的對於人性的探求。

四、納駢於散、駢散雜糅之特色

儘管范曄在《獄中與諸甥侄書》中自稱「恥作文士」，「無意於文名」，但其生活於劉宋時期，《後漢書》史論又不能不受當時文風的影響。程千帆先生對此有具體論述：「魏晉以降，駢儷大興。諸撰史者，多遵班軌。洎乎范氏，遂彌復究心於宮商清濁，贊論則綜緝辭采，序述則錯比文華，而文史幾於不別矣。……蓋漢、魏以還，文體由單而複，史家修撰，遂亦同流。」〔註124〕正因爲對文辭之美的重視，使《後漢書》史論屢遭後人詬病。劉知幾在《史通‧論贊》中稱其「鼓其雄辭，誇其儷事」，「始革其流，遺棄史才，矜衒文

〔註120〕李景星：《四史評議》，長沙：嶽麓書社，1986 年版，第 274 頁。
〔註121〕〔南朝宋〕范曄：《後漢書》，北京：中華書局，1965 年版，第 274 頁。
〔註122〕李景星：《四史評議》，長沙：嶽麓書社，1986 年版，第 270 頁。
〔註123〕〔梁〕劉勰著，范文瀾注：《文心雕龍注》，北京：人民文學出版社，1958 年版，第 632 頁。
〔註124〕程千帆：《閑堂文藪》，濟南：齊魯書社，1984 年版，第 156 頁。

采」，彭孫貽在《茗香堂史論》中指出：「蔚宗每取前人相形發論，大有佳思。惜比偶俳儷，不若馬、班雄健也」，皆對其駢儷文風有所批評。然而，如果換個角度看，正因爲《後漢書》史論「矜衒文采」，才使其成爲優秀的文學作品，在文學之林中獨樹一幟。

程方勇先生曾對《後漢書》某些史論中的對句進行統計，認爲其確實存在駢儷化的傾向。〔註125〕但值得注意的是，《後漢書》史論中更多的是駢散雜糅之句式，其對句雖有獨立成句者，但更多的是存在於長句之中。以《西域列傳論》爲例，程先生對其對句統計如下：「《西域列傳論》46 句對句中，三字句 2 句，四字句 20 句，五字句 6 句，六字句 10 句，七字句 8 句，八字句 4 句，九字句 2 句。四字句在各句式中數量最多，其次爲六字句。」其文曰：

> 西域風土之載，前古未聞也。漢世張騫懷致遠之略，班超奮封侯之志，終能立功西遐，羈服外域。自兵威之所肅服，財賂之所懷誘，莫不獻方奇，納愛質，露頂肘行，東向而朝天子。故設戊己之官，分任其事；建都護之帥，總領其權。先馴則賚金而賜龜綬；後服則係頭顙而釁北闕。立屯田於膏腴之野；列郵置於要害之路。馳命走驛；不絕於時月；商胡販客；日款於塞下。其後甘英乃抵條支而歷安息，臨西海以望大秦，拒玉門、陽關者四萬餘里，靡不周盡焉。若其境俗性智之優薄，產載物類之區品，川河領障之基源，氣節涼暑之通隔，梯山棧谷繩行沙度之道，身熱首痛風災鬼難之域，莫不備寫情形，審求根實。至於佛道神化，興自身毒，而二漢方志莫有稱焉。張騫但著地多暑溼，乘象而戰，班勇雖列其奉浮圖，不殺伐，而精文善法導達之功靡所傳述。余聞之後說也，其國則殷乎中土，玉燭和氣，靈聖之所〔降〕集，賢懿之所挺生，神迹詭怪，則理絕人區，感驗明顯，則事出天外。而騫、超無聞者，豈其道閉往運，數開叔葉乎？不然，何誣異之甚也！漢自楚英始盛齋戒之祀，桓帝又修華蓋之飾。將微義未譯，而但神明之邪？詳其清心釋累之訓，空有兼遣之宗，道書之流也。且好仁惡殺，蠲敝崇善，所以賢達君子多愛其法焉。然好大不經，奇譎無已，雖鄒衍談天之辯，莊

〔註125〕程方勇：《從駢儷傾向談范曄〈後漢書〉的序、論》，《中國社會科學院研究生院學報》，2005 年第 1 期，第 75～79 頁。

> 周蝸角之論，尚未足以概其萬一。又精靈起滅，因報相尋，若曉而昧者，故通人多惑焉。蓋導俗無方，適物異會，取諸同歸，措夫疑說，則大道通矣。

在 46 句對句中，僅加點的 8 句獨立存在，其他皆存在於長句之內，形成納駢於散、駢散雜糅之特色。程先勇先生所舉其餘數篇，亦如此。正因爲沒有嚴守駢文之規則，而使《後漢書》史論具有自然灑脫、紆徐有致之特點。程千帆先生曾指出：「先師蘄春黃君《書〈後漢書〉論贊》亦云：『尋繹范氏之文，雖多偶語，而不盡拘牽，雖諧聲律，而絕無膠執。』蓋其運思屬辭，信六代之巨麗，極才人之能事，又不僅史筆之簡嚴有則而已。』」〔註 126〕也就是說，黃侃先生已注意到《後漢書》史論「雖多偶語，而不盡拘牽」之特點，但並未進行更深入闡述，融偶於散，是其「不盡拘牽」的重要手段。孫德謙亦曰：「余最愛讀其序論，嘗欲超撮一篇，以作規範，蓋蔚宗之文，敘事則簡淨，造句則研練，而其行氣則曲折以達，疏蕩有致，未嘗不證故實，肆意議，篇體散逸，足爲駢文大家」。〔註 127〕

范曄「善彈琵琶，能爲新聲」，「性別宮商，識清濁」，其《後漢書》史論亦具和諧的聲韻美。劉師培先生稱「其文之音節尤可研究。例如《後漢書》、《六夷傳序》《黨錮傳序》《逸民傳序》《宦者傳序》，幾無一句音節不諧。」〔註 128〕黃侃先生對其有詳細論述，稱其「雖諧音律，而絕無膠執」〔註 129〕，頗多真知灼見，此處不再贅言。

第三節　六朝子書撰作風貌的階段差異

子書是唐前士人表達思想的一種重要著述形式，魏晉子書撰作頗爲活躍，可謂此種著述形式繼先秦之後的又一次頗爲興盛的時期。這種情況在有關目錄書籍中就有所體現。西晉荀勖《中經新簿》乙部著錄有「古諸子家」、「近世諸子家」，齊王儉《七志》諸子志亦著錄「今古諸子書」，可見漢末魏

〔註 126〕程千帆：《閒堂文藪》，濟南：齊魯書社，1984 年版，第 154～155 頁。
〔註 127〕孫德謙：《六朝麗指》。王水照：《歷代文話》，上海：復旦大學出版社，2007 年版，第 8480 頁。
〔註 128〕劉師培：《漢魏六朝專家文研究》。《中國中古文學史講義》，上海：上海古籍出版社，2000 年版，第 134 頁。
〔註 129〕黃侃：《書〈後漢書〉論贊後》，《黃季剛詩文鈔》，武漢：湖北人民出版社，1985 年版，第 40 頁。

晉諸子著述頗為繁榮，在目錄學家心目中，已經可與以周代子家為主的古諸子書相提並論了。魏晉子書之所以興盛，大體包括博涉多通的學術風氣，社會批判思潮的高漲，儒家經學的相對衰微，動盪時局下士人濟世情懷的釋放，立言不朽觀念的更加自覺，以及喜好模擬之風氣的盛行等方面的原因，其中立言不朽觀念的進一步自覺對此時期子書撰述之興盛的推動尤為重要。與先秦相比，魏晉南北朝子書在思想內容上呈現較為濃重的兼容性。另一方面，本時期近四百年中各個具體時段的子書著述，在內容上不免要或多或少地表現所處年代的社會政治、思想文化等方面的影像或特色，以及創作主體身份乃至文風方面的差異。大體而言，建安三國時期較重要的子書的作者多為軍政實務之臣，作品多涉及政略治術，以及社會風氣的批評和重建的主張，在思想上往往兼融博取，以有效為原則，文風樸實明暢。兩晉南北朝時期較重要的子書的作者則多為文人，作品對社會現實治亂興衰問題的關注遜於前代，流露的老莊思想及道教、佛教思想則漸趨濃重，許多作品博錄名物、軼事、瑣語，形似雜鈔、筆記、類書，追求文采的風氣日益高漲，先後湧現葛洪、蕭繹等倡導情采繽紛之華美文風，並在撰作中大力實踐的作家，子書的文采化達到高峰。本節就此予以論述。

一、三國子書

　　大體而言，建安及三國時期的子書，因作者身處亂世或由亂趨治的歷史階段，故其書中內容，往往多涉及政略治術，以及社會風氣的批評和重建的主張。近人劉師培《中國中古文學論》第三課《論漢魏文學之變遷》，附錄引用丁儀《刑禮論》、劉廙《政論·疑賢篇》、蔣濟《萬機論》等文，案語云：「魏代之書純以推極利弊為主，不尚華辭，與東漢異。」劉氏所謂「純以推極利弊為主」，指為解決社會現實問題，權衡政略治術之利弊而推極之也。《萬機論》，《隋志》子部雜家類著錄為八卷。作者蔣濟為曹魏三代重臣，處事幹練，謀略非凡，富有軍政實務才能，其子書《萬機論》書名取《尚書·皋陶謨》「一日二日萬幾（機）」之義，旨在論述處理各種軍政事務的原則、策略和方法。如其《政略篇》認為君主政略的基本原則，一在於「擇人」，即選用賢能之才；二在於「因民」，即順應人民意願；三在於「從時」，即順應時代形勢變化。蔣濟身處亂世，由亂致治，社會呼喚人才，其《用奇篇》認為，在天下紛亂的特殊時期，擇人當不拘常規，只有任奇人，才能出奇效。蔣濟

還論及用兵擇將的重要性，富於兵家色彩。如此觀念，同於曹操，很有時代特色，可見此書是緊貼時代脈膊的一部著述。與蔣濟同時期或稍後的不少子書作者的身份，往往亦爲軍政幹臣，如王昶、仲長統、劉廙、任嘏、杜恕、王基、劉劭、桓範、鍾會、諸葛恪、傅玄等。劉廙《政論》與桓範《世要論》，《隋志》皆著錄於子部法家類，前者今存《備政》、《正名》、《慎愛》、《審愛》、《欲失》、《疑賢》、《任臣》、《下視》等八篇，後者今存《爲君難》、《臣不易》、《治本》、《政務》、《節欲》、《詳刑》、《兵要》、《擇將》、《簡騎》、《辨難》、《尊嫡》、《諫爭》、《決雍》、《贊象》、《銘誄》、《序作》等十六篇，從這些篇章來看，其思想已頗異於先秦法家，而呈現博取儒道名法乃至縱橫家、兵家的傾向。其他如王昶、曹丕、杜恕、桓範等在子書中也往往博採諸家，喜言兵勢。如《三國志・王昶傳》載昶子書著述情況云：「乃著《治論》，略依古制而合於時務者二十餘篇，又著《兵書》十餘篇，言奇正之用。」杜恕《體論》今存輯本共八篇，題爲《君》、《臣》、《言》、《行》、《政》、《法》、《聽察》、《用兵》，皆涉及政略治術，兼融儒道名法及兵家思想，其中之《用兵篇》尤具時代特色。

子書著述之呈現兼融綜合的趨勢，戰國後期至漢代子書中已經顯露，《呂氏春秋》、《淮南子》的駁雜化程度尤其突出。司馬談《論六家要指》述諸子流派，其中論道家，其內涵已有異於先秦道家，而是本於先秦南北道家而又兼融綜合各家的漢代新道家；《漢書・藝文志》概述雜家，頗強調其融通綜合的性質。建安三國子書承此方向，較普遍地表現出博取融綜的特色，所以此期子學諸流派中「雜家」尤爲興盛。其他學派的著述除主導傾向之畛域尚存外，對許多問題的關注及論述，則往往形成諸家相互滲透吸納通融，你中有我或我中有你的局面。而且某些作者在傾向於兼融博取的觀念上也相當自覺、通達。如魏末子書重要作家傅玄，今存其子書輯本《傅子・補遺上》有云：「知人之難，莫難於別眞僞。設所修出於爲道者，則言自然而貴玄虛；所修出於爲儒者，則言分制而貴公正；所修出於爲縱橫者，則言權宜而貴變常。九家殊務，各有其長，非所爲難也」，「見虎一毛，不知其斑。道家笑儒者之拘，儒者嗤道家之放，皆不見本也。」顯然對拘於某家、各執一偏的狹隘觀念表示了不滿，可謂當時子書博採會通之著述趨向的明確表白。建安三國之撥亂反正的形勢下，有關著述更關注的是其現實針對性、實用性，故在思想上形成開放包容、以有效爲原則的時代特色，這是推動及造就當時子書博取

融綜風貌的重要因素。初唐名臣魏徵編《群書治要》，採擷前代經、史、子各類典籍中之關乎政略治術的內容，其中子類典籍除先秦諸子外，採擷涉及西漢陸賈《新語》、賈誼《新書》、劉安《淮南子》、桓寬《鹽鐵論》、劉向《新序》、《說苑》等子書六部，涉及東漢桓譚《新論》、王符《潛夫論》、崔寔《政論》等三部子書。而其採擷所涉及魏晉時期的子書著述則多至十二部，這十二部子書包括仲長統《昌言》、荀悅《申鑒》、徐幹《中論》、曹丕《典論》、劉廙《政論》、蔣濟《萬機論》、桓範《政要論》、杜篤《體論》、陸景《典語》、傅玄《傅子》、袁準《正書》、葛洪《抱朴子》，爲西漢的二倍，東漢的四倍，比兩漢加起來的總數還多出三部。這十二部子書除葛洪《抱朴子》外，其他十一種全部撰作於建安、三國時期，由此可見當時子書作者對政略治術問題的關注程度。唐開元年間，趙蕤撰《長短經》，博引前代典籍之關乎政略治術的內容，所引用建安、三國時期子書亦頗盛。

建安三國屬亂世，對人才的關注爲朝野的普遍風氣，故政略治術之外，此時子書較多人物品鑒的內容，如徐幹《中論》、傅玄《傅子》、周昭《周子》、袁準《袁子正論》、姚信《士緯》、殷基《通語》等。此類著述，或在比較中品鑒人物，如姚信《士緯》，拈出某些同類人物進行比較，其中比較了汝南陳蕃與潁川李膺之優劣短長，比較了周勃與霍光之功勳孰優孰劣，比較孟子與揚雄之才性等。或表現了重智的觀念。當時是社會動蕩不已、人命危淺的亂世，急需智慧超群、能力卓著的人物撥亂反正，濟民於水火之中。徐幹《中論·智行》大力強調才智的重要性，他通過管仲與召忽、張良與四皓兩組人物的對比，凸顯了管仲、張良成就宏偉功業的人生價值，繼而得出結論，認爲才智傑出能安邦富民的明智睿哲之士優於志行純篤之士，對歷史上所謂行仁蹈善而無權變之智略的人物顯然持否定態度。殷基《通語》述及漢末名士陳蕃，則批評其忠有餘而智不足。這些與曹操《求賢》諸令之重才智輕德行的觀念是一致的，很富有時代特色。至於在人物品鑒理論表述方面的傑作，則首推劉劭的《人物志》。劉氏體察人物，辨別眞僞，極其細緻周密，故得高度評價。明顧定芳稱其：「窮思極微，出入性情。原度量體形品目，隱顯悉舉，萬世人物本眞，若妍媸對鑒，毫無莫遁矣。」〔註130〕

就文風而言，劉師培所謂魏代子書之不尚華辭，大體言之可謂合理。建安三國子書作者爲文罕有刻意講究並追逐華辭者，但具體表現在各家著述上

〔註130〕王曉毅：《人物志解讀》，北京：中華書局，2008年版，第230頁。

並不盡一致，像荀悅《申鑒》、劉劭《人物志》之類，顯然屬於不尚華辭的著述。但還有一些著述雖不刻意講究文采，但也不能認定就沒有文采，像仲長統《昌言》、徐幹《中論》、曹丕《典論》、杜恕《體論》、傅玄《傅子》等。仲長統、徐幹、曹丕等的文風自有其差異，但基本呈現樸實明暢的特色，爲了加強氣勢和說服力，偏於議論的部分往往多用譬喻、排比，邏輯嚴密，辯駁有力；偏於敘事的部分，或詳贍，或簡妙，呈現多樣化的風貌。劉氏所謂「不尚華辭」，蓋指其不刻意講究文采，追逐華辭麗藻而已。這與晉代及南北朝時期某些子書刻意追逐文采是不同的。

二、晉代子書

晉代子書在針對社會政治現實方面，總體上遜於建安三國，此主要是著者的身份變化使然。晉代子書作者如夏侯湛、蔡洪、陸機、陸雲、華譚、杜夷、葛洪、干寶、顧夷、虞喜、孫綽、苻朗、張顯、孔衍、蘇彥等多爲重視立言不朽的文士，而較少像建安三國時期以軍政實務爲人生主要追求的子書作家。漢代文人，揚雄、桓譚、王充等撰作子書，冀獲不朽名聲。魏晉時期，立言不朽觀念愈益深入人心，尤重子書著述。身處帝王之尊的曹丕可謂堅執此觀念的一個代表人物，其《與吳質書》贊揚徐幹撰就子書，譽爲不朽，痛惜應瑒有撰作子書的才學與志向但未遂願；其《典論·論文》以子論專章的形式，充滿激情地認定而且高揚立言不朽之旨，標舉的典範也是徐幹的子書《中論》。晉代文人變本加厲，愈益高揚子書著述。有「太康之英」之譽的陸機，特別重視子書，乃至臨終遺言，以此爲憾。葛洪《抱朴子外篇》載：「朱淮南嘗言……吾門生有在陸君軍中，嘗在左右，說陸君臨亡曰：『窮通，時也；遭遇，命也。古人貴立言，以爲不朽。吾所作子書未成，以此爲恨耳。』」〔註131〕東晉初著名文士葛洪，《晉書》本傳稱其「博聞深洽，江左絕倫，著述篇章，富於班馬。」在豐富絕倫的著作中，他最看重的是子書，《抱朴子》反覆致意於此。該書《自敘篇》云：「先所作子書內外篇，幸已用工夫，聊復撰次，以示將來云爾……洪年二十餘，乃計作細碎小文，妨棄功日，未若立一家之言，乃草創子書。」可見在他心目中，能夠傳示將來，以爲不朽的，首先是他的《抱朴子》內外篇。葛洪的此種態度亦見於《抱朴子》之《尚博》、

〔註131〕〔唐〕李昉等：《太平御覽》，卷 602《文部一八》，北京：中華書局，1960年版，第 2709 頁。

《百家》等篇章。他不僅高度評價王充《論衡》之類子書，還高度評價當代子書，曾引嵇含語贊揚陸雲《陸子》云：「誠爲快書，其辭之富者，雖賈思不可損也；其理之約者，雖鴻筆不可益也。」〔註132〕同時的著名文人王隱對立言不朽的表白亦如同葛洪一樣旗幟鮮明，甚至在與事功之士的交流中亦著意以此爲勉，《晉書》卷82《王隱傳》載王隱對祖納說：「君少長五都，游宦四方，華夷成敗皆在耳目，何不述而裁之！應仲遠作《風俗通》，崔子眞作《政論》，蔡伯喈作《勸學篇》，史游作《急就章》，猶行於世，便爲沒而不朽。當其同時，人豈少哉？而了無聞，皆由無所述作也。故君子疾沒世而無聞。」〔註133〕

　　總體而言，晉代撰作子書者多爲文人，他門既缺乏某些思想家、政治家對事理長於深思與探索的素質，也缺乏某些軍政能臣所擅長的政略治術，其著述大抵是標榜或維護其文人身份的一種手段。作爲文人，他們的著述不一定能夠達到多高的思想境界，也不一定能夠具備何種思想深度，但需要表現出文采，或顯示出博學，如此而已，這是文人撰作子書之學術旨趣的底線，而其他更進一步的追求對一般文人來說則屬於奢望。再說，即使他們有此奢望，事實上也難以做到。哲理及政略治術，先秦漢魏諸子著述早已寫得相當周詳透徹了，後人再想有所進一步的開拓，談何容易？近人劉咸炘云：「後世諸子之書，理不能過乎周、秦，徒能引申比喻，衍而長之耳，《淮南》之於《呂覽》，蓋已非倫，然詞雖勝，理猶有所得。王符、崔寔、仲長統、傅玄語多相襲，至於葛洪，而詞勝極矣。陸機之子書不傳於今，以臆度之，亦必辭勝可知也。文士長於記誦衍說而短於獨見深識，此雜家之所以漸流爲文集也。」〔註134〕這段話表述得可能有些絕對，但大體上不錯，這就是他基本上指出了漢晉子書越來越重視文采的發揚而辭勝於意的總體發展趨勢。換一種說法，也就是變思想家的著述爲文人的著述了。漢魏子家在「獨見深識」上已經難以超越前人，如應劭《風俗通義》，讀來從中實難體會到作者的獨見深識，而惟覺其內容博洽過人。何論晉人？所以晉代子家一般來說只有向

〔註132〕〔唐〕李昉等：《太平御覽》，卷602《文部一八》，北京：中華書局，1960年版，第2709頁。

〔註133〕〔唐〕房玄齡等：《晉書》，卷82《王隱傳》，北京：中華書局，1974年版，第2142頁。

〔註134〕劉咸炘：《劉咸炘學術論集・子學編》，桂林：廣西師範大學出版社，2007年版，第459頁。

表現文采和博學發展這一條道了。如張華以博學洽聞著稱於世，其撰《博物志》，《隋書·經籍志》著錄於子部雜家類，據說此書原有數百卷，誠可謂他博學洽聞、士林無與倫比的見證。稍後的太康鉅子陸機，其子書著述有《陸氏要覽》，《舊唐書經籍志》著錄為三卷，列為雜家，後亡佚，清人馬國翰《玉函山房輯佚書》收錄其佚文一卷，內容頗像名物雜記，如：「列子御風，常以立春歸乎八荒，立秋遊乎風穴。是風至則草木發生，去則搖落，謂之離合風。」「昔羽山有神人焉，逍遙於中嶽，與左元放共遊薊子訓所，坐欲起，子訓應欲留之，一日之中三雨，今呼五月三雨，亦為留客雨。」或雜述故事，長於考據，如王嬰《古今通論》、虞喜《志林新書》等。虞喜之書尤好記述名人軼事，如載鍾繇與韋誕兩大書法家事，凸顯鍾氏個性之強、對書藝的不懈追求，乃至不達目的便氣得嘔血，為達目的而不擇手段，竟然幹出盜墓的勾當。先秦漢魏子書或有以富含精妙之格言著稱者，如《老子》、《論語》、《孫子》，劉勰《文心雕龍·徵聖》稱「夫子風采，溢於格言」，《文心雕龍·程器》稱「孫武兵經，辭如金玉」。漢代的《淮南子》、《說苑》、《法言》等也有一些精練的格言。今存三國子書佚文，或多以格言體之風貌展示於讀者，如任嘏《道論》，周生烈《周生子要論》、唐滂《唐子》、譙周《法訓》、傅玄《傅子》等。晉代子書承此風尚而推波助瀾，往往多記格言，如夏侯湛《新論》、蔡洪《化清經》、孫毓《孫氏成敗志》、蘇彥《蘇子》等；當時張顯的子書《析言論》稱贊謁者僕射季明「清達有高才，多識前代格言」，可見多識格言頗受時人看重，故子書中記述格言者空前增多。

就思想層面而言，晉代子書基本沿襲了建安三國子書兼融駁雜的趨勢，雜家類著述較多，儒家類著述也往往吸收其他家的思想。但相對而言，晉代子書中道家著述明顯增多，這是當時老莊思想空前盛行的結果；同時道教神仙之說亦空前彌漫開來，產生葛洪等弘揚道教神仙思想的子書作家。這是晉代子書在思想層面較顯著的發展跡象。

相比前代，晉代子書作家更加注重對文采的追求，其對子書著述之文學性的強化的熱情，為三國子書作家所不及。其中以葛洪、孫綽、苻朗為代表。孫綽所撰《孫子》，《隋書·經籍志》著錄十二卷，列於道家。其書久佚。今存少量佚文，不僅有道家思想，亦流露儒、名、法諸家思想。某些片斷想像豐富，長於誇張渲染，如描摹黃帝之遊、海人與山客之辯，文采與想像俱勝，藝術感染力很強。氐族文人苻朗，漢化程度極高，《晉書·載記》有傳，稱其

著《苻子》數十篇，行於世，亦老莊之流也。《隋志》著錄二十卷，《唐志》著錄三十卷，併入道家。已佚。據今可見少量佚文來看，此書頗講究文采，想像奇特瑰麗，氣勢壯大，某些神奇的寓言故事，尤富於浪漫色彩，立意及文筆酷似《莊子》。

葛洪可謂這方面的標誌性作家，他不僅積極倡導華豔文風，更在子書的撰寫中予以自覺的實踐，大力借鑒吸納漢魏以來辭賦崇尚華美、擅長鋪張揚厲的作風，因而《抱朴子》的部分篇章呈現明顯的辭賦化傾向。《抱朴子》內、外篇善於借鑒大賦主客問答體式，往往虛擬人物問答以展開論述。如《外篇》中之《嘉遯》虛擬懷冰先生、赴勢公子，《逸民》虛擬逸民、仕人，《任命》虛擬居泠先生、翼亮大夫，《安貧》虛擬樂天先生、偶俗公子，《守塉》虛擬潛居先生。大賦中間部分是主體內容，一般由主或客的高談闊論構成，而《抱朴子》內外篇也往往有此特點。葛洪往往運用辭賦的表現手法，講究用韻、排比、駢偶、比喻，大量用典，辭藻富贍華美，鋪陳渲染，饒有氣勢。如《抱朴子外篇・嘉遯》首段描寫懷冰先生的清高脫俗形象：「抱朴子曰：有懷冰先生者，薄周流之棲遑，悲吐握之良苦。讓膏壤於陸海，爰躬耕乎斥鹵，祕六奇以括囊，含琳琅而不吐。謐清音則莫之或聞，掩輝藻則世不得覩。背朝華於朱門，保恬寂乎蓬戶。絕軌躅於金、張之閭，養浩然於幽人之件。謂榮顯為不幸，以玉帛為草土。抗靈規於雲表，獨違今而遂古。庇峻岫之巍峨，藉翠蘭之芳茵。漱流霞之澄液，茹八石之精英。思眇眇焉若居乎虹霓之端，意飄飄焉若在乎倒景之鄰。萬物不能攪其和，四海不足汨其神。」〔註135〕辭采富美，音韻和諧，文學性的渲染得以強化，風格酷似鋪采摛文、不歌而誦的辭賦。葛洪有時還善於對人物情態進行描摹，這也是賦體作品鋪陳時常用的方式。如《嘉遯》中寫懷冰先生「蕭然暇眺，遊氣天衢，情神邈緬，旁若無物。俯而答曰」；寫赴勢公子先「慨然而歎」，後「勃然自失，肅爾改容曰」。著墨不多，但形神畢現。這方面以《酒誡》最為經典。《酒誡》連續用 8 節描摹醉酒者的醜態，既繪其形又畫其神，雖依經據史，但鋪張其事，刻寫神態，至於窮形盡相，令人捧腹忍俊。作為個人獨撰的大部頭子書，《抱朴子》對文采追求的熱情可謂空前。關於葛洪文風，劉師培概以「繁縟」〔註136〕。《文心

〔註135〕楊明照：《抱朴子外篇校箋》上冊，北京：中華書局，1997 年版，第 1 頁。
〔註136〕劉師培著：《劉師培中古文學論集》，北京：中國社會科學出版社，1997 年版，第 65 頁。

雕龍・體性》云：「繁縟者，博喻釀採，煒燁枝派者也」。劉師培用來概括葛洪子書風格，正說明其具有「博喻釀採，煒燁枝派」之辭賦化的特色。這是子書著述在晉代更加文人化之趨勢中的必然產物。

今傳《列子》一書，可能出自魏晉人之手。附記於此。《列子》本先秦古籍，但古本早已亡佚。今本《列子》的寫作年代，學界尚無定論，或以爲先秦，或以爲魏晉，而持魏晉說的學者較多。《列子》文風與《莊子》近似，多幻設寓言故事，想像奇特，出人意表，富有浪漫色彩，書中著名寓言故事有「杞人憂天」（見《天瑞篇》），「化人」（見《周穆王篇》），「愚公移山」（見《湯問篇》），「扁鵲換心」（見《湯問篇》），「偃師獻技」（見《湯問篇》），「歧路亡羊」（見《說符篇》）等。古今論者或對其有高度評價。宋洪邁《容齋續筆》卷十二「《列子》書事」條云：「《列子》書事，簡勁宏妙，多出《莊子》之右，其言惠盎見宋康王……觀此一段語，宛轉四反，非數百言曲而暢之不能了，而潔淨粹白如此，後人筆力，渠復可到耶！」〔註137〕現代學者錢鍾書先生則視此書作者爲漢末建安至東晉末義熙這一時段文壇的巨擘：「《列》之文詞遜《莊》之奇肆飄忽，名理遜《莊》之精微深密，而寓言之工於敘事，娓娓井井，有倫有序，自具一日之長……其手筆駕曹、徐而超嵇、陸，論文於建安、義熙之間，得不以斯人爲巨擘哉？」〔註138〕今傳《列子》的最早注本爲東晉張湛所撰。

《苻子》是漢晉時期罕見的一部出自少數民族作家之手的子書，爲氐族文人苻朗所撰。《隋志》著錄二十卷，《唐志》著錄三十卷，併入道家。已佚。據今存少量佚文來看，此書無論思想內容，還是藝術風貌，主要繼承了《莊子》的傳統。有不少虛構故事，藉以表達高揚隱逸的思想觀念。苻朗筆下的帝王，往往輕王權而貴隱逸，如寫黃帝志在隱逸山林：「黃帝將適昆虞之丘，中路逢容成子，乘翠華之蓋，建日月之旗，驂紫虬，御雙烏、黃帝命方明避路，謂容成子曰：「吾將釣于一壑，栖于一丘。」〔註139〕寫堯帝雖身在廟堂之上而心無異於山林之中：「許由謂堯曰：坐于華殿之上，面雙闕之下，君之榮願，亦已足矣夫。堯曰：「坐于華殿之上，森然而松生于棟，余立於欐扉之內，霏焉而雲生于牖。雖面雙闕，無異乎崔嵬之冠蓬萊。雖背墉埒，無異乎回巒

〔註137〕〔宋〕洪邁：《容齋隨筆》，南京：鳳凰出版社，2009年版，第228頁。

〔註138〕錢鍾書：《管錐編》，北京：中華書局，1979年版，第467～468頁。

〔註139〕〔宋〕李昉等撰：《太平御覽》，卷79，北京：中華書局，1960年版，第370頁。

之縈崑崙，余安知其所以不榮。」〔註140〕在此觀念的基礎上，苻朗虛構了許多「讓王」的故事。苻朗熱衷於隱逸思想的表現，既受老莊道家傳統思想的影響，也與漢末魏晉時期社會動蕩頻仍、道家思想彌漫而導致的隱逸風氣的盛行密切相關。本時期各種著述中贊揚隱士、表達隱逸情懷的蔚為大觀。如嵇康有《聖賢高士傳》、皇甫謐有《高士傳》，陸機有《幽人賦》、《應嘉賦》，陸雲有《逸民賦》，左思有《招隱詩》，等等。《苻子》以前的子書，葛洪的《抱朴子》也頗重視隱逸思想的表現，其《抱朴子外篇》數十篇，編排在第一篇的為《嘉遁》，第二篇為《逸民》，位置格外顯赫，通過虛構人物論辯，以表現隱逸觀念。苻朗《苻子》堪稱繼葛洪《抱朴子》之後又一部頗為關注隱逸思想的子書。

《苻子》繼承了《莊子》文風，喜好借助寓言說理，今存佚文涉及人物近六十名，多為先秦歷史人物或虛擬的先秦人物，少量為秦漢之際人物，有帝王，有諸侯，有大臣，有隱士，有學士，有辯士，等等。此外還有一些動物寓言故事，作者的想像頗為奇特瑰麗，行文氣勢壯大，尤富浪漫色彩，如以下一則神奇的故事：

> 　　東海有鼇焉，冠蓬萊而浮游於滄海，騰躍而上，則干雲之峰邁於群嶽；沉沒而下，則隱天之丘潛嶠於重川。有蚳蟻者，聞而悅之，與群蟻相邀乎海畔，欲觀鼇之行焉。月餘日，鼇潛未出，群蟻將反，遇長風激浪，崇濤萬仞，海中沸，池雷震。群蟻曰：「此將鼇之作也。」數日，風止雷默，海中隱淪如嶽，其高概天，或遊而西。群蚊曰：「彼之冠山，何異我之戴笠也？逍遙乎壤封之巔，歸伏乎窟穴之下，此乃物我之適，自己而然，何用數百里勞形而觀之乎？」〔註141〕

立意及文筆皆酷似《莊子》，是《莊子·逍遙遊》中「斥鷃笑大鵬」之寓言故事的翻版。郭象《莊子·逍遙遊》注曰：「苟足於其性，則雖大鵬無以自貴於小鳥，小鳥無羨於天池，而榮願有餘矣。故大小雖殊，逍遙一也。」又《齊物論》注曰：「蟪蛄不羨大椿而欣然自得，斥鷃不貴天池而榮願已足。」作為模擬之作，《苻子》此節立意與之相同，通過虛構寓言故事，講的是人們「足於其性」，自得其所適的道理。

〔註140〕 〔宋〕李昉等撰：《太平御覽》，卷80，北京：中華書局，1960年版，第375頁。
〔註141〕 〔唐〕歐陽詢撰，汪紹楹校：《藝文類聚》，卷97，上海：上海古籍出版，1982年版，第1690頁。

三、南北朝子書

南北朝子書，文人化的程度進一步提升。兼有帝王與文人雙重身份的蕭繹頗重視子書，故撰《金樓子》，並引以自豪。北齊文人劉晝，平生胸懷立言不朽的理想和信念，《北齊書》本傳載其曾云：「使我數十卷書行於後世，不易齊景之千駟也。」終撰成《劉子》一書。總體而言，南北朝子書疏於理論的探討，對社會政治問題的直接針對性也不強，此乃沿襲晉人風氣使然。作者往往在博錄善言、名物、軼事、瑣語等方面投入精力，所作形似雜鈔、筆記、類書。劉勰《文心雕龍·諸子》所謂「讕言兼存，瑣語必錄」，用在南北朝子書著述的評價上頗為合適。像顏之推《顏氏家訓》這樣頗受後人重視的著作，事實上也已遠離了現實政治，而由傳統子書的社會政治關懷轉向個人家族關懷。像賈思勰《齊民要術》這樣實用性很強的著作，內容也非為統治者出謀劃策的政略治術，而是以農事為主緊貼老百姓日常生計的講述。南北朝佛教、道教彌漫朝野，盛況空前，波及子書，佛教、道教學說在其書中呈現水漲船高之勢，如陶弘景整理《真誥》之弘揚道教，蕭子良《淨住子》、虞孝敬《內典博要》及顏之推《顏氏家訓》某些篇章之宣傳佛教，張融《少子》會同道佛，皆為此情勢下的產物。在文風方面，或華豔綺靡而不乏激情，或謙和誠懇而平易自然，基本呈現多樣化的追趨態勢。

蕭繹《金樓子》，《隋書·經籍志》著錄為十卷，列於雜家。今存六卷本，包括《興王》、《箴戒》、《后妃》、《終制》、《誡子》、《聚書》、《說藩》、《立言》、《著書》、《捷對》、《志怪》、《雜記》、《自序》等篇。其內容基本為分類編排，頗似類書。唐初編定的《藝文類聚》，其一級部類中就有「帝王部」、「后妃部」，與蕭繹書同；繹書其他篇章之名目，則有與《藝文類聚》二級類目相似的。《四庫全書總目》卷 117 概括《金樓子》的內容及文風云：「其書於古今聞見事蹟，治忽貞邪，咸為苞載。附以議論，勸誡兼資，蓋亦雜家之流。而當時周秦異書未盡亡佚，具有徵引。如許由之父名，兄弟七人，十九而隱，成湯凡有七號之類，皆史外軼聞，他書未見。又《立言》、《聚書》、《著書》諸篇，自表其撰述之勤，所記典籍源流，亦可補諸書所未備。惟永明以後，豔語盛行，此書亦文格綺靡，不出爾時風氣。」大體上客觀扼要地指出該書內容駁雜、補佐他書未備的性質與價值，以及近於南齊永明以降綺豔派的文風特色。《金樓子》之材料多採擇自《淮南子》、《列子》等子部典籍，以及某些史書、雜記。其中《志怪》篇記述各類怪異事物及故事數十條，篇幅簡短，粗陳梗概，

部分故事有一定的文學性；《雜記》篇記述一些瑣聞軼事，或趣味盎然。唐魏徵從「關乎政術，存乎勸誡」的著述旨趣和立場，批評了某些在他看來乖違此旨趣的帝王著述，其《群書治要序》云：「近古皇王時有撰述，並皆包括天地，牢籠群有，競採浮豔之詞，爭馳迂誕之說，騁末學之博聞，飾雕蟲之小技，流蕩忘返，殊途同致。」這種負面評價所針對的具體著述雖未點明，但其矛頭所指大抵在於《金樓子》之類書籍，相比於四庫館臣的概括，它顯然失於狹隘和片面。魏徵站在關乎政術、存乎勸誡的立場上評價帝王著述，必然會發出如此聲音，這當然也是可以理解的。南北朝後期文壇普遍崇尚文采之美，形成主流風氣，蕭繹實為領導此風氣的前沿人物，他在高揚文采之美方面比晉代葛洪《抱朴子》更為旗幟鮮明，走得更遠，其《金樓子・立言篇》明確標榜文學作品之抒情性、辭采美、音律美的特徵云：「至如文者，惟須綺縠紛披，宮徵靡曼，脣吻遒會，情靈搖蕩。」而不涉及其政治教化功能。這是六朝新變文學觀的代表主張。《金樓子》的某些篇章寫得情感濃烈，辭采華美，較好地實踐了作者的文學主張，如《后妃篇》中懷念他母親的文字：

> 繹聞玄獺有祭，丹鳥哺糧，䖭乃禽魚，猶能感動，況稟含靈之氣者也！東入禹川，西浮雲夢。冬溫夏清，二紀及茲。昏定晨省，一朝永奪。几筵寂寞，日深月遠。觸目屠殂，自咎自悼。昔泝淮涘，侍奉舟艫；今還宮寺，仰瞻帷幕。顧復之恩，終天莫報；陟岵之心，鯁慕何已！樹葉將夏，彌切風樹之哀；戒露已濡，倍縈霜露之感。過隙難留，川流不捨，往而不還者年也，逝而不見者親也。獻年回軫，恒有再見之期；就養閨闈，無復盡歡之日。拊膺屠裂，貫裁心髓。日往月來，暑流寒襲，仰惟平昔，彌遠彌深。煩冤拔憒，肝心屠裂，攀號膈臆，貫截骨髓。竊深遊張之感，彌切蒼舒之報。每讀孟軻、皇甫謐之傳，未嘗不拊膺哽慟也；讀詩人勞悴之章，未嘗不廢書而泣血也。乙丑歲之六月，氣候如平生焉。冥然永絕，入無瞻奉。慈顏緬邈，肝膽糜潰。貫切痛絕，奈何奈何！〔註142〕

一股對母親極度思念的哀傷之情撲面而來，感染力之深不亞於六朝某些單篇流傳的哀祭名篇，這種抒情文字，在子書著述史上是罕見的。

北齊文人劉晝《劉子》共十卷，五十五篇，兩《唐志》以下書目皆列入

〔註142〕〔梁〕蕭繹撰，許逸民校箋：《金樓子校箋》，北京：中華書局，2011 年版，第 384 頁。

雜家。此書內容較爲豐富駁雜，大旨在於談論修心治身之道，異於魏代子書之多涉及政略治術。其總體文風，則顯然別具辭采華茂或激情洋溢的特色，晚清學者譚獻以「腴秀俊逸」四字予以推重，大抵妥當。劉晝自少孤貧，希望建功立業，但志不獲伸，《劉子》中有的篇章通過在厄境中奮發，而終於建功揚名之人物事蹟的臚述，表現了自己生不逢時、有志難騁的悲憤，如《激通篇》。有的篇章表現了作者對時間的珍惜，對乘時樹德建功以顯揚名聲而致不朽的嚮往與渴望，以及對沒世無聞的悲傷，情緒流露頗爲強烈，如《惜時篇》云：

> 人之短生，猶如石火，炯然以過，唯立德貽愛，爲不朽也。昔之君子，欲行仁義於天下，則與時競馳，不吝（恡）盈尺之璧，而珍分寸之陰。故大禹之趨時，冠挂而不顧；南榮之訪道，踵跰而不休；仲尼棲棲，突不暇黔；墨翟遑遑，席不及煖。皆行其德義，拯世救溺，立功垂模，延芳百世。今人退不知臭腐榮華，劅絕嗜欲，被麗弦歌，取媚泉石；進不能被策樹勳，毗贊明時，空蝗梁黍，枉沒歲華，生爲無聞之人，歿成一棺之土，亦何殊草木自生自死者哉！歲之秋也，涼風鳴條，清露變葉，則寒蟬抱樹而長叫，吟烈悲酸，蕭瑟於落日之際，何也！哀其時命，迫於嚴霜而寄悲於菀柳。今日嚮西峰，道業未就，鬱聲於窮岫之陰，無聞於休明之世。已矣夫，亦奚能不霑衿於將來，染意於松煙者哉！〔註143〕

感時歎逝，情文並茂，讀之讓人不得不動容。景物的點染與情緒的宣洩自然地得以契合，尤能給讀者以深刻的印象，藝術感染力實不遜於抒情詩賦。

顏之推所撰《顏氏家訓》，兩《唐志》及《宋志》著錄爲七卷，俱列儒家；《四庫總目》著錄二卷，列爲雜家，云：「今觀其書，大抵於世故人情，深明利害，而能文之以經訓，故《唐志》、《宋志》俱列之於儒家。然其中《歸心》等篇，深明因果，不出當時好佛之習；又兼論字畫音訓，並考證典故、品第文藝，曼衍旁涉，不專爲一家之言，今特退之雜家，從其類也。」是書以家訓爲主題，而內容之豐富遠逾前人，實乃漢魏六朝家訓類著述的集大成之作。以子侄後輩爲教誡對象，以講說處世立身道理或勉學論學爲主要內容的家訓類文章，是漢魏六朝文章中的一個較重要的類型，此類文章有「誡子書」、「家

〔註143〕　〔北齊〕劉晝撰，傅亞庶校釋：《劉子校釋》，北京：中華書局，1998年版，
　　　　　　第503～504頁。

誡」、「家訓」、「庭誥」、「門律」、「遺令」等多種名目，今見錄於嚴可均輯《全上古三代秦漢二國六朝文》的約 150 篇，但洋洋灑灑而能成爲一部系統性的專著，當推顏之推《顏氏家訓》，故宋代陳振孫《直齋書錄解題》卷十稱：「古今家訓，以此爲祖。」《顏氏家訓》的首篇《序致》，作者交代撰作宗旨，明確地將此著放在魏晉以來大量子書撰作的背景中加以述說，並特別強調了自己的作品在內容上的變異，即由傳統子書對社會的關注轉向對家族的關注：「魏晉已來，所著諸子……吾今所以復爲此者，非敢軌物範世也，業以整齊門內，提撕子孫。」疏離了漢魏子家往往津津樂道的政略治術，而以家族性、個人性的修身勉學爲著述旨趣，在魏晉南北朝子書變遷的歷程中，《顏氏家訓》作爲一個標誌，顯示了家族關懷超越社會關懷的轉變。

　　《顏氏家訓》關於子孫後輩的教誡，離不開作者直接的說教，但他更善於借助具體可感的事例，顏之推採擇的事例，有親身經歷的，也有一些有關的遺聞軼事，還有前代史事，從而增強了作品的可信性和說服力，也強化了作品的可讀性。書中所採擇的事實往往可以使人窺見南北朝某些社會風氣，涉及南北兩大地域人情禮俗、審美趣味、婦女風貌等方面的差異，描繪生動、對比鮮明，其情景給讀者以如聞如睹的鮮活印象。某些人物故事的記述，文字簡約，雖寥寥數筆，但形象刻畫鮮明生動，頗爲傳神。如《治家篇》記述性格溫柔從不生氣發怒的辛文烈，樂於助人的裴子野，貪得無厭的鄴下領軍，性殊儉吝的南陽某公；《文章篇》記述席毗、劉逖二人相互戲答的機智敏捷，人間百態，娓娓道來，不加褒貶，任憑讀者體味，寫法自由無拘，類似筆記。《顏氏家訓》中直接教誡性的議論文字，也基本呈現不重華采，不求駢儷，樸素自然，平易簡約，謙和懇切，或通俗如口語的風格，顯示了相當自覺的「朝自己人，講家常話」，隨便質直、樸實無華的創作趨向。

第四節　晉代另類子書著述

　　晉代還有一些可稱另類的雜家著述，被《隋志》子部雜家類著錄的有張華《博物志》、郭義恭《廣志》、崔豹《古今注》，《兩唐志》著錄增有陸機《要覽》。這類著述與傳統意義上的雜家在寫作旨趣上差異甚大。《漢志》《隋志》等史志書目概括雜家，皆突出強調其主於治道教化而綜貫百家之說的兼容性特點。如《漢書·藝文志》曰：「雜家者流，蓋出於議官。兼儒墨，合名法，

知國體之有此，見王治之無不貫，此其所長也。及蕩者爲之，則漫羨而無所歸心。」《博物志》、《古今注》、《廣志》等雜家著述則無關於治道，而重在記述地理博物、名物考據、神話傳說、人物軼事等方面的內容。《漢志》及以後的《隋志》所謂「漫羨而無所歸心」者流，或許就是指此類著述。茲姑且稱這些著述爲雜家中的另類。

一、西晉之前子書記述的博雜化現象

子書中關於地理博物等內容的記述，先見於戰國子書的某些片段，如《尸子》記載蓬萊仙島之玉紅草果實的奇異：「赤縣神州，實爲崑崙之墟。其東則滷水島山，左右蓬萊，玉紅之草生焉，食其一實而醉，臥三百歲而後寤。」〔註144〕《魯連子》記載了一些奇鳥，有云：「南方鳥名邦，生而食其翼。」〔註145〕「北方有獸，名爲狕，生而角當心，俯屬其角，潰心而死。」〔註146〕《管子·宙合》謂「聖人博聞多見，蓄道以待物」，書中記述比目魚、比翼鳥、雕題、黑齒等。《鄒子》的作者鄒衍，在地理博物方面更有突出表現，「其語宏大不經，必先驗小物，推而大之，至於無垠……先列中國名山大川，通谷禽獸，水土所植，物類所珍，因而推之，及海外人之所不能睹」。〔註147〕西漢子書對此方面內容的記載有所增多，劉安《淮南子》尤爲顯著，唐劉知幾《史通·自敘》稱其「牢籠天地，博極古今」，宋黃震稱其「凡陰陽造化、天文地理，四夷百蠻之遠，昆蟲草木之細，瓌奇詭異，足以駭人耳目者，無不森然羅列其間。」〔註148〕明代茅一桂稱《淮南子》「古今治亂存亡禍福，華夷詭異瓌畸之事，靡所不具。」〔註149〕書中不僅引錄了一些《山海經》的故事，而且某些篇章模仿《山海經》，廣泛記述有關地理博物方面的內容。

〔註144〕〔宋〕李昉等撰：《太平御覽》卷497，北京：中華書局，1960年版，第2275頁。

〔註145〕〔宋〕李昉等撰：《太平御覽》卷928，北京：中華書局，1960年版，第4125頁。

〔註146〕〔宋〕李昉等撰：《太平御覽》卷913，北京：中華書局，1960年版，第4045頁。

〔註147〕〔漢〕司馬遷：《史記》，卷74《孟子荀卿列傳》，北京：中華書局，1959年版，第2363頁。

〔註148〕〔宋〕黃震：《黃氏日抄》，卷55，引自何寧撰：《淮南子集解》附錄三，中華書局，1992年版，第1501頁。

〔註149〕何寧：《淮南子集釋》附錄四，北京：中華書局，1992年版，第1515頁。

如《地形訓》，漢魏之際高誘釋此篇名曰：「紀東西南北山川藪澤，地之所載，萬物形兆所化育也，故曰『地形』，因以題篇。」有的記述頗似《山海經》，顯然出於有意識地借鑒仿傚，如以下一節：

> 凡海外三十六國：自西北至西南方，有修股民、天民、肅慎民、白民、沃民、女子民、丈夫民、奇股民、一臂民、三身民。自西南至東南方，結胸民、羽民、讙頭國民、裸國民、三苗民、交股民、不死民、穿胸民、反舌民、豕喙民、鑿齒民、三頭民、修臂民。自東南至東北方，有大人國、君子國、黑齒民、玄股民、毛民、勞民。自東北至西北方，有跂踵民、句嬰民、深目民、無腸民、柔利民、一目民、無繼民。雒棠、武人在西北陬，硂魚在其南。有神二人連臂為帝候夜，在其西南方。三珠樹在其東北方，有玉樹在赤水之上。崑崙、華丘在其東南方，爰有遺玉、青馬、視肉、楊桃、甘樝、甘華，百果所生。和丘在其東北陬，三桑、無枝在其西，夸父、耽耳在其北方。夸父棄其策，是為鄧林。昆吾丘在南方；軒轅丘在西方；巫咸在其北方，立登保之山；暘谷、榑桑在東方。有娀在不周之北，長女簡翟，少女建疵。西王母在流沙之瀨。樂民、挐閭在昆侖弱水之洲。三危在樂民西。宵明、燭光在河洲，所照方千里。龍門在河淵。湍池在昆侖。玄耀、不周、申池在海隅。孟諸在沛。少室、太室在冀州。燭龍在雁門北，蔽于委羽之山，不見日，其神人面龍身而無足。后稷壟在建木西，其人死復蘇，其半魚，在其間。流黃、沃民在其北方三百里，狗國在其東。雷澤有神，龍身人頭，鼓其腹而熙。〔註150〕

因此東漢王充《論衡·談天》有「《地形》之篇，道異類之物、外國之怪，列三十五國之異」的評價。《淮南子》之末篇《要略》具有全書的總序性質，有云：「夫作為書論者，所以紀綱道德，經緯人事，上考之天，下揆之地，中通諸理。雖未能抽引玄妙之中才，繁然足以觀終始矣。總要舉凡，而語不剖判純樸，靡教大宗，懼為人之惛惛然弗能知也；故多為之辭，博為之說，又恐人之離本就末也。故言道而不言事，則無以與世浮沉；言事而不言道，則無以與化遊息……故著書二十篇，則天地之理究矣，人間之事接矣，帝王之道

〔註150〕劉文典撰，馮逸、喬華點校：《淮南鴻烈集解》，北京：中華書局，1989年版，第147～150頁。

備矣。」〔註151〕由此可知，書的基本內容融通天地自然和人事，爲君主提供
治術，其寫作的原則是將形而上的「道」與形而下的「事」緊密結合起來，
以道統事，以事證道，「論道」與「言事」互爲依存，相輔相成。全書以道家
思想較爲顯著，兼有陰陽、儒、墨、名、法、兵各家之說，體現了西漢前期
人在學術文化上兼容並受的宏偉氣魄。《漢書・藝文志・諸子略》著錄其爲雜
家。概言之，地理博物的記述雖非此書的重點，但作爲子書，此類內容受到
關注並予以較多的記述，應該說，《淮南子》是開先河者。

　　東漢子書的博雜化的趨向，光武帝時期桓譚《新論》顯露端倪，而尤以
東漢末期應劭《風俗通義》表現顯著。《風俗通義》上承《淮南子》一類雜
家著述的雜糅博洽而變本加厲，下啓張華之《博物志》，爲漢晉子書博雜化
歷程中的代表著作，故史家對應劭其人及其著述的評價，往往緊扣「博洽」
而展開。如范曄《後漢書》卷四十八《應奉傳附子劭傳》載，應劭博學多識，
勤於著述，諸所撰述《風俗通》等，凡百餘篇，辭雖不典，世服其洽聞。《三
國志》卷二十一《王粲傳附應瑒傳》裴注引華嶠《後漢書》亦有此類記述。
《後漢書》卷四十八本傳載應劭於建安元年上奏朝廷曰：「夫國之大事，莫
尚載籍。載籍也者，決嫌疑，明是非，賞刑之宜，允獲厥中，俾後之人，永
爲監焉……臣累世受恩，榮祚豐衍，竊不自揆，貪少云補，輒撰具律本章句、
尚書舊事、廷尉板令、決事比例、司徒都目、五曹詔書及春秋斷獄，凡二百
五十篇。蠲去復重，爲之節文，又集駁議三十篇，以類相從，凡八十二事，
其見漢書二十五、漢記四，皆刪敘潤色，以全本體；其二十六，博採古今瑰
瑋之事，文章煥炳，德義可觀……雖未足綱紀國體，宣洽時雍，庶幾觀察，
增闡聖聽，惟因萬機之餘暇，遊意省覽焉。」〔註152〕獻帝善之。時始遷都
於許，舊章堙沒，書記罕存，劭乃綴集所聞，著漢官、禮儀故事，凡朝廷制
度，百官典式，多劭所立。可見應劭知識淵博，深通典章，熟悉舊事，喜好
採擷古今瑰瑋之事。《風俗通義》原本亡佚，今存殘本十卷，題爲皇霸、正
失、愆禮、過譽、十反、聲音、窮通、祀典、怪神、山澤。此外，宋蘇頌《蘇
魏公文集・校〈風俗通義〉題序》列其餘篇名可見者：曰心政、古制、陰教、
辨惑、折當、恕度、嘉號、徽稱、情遇、姓氏、諱篇、釋忌、輯事、服妖、

〔註151〕劉文典撰，馮逸、喬華點校：《淮南鴻烈集解》，北京：中華書局，1989 年版，
　　　　　第 700～707 頁。
〔註152〕〔南朝〕宋范曄撰，唐李賢等注：《後漢書》，北京：中華書局，1965 年版，
　　　　　第 1612～1613 頁。

喪祭、宮室、市井、數紀、新秦、獄法。〔註153〕一部書而涉及如此廣博的知識領域，的確是極爲罕見的。

應劭《風俗通義》之後，略帶博物性質的子書，有曹丕《典論》，以及傅玄《傅子》。曹丕博覽群書，以著述爲務，其《典論》，在一定程度上爲矜博尚學之書。葛洪《抱朴子內篇・論仙》稱：「魏文帝窮覽洽聞，自呼於物無所不經。」今存其文集中有一些是與人談論食物、衣物的，可見曹丕在此方面知識的淵博。其《典論》也顯示了豐富的博物知識。《博物志》卷四引錄其書辨析「諸物相似亂者」的一節文字：「武夫怪石似美玉；蛇床亂蘼蕪；薺苨亂人參；杜衡亂細辛；雄黃似石硫黃；鯿魚相亂，以有大小相異；敵休亂門多；百步似門多；房葵似狼毒；鉤吻草與荇華相似；拔楔與萆薢相似，一名狗脊。」〔註154〕書中還對火浣布的有無，表示了否定的看法，雖事實證明他是錯的，但究其原因，仍在於他對自己博物知識的過份自信所致。〔註155〕傅玄博學多識，《傅子》篇幅逾百卷，除政略治術的論述，以及人物事蹟的記載評斷外，還有關於學術問題的探討，音樂的考證，甚至民間傳聞的記述，與三國時期的其他儒家子書相比，內容顯然較爲博雜。略引幾條，以窺一斑：

西國胡人言：「蘇合香者，是獸便所作也。」中國皆以爲怪，獸便而臭，忽聞西極獸便而香，則不信矣。

長人數丈，身橫九畞，兩頭異頸，四臂共骨。老人生角，男女變化。何益于賢愚邪？

長老說，漢桓帝時，大將軍梁冀以火澣布爲單衣。嘗大會賓客，行酒公卿朝臣前，冀陽爭酒爭杯而汙之，冀僞怒，解衣而燒之。布得火煒華，赫然而熾，如燒凡布，垢盡火滅，粲然絜白，若用灰水澣之焉。〔註156〕

〔註153〕　參見王利器撰：《風俗通義校注》附錄，北京：中華書局，1981年版，第630頁。

〔註154〕　〔晉〕張華撰，范寧校證：《博物志校證》，北京：中華書局，1980年版，第47頁。

〔註155〕　〔晉〕干寶《搜神記》云：「漢世，西域舊獻此布（火浣布），中間久絕。至魏初，時人疑其有文無實。文帝以爲火性酷烈，無含生之氣，著之《典論》，明其不然，曰：『不然之事，絕智者之聽。』及明帝立，詔三公曰：『先帝昔著《典論》，不朽之格言。其利刊石於廟門之外及太學，與石經並，以爲永示後世。』至此（青龍三年二月），西域使至，始獻火浣布焉。於是刊滅此論，而天下笑之。」〔宋〕李昉等編《太平御覽》卷820引，中華書局，1960年版，第3652頁。

〔註156〕　〔清〕嚴可均：《全晉文》卷49，《全上古三代秦漢三國六朝文》，北京：中

明帝時，太原人發冢破棺，棺中有一生婦人，將出與語，生人

也。送之京師，問其本事，不知也。視其冢上樹木，可三十歲，不

知此婦人三十歲常生於地中邪？將一朝欻然生，偶與發冢者會也？

〔註157〕

明顯呈現與徐幹《中論》、杜恕《體論》的異樣風貌。

二、張華《博物志》與傳統雜家類子書的差異

張華更是魏晉時期以博學著稱的風雲人物。其父官至漁陽郡守，但早卒，華少孤貧，以牧羊爲生，期間自學成才，因其未受到如高門大族子弟一樣的正統教育的束縛，他的眼界反而特別開闊，涉獵當時幾乎所有的知識領域，以超乎想像的博學，爲時人所驚異。入晉後，張華雖爲武帝、惠帝兩朝重臣，而博學通覽的興趣未衰，喜歡識鑒、延攬人材。《晉書》卷三十六《張華傳》載：「華學業優博，辭藻溫麗，朗贍多通，圖緯方伎之書莫不詳覽……華強記默識，四海之內，若指諸掌。武帝嘗問漢宮室制度及建章千門萬戶，華應對如流，聽者忘倦，畫地成圖，左右屬目。帝甚異之，時人比之子產……華性好人物，誘進不倦，至於窮賤侯門之士有一介之善者，便諮嗟稱詠，爲之延譽。雅愛書籍，身死之日，家無餘財，惟有文史溢於機篋。嘗徙居，載書三十乘。秘書監摯虞撰定官書，皆資華之本以取正焉。天下奇秘，世所希有者，悉在華所。由是博物洽聞，世無與比。」張華爲西晉前期的詩文名家，其子書著述有《博物志》十篇。

《博物志》的記述重點在於地理博物，《隋書·經籍志》列於雜家類，陳振孫《直齋書錄解題》、《宋史·藝文志》同。今傳《博物志》十卷已非原貌，而是經過後人刪削改動的一個本子。在這個本子之外，還有一些佚文散見於他書，其中有關地理的較多。清代學者王謨，乃輯佚名家，尤精於古代地理博物類著述的輯佚，撰有《漢唐地理書鈔》，其《博物志跋》指出：「其軼文猶時時散見他書，而《後漢書·郡國志》注所引《博物志》，遂至有四十六條之多，由張氏鑒省《禹貢》、《山海經》、地志而作是志，故於地理特詳。既以地理略冠首矣，第六卷又有地理考如《郡國志》注所引，殆即本卷所刪。又裴駰《史記集解》於公冶長、望諸君、趙奢、武涉墓所，亦引張華說……其

華書局，1958 年版，第 1741 頁。

〔註157〕 〔清〕嚴可均：《全晉文》卷 50，《全上古三代秦漢三國六朝文》，北京：中
　　　　　華書局，1958 年版，第 1743 頁。

他如裴松之《三國志注》、酈道元《水經注》、李善《文選注》，以及唐宋人類書中所引，爲今志所不載者尤多，裒而輯之，尙可數卷。」〔註158〕余嘉錫指出：「嘗取而讀之，乃知茂先此書大略撮取載籍所爲，故自來目錄皆入之雜家。其體例之獨創者，則隨取撮取之書，分別部居，不相雜廁。」〔註159〕後來的一些子書或多或少採用此種著述方式。今人范甯先生有《博物志校證》，並附輯佚二百餘條。

張華博覽群書，《博物志》採擷晉以前典籍的材料，舉凡地理山川、殊方異域、草木鳥獸、人物軼事、神仙方術、傳說故事、名物考據等，皆彙聚書中，堪稱西晉時期一部以地理博物爲主而又雜取神話、古史、雜說等內容的子部著述。對此，李劍國先生概括云：「《博物志》上承《山海經》、《神異經》、《洞冥記》一系，而內容更加廣泛，實際是地理博物雜說異聞的總匯，但地理博物的內容仍處於突出地位，故書以『博物』爲名。就其取材來說，除少數爲自記近世見聞外，大都錄自春秋戰國秦漢古書，可考者約有四十種左右。」〔註160〕其概括是較爲妥當的。

《博物志》被《隋志》列於雜家，但它與傳統意義上的雜家著作在寫作旨趣上差異甚大。《漢志》《隋志》等史志書目概括雜家，皆突出強調其主於治道教化而綜貫百家之說的兼容性特點。《漢書·藝文志》曰：「雜家者流，蓋出於議官。兼儒墨，合名法，知國體之有此，見王治之無不貫，此其所長也。及蕩者爲之，則漫羨而無所歸心。」《隋書·經籍志》曰：「雜者，兼儒墨之道，通眾家之意，以見王者之化，無所不貫者也……放者爲之，不求其本，材少而多學，言非而博，是以雜錯漫羨，而無所指歸。」唐前的某些子家在有關論述中也往往揭示雜家博取兼綜的特色，如魏王弼《老子指略》有云：「法者尙乎齊同，而刑以檢之……雜者尙乎眾美，而總以行之。夫刑以檢物，巧僞必生……雜以行物，穢亂必興。」傳爲北齊劉晝所撰的《劉子·九流篇》，概括雜家之兼容並蓄則更爲全面，在儒墨名法之外，還指出其包容陰陽、道德、縱橫、農諸家，云：「明陰陽，本道德，兼儒墨，合名法，

〔註158〕〔晉〕張華撰，范甯校證：《博物志校證》附錄，北京：中華書局，1980 年版，第 151 頁。
〔註159〕余嘉錫撰：《四庫提要辯證》，卷 18「《博物志》十卷」條，昆明：雲南人民出版社，2004 年版，第 979 頁。
〔註160〕李劍國：《唐前志怪小說史》（修訂本），天津：天津教育出版社，2005 年版，第 265 頁。

苞縱橫，納農植，觸類取與，不拘一緒。」以此種雜家觀來看張華《博物志》，顯然旨趣迥異。其一，《博物志》的寫作旨趣不在於關注治道方面；其二，與第一點密切相關，因爲作者寫作旨趣並非爲人君提供政略治術，故立足於「爲治」基礎上的百家思想，當然也被排除於此書寫作的關注範圍之外。但值得指出的是，《博物志》與傳統意義上的子書，還是有所關聯的。其一，正如《漢志》、《隋志》所揭示，雜家著述在主於治道、兼容百家的主流之外，該學派還有一些不盡追隨主流或者說不合主流標準的著述，即《漢志》所謂「及蕩者爲之，則漫羨而無所歸心」；《隋志》在此基礎上進一步指出：「放者爲之，不求其本，材少而多學，言非而博，是以雜錯漫羨，而無所指歸。」謂此類著述在寫作旨趣上未本於治道教化，思想貧乏，言說偏頗，雖博學多覽，但雜錯散漫、無所指歸。《博物志》之所以被《隋志》列於雜家，是因爲其性質大抵屬於此類著述。其二，傳統意義上的雜家著述，主於治道而兼綜百家，但諸子百家的著述原本就有溢出治道教化的內容，換句話說，就是有與社會政治教化沒有直接關聯的內容，雜家著述之兼綜諸子百家，勢必會吸納其中溢出治道教化的內容。先秦西漢的雜家著述已呈現這樣的情況，如本文前面提及的《尸子》、《淮南子》，以及東漢的《論衡》、《風俗通義》，書中或多或少皆顯示這種情況，但還未到喧賓奪主的地步。《博物志》喧賓奪主，是此種現象的極端化的產物。

這種現象的產生，緣於當時人們著述觀念的變化。就是對人們博學素質的重視。伴隨著儒學的衰微，社會思想的相對解放，人們的治學視野及寫作興趣日益廣泛，輿地及博物之學趨於盛行，尚博好異風氣普遍流行開來，博通各種知識成爲時尚。《山海經》之類地理博物志怪書籍，以其內容廣博奇異，頗爲魏晉人們喜愛。張華學業優博，圖緯方技之書，莫不詳覽，尤熟悉《山海經》，其《博物志》記述殊方異域，以及奇珍異寶、動植物等，多來自於《山海經》，甚至一併採擷《山海經》的某些神話故事。又有郭璞，亦以博學超群而著稱，曾注釋《山海經》，且成爲流傳久遠的權威文本。陶淵明博覽群書，明確表示特別喜愛《山海經》。其他如西晉車茂安《與陸雲書》稱贊陸雲的書牘內容富贍，便拈來《山海經》、《異物志》等地理博物著述以爲比擬。《晉書》之《張華傳》、《郭璞傳》、《葛洪傳》等篇對傳主學術興趣的記載大致折射了這種風尚。葛洪崇尚博學多識，高揚立言不朽的觀念，其《抱朴子外篇·疾謬》針對漢末以來某些輕薄之徒失禮放誕、不學無術的狀

態，他予以強烈抨擊：「凡彼輕薄之徒，雖便辟偶俗，廣結伴流，更相推揚，取達速易；然率皆皮膚狡澤，而懷空拘虛，有似蜀人瓠壺之喻，胸中無一紙之誦，所識不過酒炙之事……若問以墳、索之微言，鬼神之情狀，萬物之變化，殊方之奇怪，朝廷宗廟之大禮，郊祀禘祫之儀品，三正四始之原本，陰陽律曆之道度，軍國社稷之典式，古今因革之異同，則恍悸自失，暗嗚俛仰，濛濛焉，莫莫焉。」對輕薄之徒的空虛情狀有入木三分的揭露，「若問」云云，猶寫得淋漓酣暢、栩栩如生。其中所臚述的知識範圍很廣，既含政略治術，軍事謀略，也有禮儀制度，天文曆數，還有地理博物，鬼神情狀等等，已遠遠超越傳統儒家知識分子的知識領域，而顯示出一種鮮明的博涉化、知識化的價值評判態度和立場。此傾向同於張華。

三、《博物志》的內容

　　《博物志》內容豐富，天地高厚、日月晦明，四方人物、昆蟲草木，神話方技、歷史傳說，無不備載，這與張華之博覽群書、學識淵博密不可分。《晉書·張華傳》記載張華「雅愛書籍，身死之日，家無餘財，惟有文史溢於機篋……天下奇秘，世所希有者，悉在華所」，還記載張華「強記默識，四海之內，若指諸掌」，就連「圖緯方伎之書，莫不詳覽」。《晉書》中還記載幾則故事：第一則「武帝嘗問漢宮室制度及建章千門萬戶，華應對如流，聽者忘倦，畫地成圖，左右屬目」；第二則「武庫封閉甚密，其中忽有雉雛。華曰：『此必蛇化為雉也。』開視，雉側果有蛇蛻焉。」「吳郡臨平岸崩，出一石鼓，槌之無聲。帝以問華，華曰：『可取蜀中桐材，刻為魚形，扣之則鳴矣。』於是如其言，果聲聞數里」。〔註161〕此類記載的可信度如何，當然是個問題，但它足以說明張華在西晉士人中博學洽聞、無與倫比，引起史家的高度重視。《博物志》之成書與張華的博物洽聞是分不開的。

　　《博物志》的內容繼承了《山海經》、《神異經》、《十洲記》等地理博物類著述關於山川地理、異國異民、怪獸異草的記述傳統，並且有所突破，這大致體現在兩個方面，一是雜考雜說、史補異聞等內容的增加，二是寫實性明顯有所增強。《隋志》、《直齋書錄解題》等書目將其列於子部雜家類，而不列於子部小說家類，蓋由於此。

〔註161〕〔唐〕房玄齡等撰：《晉書》，卷36《張華傳》，北京：中華書局，1974年版，第1068～1077頁。

1、關於山川地理，遠國異民，珍草異木、鳥獸蟲魚的記述（主要在前三卷）。

《山海經》等沒有關於古中國完整的地理觀，某些零星的記載，也屬虛無縹緲，如《海外東經》有一則記載：「帝命豎亥步，自東極至西極，五億十選九千八百步。豎亥右手把算，左手指青丘北。」《博物志》則初步產生古代中國完整的地理觀，而且記載趨於寫實。先概述古中國在整個世界的位置，整個世界是以高聳的崑崙山為中心，分為八十個州，古中國只是它的一個組成部分。再具體寫古中國的疆域之大，東至蓬萊，西至隴右，右跨京北，前及衡嶽，堯時分為九州，禹時分為十二個州，指出古中國的疆域是不斷變化的。再分述秦、楚、燕、齊等十四個地區的疆域位置，性質屬於實筆。

《博物志》關於遠國異民的記載，大都取自《山海經》、《括地圖》、《十洲記》、《墨子》等古書。其中軒轅國、白民國取自《海外西經》，君子國取自《海外東經》，讙兜國、三苗國、交趾國取自《海外南經》，子利國取自《海外北經》，孟舒國、大人國取自《括地圖》。書中的記載或與古書不完全相同，而互有異文。如關於軒轅國的記載，《海外西經》曰：「軒轅之國在此窮山之際，其不壽者八百歲。在女子國北。人面蛇身，尾交首上。」關於讙兜國的記載，《海外南經》曰：「讙頭國在其南，其為人人面有翼，鳥喙，方捕魚。」《博物志》曰：「夷海內西北有軒轅國，在窮山之際，其不壽者八百歲。渚沃之野，鸞自舞，民食鳳卵，飲甘露」；「讙兜國，其民盡似僬人。帝堯司徒。讙兜民。常捕海島中，人面鳥口，去南國萬六千里，盡似僬人也」。〔註162〕可見作者並非完全照搬原書，而是以彼為據而有所改寫。有的記述加工改寫的成分較多，如關於穿胸國：「穿胸國，昔禹平天下，會諸侯會稽之野，防風氏後到，殺之。夏德之盛，二龍降之。禹使范成光御之，行域外。即周而還至南海，經房風，房風之神二臣以塗山之戮，見禹使，怒而射之，迅風雷雨，二龍升去，二臣恐，以刃自貫其心而死。禹哀之，乃拔其刃療以不死之草，是為穿胸民」。〔註163〕張華《博物志》卷一序云：「余視《山海經》及《禹貢》、《爾雅》、《說文》、地志，雖曰悉備，各有所不載者，作略說。出所不見，粗

〔註162〕〔晉〕張華撰，范甯校證：《博物志校證》附錄，北京：中華書局，1980 年版，第 21 頁。
〔註163〕〔晉〕張華撰，范甯校證：《博物志校證》附錄，北京：中華書局，1980 年版，第 22 頁。

言遠方……博物之士，覽而鑒焉。」〔註164〕強調其書將對《山海經》等前代著述言而未詳的事物有所補充說明。如《海外南經》述及「三株樹」和「不死民」，交代「其爲人黑色，壽，不死」，但沒有交代爲何不死。張華《博物志》卷一則予以補充交代云：「三株樹生赤水之上。員丘山上有不死樹，食之乃壽。有赤泉，飲之不老。」〔註165〕

　　《博物志》關於珍草異木、鳥獸蟲魚的記載，既取材於《山海經》、《神異經》等，也明顯受到魏晉地志中異物志的影響，相比《山海經》等典籍，其寫實性有所加強，如寫射工、海蜇：「江南山谿水中射工蟲，甲類也。長一二寸，口中有弩，形氣射人影，隨所著處發瘡，不治則殺人。今蠷螋蟲溺人影，亦隨所著處生瘡。」〔註166〕「東海有物，狀如疑血，從廣數尺方員，名曰鮓魚，無頭目處所，內無藏，眾蝦附之，隨其東西，人煮食之。」〔註167〕後來的子書，如葛洪的《抱朴子》就多有此類記述。較爲新鮮、能給讀者留下深刻印象的爲卷三「異獸」子目之「蜀山猳玃」條的記述：「蜀中南高山上，有物如獼猴，長七尺，能人行，健走，名曰猴玃，一名馬化，或曰猳玃。伺行道婦女有好者，輒盜之以去，人不得知。行者或每遇其旁，皆以長繩相引，然故不免。此得男子氣自死，故取女也。取去爲室家。其年少者，終身不得還，十年之後，形皆類之，意亦迷惑，不復思歸。有子者，輒俱送還其家，產子皆如人。有不食養者，其母輒死，故無敢不養也。及長，與人不異，皆以楊爲姓。故今蜀中西界多謂楊，率皆猳玃、馬化之子孫，時時相有玃爪者也。」〔註168〕作者把古老的猿猴傳說和盜取人婦結合起來，創作出蜀山猳玃盜婦的故事，對後世小說影響深遠。〔註169〕

〔註164〕〔晉〕張華撰，范寧校證：《博物志校證》附錄，北京：中華書局，1980年版，第7頁。
〔註165〕〔晉〕張華撰，范寧校證：《博物志校證》附錄，北京：中華書局，1980年版，第13頁。
〔註166〕〔晉〕張華撰，范寧校證：《博物志校證》附錄，北京：中華書局，1980年版，第37～38頁。
〔註167〕〔晉〕張華撰，范寧校證：《博物志校證》附錄，北京：中華書局，1980年版，第38頁。
〔註168〕〔晉〕張華撰，范寧校證：《博物志校證》附錄，北京：中華書局，1980年版，第36頁。
〔註169〕參見李劍國：《唐前志怪小說史》，天津：天津教育出版社，2005年版，第261頁。

2、關於方技方術（卷四、卷五）、雜考（卷六）。卷四分爲物性、物理、物類、藥物、藥論、食忌、藥術、戲術等八個子目，卷五分爲方士、服食、辨方士等三個子目。漢魏以來時方士方術盛行於世，張華熟悉有關知識，《晉書》本傳稱他「圖緯方伎之書莫不詳覽」，還記述其結交方士雷煥之事，故書中出現類似內容本在情理之中。卷五集中描寫廬江左慈、甘陵甘始、陽城郤儉、潁川陳元方等方士的奇異方術。卷四記述削木取火、用珠取火、煉丹成銀、蜻蜓変珠、魚塊化魚，大致也屬方士異術。卷六是雜考，內容分爲人名考、文籍考、地理考、典禮考、樂考、服飾考六類，大都敘述平實，在性質上與前三卷地理博物之記述中的虛實雜糅頗爲不類。此類內容在張華以前或同時及稍後的子書中時有所見，如應劭《風俗通義》、崔豹《古今注》，以及傅玄《傅子》、袁準《正論》、裴夷《新言》、王嬰《古今通論》、虞喜《志林》等，或多或少出現此類內容。《博物志》被《隋志》等書目列於雜家，而非小說家，此類內容自然是其依據。

3、關於異聞傳說、逸史雜說（卷七至卷十）。《博物志》卷七是異聞、卷八是史補、卷九卷十是雜說，內容或記神話傳說、或記人物軼事、或記前代異聞、或記近世詭異。比之本書前面幾卷中對於神話傳說「叢殘小語」式的記述，作者在這四卷中，雖依據神話傳說，但往往自覺地加強演繹故事的力度，因而使其內容成爲全書中小說性最濃的部分。自然，這也成爲古今人們將其書列於小說家類的主要依據。但這幾卷的某些內容，也有一些類似的記載見於其他古今子書的，如卷七記載了三則關於人死而復生的故事，此類故事在張華之前傅玄的《傅子》中已經可見；卷十記載劉某醉酒千日，類似的內容戰國子書《尸子》就有記載，只不過由食果而醉變爲飲酒而醉，醉的時間由三百年變爲一千日。不過總體來看，《博物志》在此類記述方面要比以前子書的同類記述的水平高出一籌，有些故事想像奇妙，具有濃重的藝術魅力，如卷十「八月槎」條：

> 舊說云天河與海通。近世有人居海渚者，年年八月有浮槎去來，不失期。人有奇志，立飛閣於查上，多齎糧，乘槎而去。十餘日中，猶觀星月日辰，自後芒芒忽忽，亦不覺晝夜。去十餘日，奄至一處，有城郭狀，屋舍甚嚴。遙望宮中多織婦，見一丈夫牽牛渚次飲之。牽牛人乃驚問曰：「何由至此？」此人具說來意，並問此是何處，答曰：「君還至蜀郡，訪嚴君平則知之。」竟不上岸，因還如

期。後至蜀，問君平，曰：「某年月日有客星犯牽牛宿。」計年月，
　正是此人到天河時也。〔註170〕

這可謂一則古人關於宇宙航行的科幻故事。張華稍後，葛洪《抱朴子內篇‧雜應》記載以棗心木飛車傲遊太空，可謂古人心目中關於螺旋槳式飛行器的設想；王嘉《拾遺記》卷一「唐堯」條記載堯時「貫月槎」則同於張華所記之「八月槎」，亦可謂古人關於太空飛行器的設想，其中皆蘊含著古代人們對於自由飛翔的強烈的渴望。

四、崔豹《古今注》、郭義恭《廣志》、陸機《要覽》及虞喜《志林》

　　與張華同時期或稍晚的崔豹撰有《古今注》三卷，《隋志》列於子部雜家類，《兩唐志》、《崇文書目》、《直齋書錄解題》、《宋史‧藝文志》、《四庫全書總目》等重要書目著作也列其爲雜家。其書三卷共八篇：依次爲：輿服、都邑、音樂、鳥獸、魚蟲、草木、雜注、問答釋義。與張華《博物志》記述內容之虛實雜糅迥異，崔豹此書對各類事物的解說記述，基本遵循徵實的原則，書中內容雖多少受到作者本身見聞及所處時代認識水平的局限，難免有所牽強附會，但很少有意而爲的虛飾成份，因而對於後人瞭解古代的有關知識，具有較高的學術價值。故晚清譚獻評價《古今注》云：「記誦短書，亦云博識，膏馥沾溉，箋注家所不廢。」〔註171〕

　　如卷三「音樂」對某些樂府歌曲之作者及寫作緣起的記述：

　　　《箜篌引》，朝鮮津卒霍里子高妻麗玉所作也。子高晨起，刺船而櫂，有一白首狂夫，被髮提壺，亂流而渡，其妻隨呼止之，不及，遂墮河水死。於是援箜篌而鼓之，作《公無渡河》之歌。聲甚悽愴，曲終自投河而死。霍里子高還，以其聲語妻麗玉。玉傷之，乃引箜篌而寫其聲，聞者莫不墮淚飲泣焉。麗玉以其聲傳鄰女麗容，名曰《箜篌引》。〔註172〕

　　　《薤露》、《蒿里》，並喪歌也。出田橫門人。橫自殺，門人傷之，爲之悲歌。言人命薤上之露，易晞滅也；亦謂人死，魂魄歸乎

〔註170〕〔晉〕張華撰，范甯校證：《博物志校證》，北京：中華書局，1980年版，第111頁。
〔註171〕譚獻：《復堂日記》，石家莊：河北教育出版社，2000年版，第108頁。
〔註172〕〔晉〕崔豹：《古今注》，北京：中華書局，1985年版，第10頁。

蒿里，故有二章。一章曰：「薤上朝露何易晞，露晞明朝還復滋，人死一去何時歸。」其二曰：「蒿里誰家地，聚斂精魄無賢愚。鬼伯一何相催促，人命不得少踟蹰。」至孝武時，李延處乃命分為二曲，《薤露》送王公貴人，《蒿里》送士大夫庶人，使挽柩者歌之。世亦呼為「輓歌」，亦謂之「長短歌」，言人壽命長短定分，不可妄求也。〔註173〕

因其富有學術價值，故至今仍為學界所重。又如卷五記述某些昆蟲、魚類：

蛺蝶，一名野蛾，一名風蝶，江東人謂為撻末，色白背青者是。其大如蝙蝠者，或黑色，或青斑，名為鳳子，一名鳳車，亦曰鬼車，生江南柑橘園中。〔註174〕

水君，狀如人乘馬，眾魚皆導從之，一名魚伯，大水乃有之。漢末有人於河際見之。人馬，有鱗甲，如大鯉魚，但手足耳目鼻與人不異爾，見人良久乃入水。〔註175〕

卷六記述某些某些花草：

萬連，葉如鳥翅，一名鳥羽，一名鳳翼，花大者其色多紅綠。紅者紫點，綠者紺點，俗呼為僊人花，一名連纈花。

酒杯藤出西域，藤大如臂，葉似葛花，實如梧桐實，花堅，皆可以酌酒，自有文章，瑩徹可愛，實大如指，味如豆蔻，香美消酒，土人提酒至藤下，摘花酌酒，仍以實消醒。國人寶之，不傳中土，張騫至大宛得之。〔註176〕

記述簡潔，文筆平實，而不乏韻致。

郭義恭《廣志》，《隋書·經籍志》、《新唐書·藝文志》等書目列於雜家。已佚。清人馬國翰據唐宋諸類書及其他典籍輯得佚文二百餘條〔註177〕，收入《玉函山房輯佚書》中。從今存佚文來看，此書與崔豹《古今注》又有所差異，作者將記述內容集中於地理博物方面，而不涉及其他。全書記述涉及地域廣泛，中華各地之外，還涉及殊方異域；記述的方式為以地繫物，提示物

〔註173〕〔晉〕崔豹：《古今注》，北京：中華書局，1985年版，第10頁。
〔註174〕〔晉〕崔豹：《古今注》，北京：中華書局，1985年版，第14頁。
〔註175〕〔晉〕崔豹撰，崔傑校點：《古今注》，瀋陽：遼寧教育出版社，1998年版，第15頁。
〔註176〕〔晉〕崔豹：《古今注》，北京：中華書局，1985年版，第18頁。
〔註177〕少量條目可能經南北朝人增補。

的空間背景，而重點在於記物，故書中物類之豐富，在張華《博物志》及崔豹《古今注》之上。與崔豹《古今注》相似，郭義恭撰作此書態度嚴謹，以寫實爲原則，無意於主觀的虛構，有較高的文獻價值。茲引錄幾條，以窺一斑：

> 烏秅之西，有懸度之國，山溪不通，引繩而度，故國得其名也。其人山居，佃于石壁間，累石爲室，民接手而飲，所謂猨飲也。有白草、小步馬，有驢無牛。是其懸度乎？〔註178〕

> 新成縣有冷泉，水冷如冰。在湖縣有鹽泉，煮則爲鹽；有醴泉，用之愈疾。〔註179〕

> 建寧郡，其氣平，冬不極寒，夏不極暑，盛夏如此五月，盛冬如此九月。天下之異地，海內唯有此。按《月令》記五氣中之位，宜在西南，如此，豈當土行之方、戊巳之域乎？〔註180〕

> 安息大雀，雁身，蹄似橐駝，色蒼，舉頭高八九尺，張翅丈餘，食大麥，卵如瓮。〔註181〕

> 荔支，高五六丈，如桂樹，綠葉蓬蓬然，冬夏鬱茂，青華朱實。實大如雞子，核黃黑，似熟蓮子。實白如肪，甘而多汁，似安石榴，有甜味。夏至日將巳時，翕然俱赤，則可食也。一樹下百斛。犍爲僰道南，荔支熟時，百鳥肥。其名之曰焦核，小次曰春花，次曰朝偈，此三種爲美。次鼈卵，大而酸，以爲醢。〔註182〕

文筆簡潔切實，或生動傳神，知識含量較高。「建寧郡」條，對古代雲南一些地方氣候的揭示，竟然與今人對該地區氣候的感受相似，其寫實性於此可見。

陸機《要覽》，《舊唐書·經籍志》、《新唐書·藝文志》皆列於雜家。已佚。今存清人馬國翰輯本，收入其《玉函山房輯佚書》中。又今人金濤聲整

〔註178〕〔北魏〕酈道元著，陳橋驛校證：《水經注校證》，卷1，北京：中華書局，2007年版，第4頁。

〔註179〕〔唐〕歐陽詢撰，汪紹楹校：《藝文類聚》，卷9，上海：上海古籍出版社，1982年版，第165頁。

〔註180〕〔宋〕李昉等撰：《太平御覽》，卷791，北京：中華書局，1960年版，第3504頁。按此條馬國翰輯本失收。

〔註181〕〔宋〕李昉等撰：《太平御覽》，卷920，北京：中華書局，1960年版，第4095頁。

〔註182〕〔宋〕李昉等撰：《太平御覽》，卷971，北京：中華書局，1960年版，第4306頁。

理《陸機集》附錄也有《要覽》輯本，所收條目略多於馬國翰本，凡十五條。就這些佚文看，陸機《要覽》多為名物雜記，如：

> 列子御風，常以立春歸于八荒，立秋遊乎風穴。是風至則草木發生，去則搖落，謂之離合風。〔註183〕

> 昔羽山有神人焉，逍遙於中岳，與左元放共遊子訓所，坐欲起，子訓應欲留之，一日之中三雨。今呼五月三時雨，亦為留客雨。〔註184〕

其性質類似於崔豹《古今注》。

東晉前期虞喜《志林》（或稱《志林新書》），已佚。清人馬國翰據《三國志》裴注、《文選》李注、《史記》三家注、《太平御覽》等書籍輯錄其佚文，得四十餘條，編為一卷，收入《玉函山房輯佚書》。據馬氏所輯虞喜《志林新書》的佚文來看，其書內容駁雜，包括名物考據、地理博物雜記〔註185〕、東吳人物軼事、神話故事，等等，與崔豹《古今注》、郭義恭《廣記》之內容近似，《隋志》及《兩唐志》皆列於儒家，欠妥，故筆者在此改列其為雜家。虞氏為會稽名族，先輩族人多仕於東吳，虞喜《志林新書》較多記述吳越一帶的有關事物、傳說故事及東吳人物軼事。如書中記述王質觀棋之仙境遊歷傳說，云：「信安山石室，王質入其室，見二童子方對棋，看之。局未終，視其所執伐薪柯，已爛朽。遽歸，鄉里已非矣。」〔註186〕六朝人關於此類傳聞的記述，還有一些，但未有早於虞喜的。記述浙江名稱緣起：「今錢塘江口，折山正居江中，潮投山下折而曲。一云江有反濤，水勢所歸，故云浙江。」〔註187〕記述鱷魚之兇猛：「南方有鱷魚，喙長八尺，秋時最甚，

〔註183〕〔宋〕李昉等撰：《太平御覽》，卷9，北京：中華書局，1960年版，第47頁。

〔註184〕〔宋〕李昉等撰：《太平御覽》，卷22，北京：中華書局，1960年版，第106頁。

〔註185〕按北宋學者李復曾打算編撰輿地志書，有云：「前世作者，其紀類條目，在天必考星辰所臨以別野，在地則以《禹貢》所分以定區域。其間郡邑山川、物產風俗，與夫故事遺跡，舊書所載無不闕略，亦多訛謬。蓋有得於傳聞……且如盛弘之《荊州記》、《晉太康記》、虞喜《地林》（按「地林」誤，應為「志林」）、《三輔決錄》、《鄴中記》、辛氏《三秦記》、《括地志》、《寰宇記》、《述征記》、《水經》，似此等書不啻百餘家，苟盡能得之，廣聚其言，博為採擇，又詢於知者，及得好事者共成之，待以歲月，或有可就之理。」（《潏水集》卷三《答李忱承議書》）李復將虞喜《志林》與漢至宋諸地志類書籍相提並論，可見此書之中必有不少輿地方面的內容。

〔註186〕〔清〕馬國翰撰：《玉函山房輯佚書》，揚州：廣陵書社，2005年版，第2622頁。

〔註187〕〔清〕馬國翰撰：《玉函山房輯佚書》，揚州：廣陵書社，2005年版，第2626頁。

人在舟邊者，魚或出頭食人，故人持戈於船側而禦之。」（同上）記述遠古神話傳說：「黃帝與蚩尤戰於涿鹿之野，蚩尤作大霧，彌三日，軍人皆惑。黃帝乃令風後法鬥機，作指南車以別四方，遂擒蚩尤。」（同上）又記述東吳人物軼事，涉及孫休好讀書、好打獵；諸葛恪少時聰穎過人；賀齊性奢侈，喜兵器。虞喜博覽群書，治學嚴謹，《志林新書》涉及考辯的內容頗多，有關於人物事蹟的，有關於禮儀制度的，有關於名物的，不一而足，可謂晉代雜家子書作家注重考證的代表人物。

結　語

　　長期以來，六朝往往被視爲文章的衰落時期，在此觀念流行中影響較大的話語，有所謂「文起八代之衰」之說。此說起自於對韓愈的推崇。北宋大文豪蘇軾撰《潮州韓文公廟碑》有云：

> 自東漢以來，道喪文弊，異端並起，歷貞觀開元之盛，輔以房、杜、姚、宋而不能救，獨韓文公起布衣，談笑而麾之，天下靡然從公，復歸於正，蓋三百年於此矣。文起八代之衰，而道濟天下之溺，忠犯人主之怒，而勇奪三軍之帥。豈非參天地，關盛衰，浩然而獨存者乎？〔註1〕

　　「八代文之衰」的命題，出於此。韓愈作爲中唐時期繼承儒家思想傳統，以及扭轉文壇風尚方面的一個極其關鍵的人物，其重要作用和意義當然值得肯定與贊揚。但碑文歷來旨在贊美，言過其實者比比皆是，聲名遠播的文豪也不能免俗，蘇軾當然亦不例外，他的這段充滿激情的文字，難免有所誇張。這種情況下的誇張人們可以理解。但不可否認，這種誇張性的欠客觀的表述，出於他這樣的文壇權威之口，很容易造成負面後果，即爲後世的盲從者無視六朝（魏、晉、宋、齊、梁、陳，加上之前的東漢、之後的隋，則合稱「八代」）文的價值，對其進行貶斥抹殺提供了口實。

　　若就此話題予以回溯，可知在蘇軾之前，業已出現指責六朝文壇風尚的聲音。較早的是蕭梁裴子野，其《雕蟲論》重點批評南朝齊梁文人，指責他們的創作背離儒家傳統，熱衷於抒發個人情懷、描寫自然景物：

〔註1〕　王運熙主編，王水照、聶安福選注：《唐宋八大家書系‧蘇軾卷》，北京：中國工人出版社，1997年版，第365頁。

> 罔不摒落六藝，吟詠情性……淫文破典，斐爾爲功，無被於
> 管絃，非止於禮義。深心主卉木，遠致極風雲，其興浮，其志弱。
> 〔註2〕

之後，隋李諤《上書正文體》更把六朝文說得一無是處，打擊面進一步擴大到曹操、曹丕等魏晉作家：

> 魏之三祖，更尚文詞，忽君人之大道，好雕蟲之小藝，下之從
> 上，有同影響，競騁文華，遂成風俗。江左齊梁，其弊彌甚……競
> 一韻之奇，爭一字之巧。連篇累牘，不出月露之形；積案盈箱，唯
> 是風雲之狀。〔註3〕

至唐代中葉，這期間雖然有李世民《晉書‧陸機傳論》、張說《齊黃門侍郎盧思道碑》等文，在一定程度上正面評價了六朝文人，但大體上是罵聲不絕，且呈現進一步擴大化的否定趨勢，或將批評的矛頭指向先秦兩漢的屈原、宋玉、司馬相如等。這批人有王通、蕭穎士、李華、獨孤及、柳冕、梁肅、元稹、白居易，其中王通、柳冕尤爲偏激。王通《中說‧事君》把南朝一大批著名文人罵爲小人、詭人、貪人、淺人、狂人；柳冕《與徐給事論文書》《與滑州盧大夫論文書》等文，把屈原、司馬相如至建安的作家一概罵倒，斥其作品爲「淫麗之文」、「亡國之音」。韓愈、柳宗元承之，〔註4〕但二人之批評範圍相對有所收斂，口氣上也較有分寸。他們反覆提倡的是文章要宣揚儒家思想，強調文章輔助政治的教化功能，六朝文章中空前多地出現了表現個人日常生活情懷，描寫自然景物，或記述傳聞軼事等方面的作品，又空前熱衷於講究對偶、辭采等形式之美，不符合他們文以載道的觀念，故遭受大力批

〔註2〕 穆克宏、郭丹編著：《魏晉南北朝文論全編》，南京：江蘇教育出版社，2004
年版，第 462 頁。

〔註3〕 〔清〕嚴可均《全隋文》，卷 20，《全上古三代秦漢三國六朝文》，北京：中華
書局，1958 年版，第 4135 頁。

〔註4〕 按關於韓、柳的直接所承，日人齋藤正謙《拙堂文話》卷 3 云：「秦末有陳涉、
吳廣、項梁、項籍之屬，先漢祖而出。隋末有李密、薛舉、王世充、竇建德
之倫，先唐宗而出。元末有陳友諒、張士誠、方國珍、明玉珍之徒，先明祖
而出。蓋撥亂反正，爲事甚難，非一家所能，故天必假數豪傑，先爲之驅除，
而後眞主出矣。文運之開，實有類此者。起八代之衰，人皆歸功於韓子，然
先有元結、獨孤及、李華、蕭穎士數人既唱古文。矯五代之弊，人皆歸功於
歐公，然先有柳開、穆脩、蘇舜欽、尹洙數子既唱韓文。韓、歐反正之功大
矣，諸子草創之力，亦弗可泯也。」王水照主編：《歷代文話》第十冊，上海：
復旦大學出版社，2007 年版，第 9871～9872 頁。

判、肆意抹殺。

蘇軾所謂韓愈「文起八代之衰」，顯然來自於這個評價體系。他以後的類似的批評聲音也不斷響起。略舉數例，以窺一斑。

南宋朱熹以爲漢魏六朝文風整體上呈衰勢，東漢文章不如西漢，至南北朝，文章日益衰敗，云：「漢初賈誼之文質實。晁錯說利害處好，答制策便亂道。董仲舒之文緩弱，其《答賢良策》，不答所問切處，至無緊要處，又累數百言。東漢文章尤更不如，漸漸趨於對偶……陵夷至於三國、兩晉，則文氣日卑矣。」〔註5〕葉夢得認爲：「文章自東漢後頓衰，至齊梁而掃地。」〔註6〕明王守謙《古今文評》僅肯定諸葛亮、王羲之、陶淵明的個別文章：「武侯澹泊寧靜，《出師》二表，知是聖賢作用。建安以來，漸覽綺麗，典午之朝，競尚清譚，乃晉人文字，另具一種風氣。獨《歸去來辭》，閒情如畫；《桃源記》，幻筆疑仙；《蘭亭》一敍，則超超塵外。至六朝而專事駢偶，文至此翻然一變，秦漢古氣漸滅殆盡矣。乃若『明月』、『玉樹』之篇，不過流連光景，纖媚取妍，竟何裨於世道邪？」〔註7〕清朱彝尊《與李武曾論文書》：「西京之文，惟董仲舒、劉向經術最純，故其文最爾雅。彼楊雄之徒，品行自詭於聖人，務掇奇字以自矜，尚安知所謂文哉？魏晉以降，學者不本經術，惟浮夸是務，文運之厄數百年。賴昌黎韓氏始倡聖賢之學，而歐陽氏、王氏、曾氏繼之，二劉氏、三蘇氏羽翼之，莫不原本經術，故能橫絕一世。」〔註8〕方苞《古文約選序例》繼承蘇軾之說，矛頭指向六朝文章：「自魏晉以後，藻繪之文興。至唐韓氏起八代之衰，然後學者以先秦盛漢辨理論事，質而不蕪者爲古文。蓋六經及孔子、孟子之書之支流餘肆也。」〔註9〕鄧繹《藻川堂譚藝·日月篇》：「魏晉之朝，經術廢壞，崇獎浮華。」〔註10〕陳衍《石遺室論文·三》云：「六

〔註5〕　〔宋〕朱熹：《朱子語類·論文》，王水照主編：《歷代文話》第一冊，上海：復旦大學出版社，2007 年版，第 203 頁。

〔註6〕　〔宋〕王正德：《餘師錄》卷 3 引，王水照主編：《歷代文話》第一冊，上海：復旦大學出版社 2007 年版，第 392 頁。

〔註7〕　王水照主編：《歷代文話》第三冊，上海：復旦大學出版社，2007 年版，第3122 頁。

〔註8〕　王水照主編：《歷代文話》第六冊，清葉元《睿吾樓文話》，卷 2，上海：復旦大學出版社，2007 年版，第 5386 頁。

〔註9〕　王水照主編：《歷代文話》第四冊，上海：復旦大學出版社，2007 年版，第3951 頁。

〔註10〕　王水照主編：《歷代文話》第七冊，上海：復旦大學出版社，2007 年版，第6177 頁。

朝間散體文之絕無僅有者，不過王右軍、陶靖節之作數篇。」〔註11〕

　　流風所及，至於東瀛。日本學者齋藤正謙《拙堂文話》卷三云：「東漢以後，道日喪，儒學不過論明堂、議喪服，文章不過留連光景之作。」〔註12〕又齋藤氏《拙堂續文話》卷三云：「六朝之文，唯彭澤《歸去來》為眞文章。次之者，為王右軍《蘭亭序》。」〔註13〕

　　韓愈、歐陽修等受宗經、載道之儒家傳統的影響和束縛，對於相對淡化與疏離儒家政教實用觀念的魏晉南北朝文章持輕視和批評的態度，這種情況我們可以理解，但卻不能認同。在韓、歐之後，雖然其批評觀念長期作為正統的聲音而風靡文壇，但也時有不認同的言論產生。如清包世臣《藝舟雙楫·論文》卷一云：「自前明諸君泥子瞻文起八代之言，遂斥《選》學為別裁偽體……夫六朝雖尚文采，然其健者則緩急疾徐，縱送激射，同符《史》《漢》，貌離神合，精彩奪人。」〔註14〕指出六朝文章自有其精彩奪人之處。又《藝舟雙楫·論文》卷二云：「自得語非近有得者不與知，僻謬語信從者究屬無多，唯率爾語間於可否，至易誤人。而率爾語流傳至盛者，莫如永叔『晉無文章，唯淵明《歸去來辭》一篇』，子瞻『唐無文章，唯退之《送李愿歸盤谷序》一篇』之說也。固二公心有所感，而偶然所出，然藝苑久以為圭臬矣……晉承喪亂，文物凋弊，至秀孝莫敢應試，裴頠《崇有》，郭欽《徙戎》，道明《議移鎮》，逸少《答深源書》、《上會稽王牋》，俱樹義甚高，而詞多格塞。然杜弢、劉淵父子、李暠之文載《晉書》者，則清越渾健有西京風，不得謂晉無文章也。」〔註15〕所言具體，不含糊，針對宋之歐陽修、蘇軾兩大文壇權威即興的極端的言論，明確表現出不以為然的態度，指責他們發言輕率，誤導視聽，並列舉具體作品予以反駁。袁枚《答友人論文書》反駁某友所謂「散文多適用，騈體多無用，《文選》不足學」，認為此種說法是錯誤的，「蓋

〔註11〕　王水照主編：《歷代文話》第七冊，上海：復旦大學出版社，2007 年版，第6721 頁。

〔註12〕　王水照主編：《歷代文話》第十冊，上海：復旦大學出版社，2007 年版，第9873 頁。

〔註13〕　王水照主編：《歷代文話》第十冊，上海：復旦大學出版社，2007 年版，第9998 頁。

〔註14〕　王水照主編：《歷代文話》第六冊，上海：復旦大學出版社，2007 年版，第5205～5206 頁。

〔註15〕　王水照主編：《歷代文話》第六冊，上海：復旦大學出版社，2007 年版，第5236～5237 頁。

震於昌黎起八代之衰一語，而不知八代固未嘗衰也。」〔註16〕到了近現代，許多學者擺脫儒家崇政教尚實用之正統文學觀念的束縛，不斷發出重視魏晉六朝文章的聲音。林紓《春覺齋論文》針對潘岳哀誄之長於抒情，指出：「六朝有韻之文，自有不可漫滅處，不能以唐宋大家之軌範繩之。」〔註17〕顯然對六朝抒情性強烈的文章持肯定態度。章太炎《自述學術次第》回顧他喜愛三國兩晉文的情況云：「余少已好文辭，本治小學，故慕退之造詞之則。爲文奧衍不馴，非爲慕古，亦欲使雅言故訓，復用於常文耳。……三十四歲以後，欲以清和流美自化，讀三國兩晉文辭，以爲至美，由是體裁初變。……吳魏之文，儀容穆若，氣自卷舒，未有辭不逮意，窘於步伐之內者也。……余既宗師法相，亦兼事魏晉玄文，觀夫王弼、阮籍、嵇康、裴頠之辭，必非汪（容甫）、李（申耆）所能窺也……」〔註18〕其他學者如劉師培、黃侃、魯迅等皆表示過對魏晉文章的青睞立場。劉、黃撰寫專書張揚魏晉文，魯迅稱曹操是改造文章的祖師，周作人則對陶淵明文及《世說新語》、《顏氏家訓》等專書特別推崇。他們的批評角度及批評標準，或關注思想的叛逆，或關注觀念的新穎、思維的縝密，或關注文風的變異，或關注情感的抒發，但有一個前提是共通的，即皆疏離了儒家宗經的立場、載道的批評觀念。

之後，鄭振鐸、曹道衡、譚家健、徐公持等先生皆持有重視魏晉南北朝文章的立場。其中鄭先生的有關議論較早，節錄於下：

> 六朝之「文筆」，相差也至微。即所謂朝廷大製作，也往往是「綺縠紛披，宮徵靡曼」的。我們可以說，除了詩賦不論外，其他六朝散文，不論是美文，或是應用文，差不多，莫不是如隋初李諤所攻擊的「連篇累牘，不出月露之形，積案盈箱，惟是風雲之狀」的云云。在這種狀態下的散文，便是「古文家」所積矢的。後人的所謂「文起八代之衰」，便是斷定了六朝文是要歸在「衰」之列的。但六朝的散文果是在所謂「衰」的一列中麼？其文壇的情況果是如後人之所輕蔑的麼？這倒該爲她一雪不平……把什麼公牘、記載之類的應用文，都駢四儷六的做起來，故意使得大眾看不懂，這當然

〔註16〕 王葆心：《古文詞通義》卷 1 引，王水照主編：《歷代文話》第八冊，上海：復旦大學出版社，2007 年版，第 7608 頁。

〔註17〕 王水照主編：《歷代文話》第七冊，上海：復旦大學出版社，2007 年版，第 6345 頁。

〔註18〕 章太炎：《菿漢三言》，瀋陽：遼寧教育出版社，2000 年版，第 171 頁。

是一個魔道。但如果個人的抒情的散文寫得「綺縠紛披，宮徵靡曼，脣吻遒會，情靈搖蕩」，難道便也是一個罪狀麼？在我們的文學史裏，最苦的是，抒情的散文太少。六朝卻是最富於此類抒情小品的時代。這，我們可以說，是六朝的最特異的最光榮的一點，足以和她的翻譯文學、新樂府辭，並稱爲鼎立的三大奇跡的。在我們的文學史裏，抒情小品之發達，除了明清之交的一個時代外，六朝便是其最重要的發展期了。明清之交的散文的奇葩，不過「曇花一現」而已。六朝散文則維持至於近三百年之久，其重要性，尤其爲我們所認識。其他論難的文字，描狀的史傳，也盡有許多高明的述作，不單是所謂「月露之形」、「風雲之狀」而已……抒情的散文，建安之末，已見萌芽。子桓兄弟的書箚，往往憶宴遊的娛樂，悼友朋的長逝，悱惻纏綿，若不勝情，已開六朝文的先路。正始之際，崇尚清談，士大夫以寥廓之音，袒蕩之行相高，更增進了文辭的雋永。五胡亂華，士族避地江南者多，「暮春三月，江南草長，雜花生樹，群鶯亂飛」，在這樣的山川秀麗的新環境裏，又濬啓了他們不少的詩意文情。於是便在應用、酬答的散文之間，也往往「流連哀思」，充滿了微茫的情緒。〔註19〕

此段文字的表述雖難免存在欠準確周嚴之處，但大體上是言之有理的，作者旗幟鮮明地爲六朝散文鳴不平，立場與傳統的文以載道論者迥異。

我們在本編的論述中也堅持重視魏晉南北朝文章的立場，我們認爲，所謂「八代文之衰」，其實是個難以成立的命題。就「八代」中最受詬病的六朝來說，它的文章不但不衰，而且非常興盛；不但駢體文興盛，而且散體文也不衰。若將本時期文章發展分爲魏晉與南北朝兩個時段，相對而言，魏晉散體文更興盛一些，而南北朝則駢體文更興盛一些，合而言之，魏晉南北朝基本呈現散駢皆盛的文章創作格局。可以這樣說，魏晉南北朝是繼先秦兩漢之後，我國文章發展歷程中又一次頗爲繁榮的階段，比之上一次的繁榮，它在題材範圍、表現功能等方面皆有顯著的開拓與強化，在文體形式、表現技巧、藝術風格等方面趨於更加豐富多彩，從而爲唐宋文章的進一步發展和興盛奠定了堅實的基礎。

〔註19〕 鄭振鐸：《插圖本中國文學史》，北京：人民文學出版社，1982 年版，第 234
～235 頁。

參考文獻

一、古代典籍

1. 〔漢〕司馬遷著,〔宋〕裴駰集解,〔唐〕司馬貞索隱,〔唐〕張守節正義 · 史記〔M〕,北京:中華書局,1959。
2. 〔漢〕班固撰,〔唐〕顏師古注 · 漢書〔M〕,北京:中華書局 1962。
3. 〔南朝宋〕范曄 · 後漢書〔M〕,北京:中華書局,1965。
4. 〔晉〕陳壽撰,〔宋〕裴松之注 · 三國志〔M〕,北京:中華書局,1959。
5. 〔唐〕房玄齡等 · 晉書〔M〕,北京:中華書局,1974。
6. 〔梁〕沈約 · 宋書〔M〕,北京:中華書局,1974。
7. 〔梁〕蕭子顯 · 南齊書〔M〕,北京:中華書局,1972。
8. 〔唐〕姚思廉 · 梁書〔M〕,北京:中華書局,1973。
9. 〔唐〕姚思廉 · 陳書〔M〕,北京:中華書局,2000。
10. 〔北齊〕魏收 · 魏書〔M〕,北京:中華書局,1974。
11. 〔唐〕李百藥 · 北齊書〔M〕,北京:中華書局,1972。
12. 〔唐〕令狐德棻等 · 周書〔M〕,北京:中華書局,1971。
13. 〔唐〕李延壽 · 南史〔M〕,北京:中華書局,1975。
14. 〔唐〕李延壽 · 北史〔M〕,北京:中華書局,1974 。
15. 〔唐〕魏徵、令狐德棻 · 隋書〔M〕,北京:中華書局,1973。
16. 〔後晉〕劉昫等 · 舊唐書〔M〕,北京:中華書局,1975。
17. 〔宋〕司馬光編著,〔元〕胡三省音注 · 資治通鑒〔M〕,北京:中華書局,1956。
18. 〔漢〕荀悅撰,張烈點校 · 漢紀〔M〕,北京:中華書局,2002。
19. 〔晉〕袁宏撰,張烈點校 · 後漢紀〔M〕,北京:中華書局,2002。

20. 朱祖延·北魏佚書考〔M〕，鄭州：中州古籍出版社，1985。

21. 〔清〕馬國翰輯·玉函山房輯佚書〔M〕，揚州：廣陵書社，2005。

22. 王仁俊輯·玉函山房輯佚書續編三種〔M〕，上海：上海古籍出版社，1989。

23. 二十五史刊行委員會·二十五史補編〔M〕，北京：中華書局，1955。

24. 〔唐〕劉知幾撰，〔清〕浦起龍釋·史通通釋〔M〕，上海：上海古籍出版社，1978。

25. 〔清〕趙翼撰，王樹民校證·廿二史劄記校注〔M〕，北京：中華書局，1984。

26. 〔梁〕慧皎撰，湯用彤校注·高僧傳〔M〕，北京：中華書局，1992。

27. 〔北魏〕酈道元撰，陳橋驛點校·水經注〔M〕，上海：上海古籍出版社，1990。

28. 〔唐〕李泰等著，賀次君輯校·括地志輯校〔M〕，北京：中華書局，1980。

29. 〔宋〕樂史撰，王文楚等點校·太平寰宇記〔M〕，北京：中華書局，2007。

30. 〔宋〕祝穆撰、祝洙增訂，施金和點校·方輿勝覽〔M〕，北京：中華書局，2003。

31. 〔清〕王謨輯·漢唐地理書鈔〔M〕，北京：中華書局，1961。

32. 劉緯毅輯·漢唐方志輯佚〔M〕，北京：北京圖書館出版社，1997。

33. 〔清〕屈大均·廣東新語〔M〕，北京：中華書局，1985。

34. 〔南朝宋〕劉義慶撰，（梁）劉孝標注，余嘉錫箋疏·世說新語箋疏〔M〕，北京：中華書局，1983。

35. 〔南朝宋〕劉義慶撰，〔梁〕劉孝標注，徐震堮校箋·世說新語校箋〔M〕，北京：中華書局，1984。

36. 〔南朝宋〕劉義慶撰，〔梁〕劉孝標注，楊勇校箋·世說新語校箋〔M〕，北京：中華書局，2006。

37. 朱謙之校釋·老子校釋〔M〕，北京：中華書局，1984。

38. 郭慶藩集釋，王孝魚整理·莊子集釋〔M〕，北京：中華書局，1961。

39. 王先謙集解·荀子集解〔M〕，北京：中華書局，1988。

40. 何寧集釋·淮南子集釋〔M〕，北京：中華書局，1998。

41. 〔漢〕王充·論衡〔M〕，上海：上海古籍出版社影印明通津草堂刊本，1990。

42. 〔漢〕徐幹撰，徐湘霖校注·中論校注〔M〕，，巴蜀書社，2000。

43. 〔魏〕王弼著，樓宇烈校釋·王弼集校釋〔M〕，北京：中華書局，1980。

44. 楊伯峻集釋·列子集釋〔M〕，北京：中華書局，1979。

45. 〔北魏〕賈思勰撰，繆啓愉、繆桂龍譯注·齊民要術譯注〔M〕，上海：

上海古籍出版社，2006。

46. 〔南〕顏之推著，王利器撰・顏氏家訓集解（增訂本）〔M〕，北京：中華書局，1993。

47. 〔梁〕僧祐、〔唐〕道宣・弘明集・廣弘明集〔M〕，上海：上海古籍出版社影印宋磧砂版大藏經，1991。

48. 〔梁〕釋僧祐撰，蘇晉仁、蕭鍊子點校・出三藏記集〔M〕，北京：中華書局，1995。

49. 〔唐〕虞世南・北堂書鈔〔M〕，北京：學苑出版社，2015。

50. 〔唐〕歐陽詢撰，汪紹楹校・藝文類聚〔M〕，上海：上海古籍出版社，1982。

51. 〔唐〕徐堅等撰・初學記〔M〕，北京：中華書局，1962。

52. 〔宋〕李昉等撰・太平御覽〔M〕，北京：中華書局，1960。

53. 〔梁〕蕭統編，〔唐〕李善、呂延濟、劉良、張銑、呂向、李周翰注・六臣注文選〔M〕，杭州：浙江古籍出版社，1999。

54. 〔清〕嚴可均・全上古三代秦漢三國六朝文〔M〕，北京：中華書局，1958。

55. 逯欽立・先秦漢魏晉南北朝詩〔M〕，北京：中華書局，1964。

56. 〔清〕李兆洛・駢體文鈔〔M〕，鄭州：中州古籍出版社，1990。

57. 〔清〕陳元龍等編・歷代賦彙〔M〕，南京：鳳凰出版社，2004。

58. 俞紹初・建安七子集〔M〕，北京：中華書局，2005。

59. 吳雲校注・建安七子集校注〔M〕，天津：天津古籍出版社，2005。

60. 〔魏〕曹植著，趙幼文校注・曹植集校注〔M〕，北京：人民文學出版社，1984。

61. 〔魏〕王弼著，樓宇烈校釋・王弼集校釋〔M〕，北京：中華書局，1980。

62. 戴明揚校注・嵇康集校注〔M〕，北京：人民文學出版社，1962。

63. 陳伯君校注・阮籍集校注〔M〕，北京：中華書局，1987。

64. 金濤聲點校・陸機集〔M〕，北京：中華書局，1982。

65. 劉茂辰等編撰・王羲之王獻之全集箋證〔M〕，濟南：山東文藝出版社，1999。

66. 顧紹柏校注・謝靈運集校注〔M〕，中州古籍出版社，1987。

67. 錢振倫注，黃節補注並集說，錢仲聯增補集說校・鮑參軍集注〔M〕，上海：上海古籍出版社，1980。

68. 俞紹初、張亞新校注・江淹集校注〔M〕，鄭州：中州古籍出版社，1994。

69. 羅國威校注・劉孝標集校注〔M〕，北京：學苑出版社，2003。

70. 李伯齊校注・何遜集校注〔M〕，濟南：齊魯書社，1989。

71. 〔清〕倪璠注，許逸民校點・庾子山集注〔M〕，北京：中華書局，1980。

72. 許逸民校箋・徐陵集校箋〔M〕，北京：中華書局，2008。

73. 高步瀛選注・魏晉文舉要〔M〕，北京：中華書局，1989。

74. 高步瀛選注・南北朝文舉要〔M〕，北京：中華書局，1998。

75. 〔唐〕許敬宗編，羅國威整理・文館詞林校證〔M〕，北京：中華書局，2001。

76. 趙超・漢魏南北朝墓誌彙編〔M〕，天津：天津古籍出版社，2008。

77. 王水照主編・歷代文話〔M〕，上海：復旦大學出版社，2007。

78. 〔梁〕劉勰著，范文瀾注・文心雕龍注〔M〕，北京：人民文學出版社，1958。

79. 〔梁〕鍾嶸著，陳延傑注・詩品注〔M〕，北京：人民文學出版社，1961。

80. 〔清〕吳兆宜注、程琰增補，穆克宏點校・玉臺新詠箋注〔M〕，北京：中華書局，1985。

81. 〔清〕劉熙載著，徐中玉、蕭華榮校點・劉熙載論藝六種〔M〕，成都：巴蜀書社，1990。

82. 〔清〕于光華・評注昭明文選〔M〕，上海：掃葉山房發行。

83. 〔清〕吳訥著，於北山校點，〔清〕徐師曾著，羅根澤校點・文章辨體序說・文體明辨序說〔M〕，北京：人民文學出版社，1962。

84. 〔清〕劉大櫆，〔清〕吳德旋，林紓・論文偶記・初月樓古文緒論・春覺齋論文〔M〕，北京：人民文學出版社，1959。

二、現代著述

1. 朱東潤・八代傳敘文學述論〔M〕，上海：復旦大學出版社，2006。

2. 葛曉音・八代詩史〔M〕，西安：陝西人民出版社，1989。

3. 周天遊・八家後漢書輯注〔G〕，上海：上海古籍出版社，1986。

4. 吳先寧・北朝文學特質與文學進程〔M〕，北京：東方出版社，1997。

5. 丁福林・鮑照年譜〔M〕，上海：上海古籍出版社，2004。

6. 劉汝霖・東晉南北朝學術編年〔M〕，上海：上海書店，1992。

7. 劉季高・東漢三國時期的談論〔M〕，上海：上海古籍出版社，1999。

8. 張可禮・東晉文藝繫年〔M〕，濟南：山東教育出版社，1992。

9. 張可禮・東晉文藝綜合研究〔M〕，濟南：山東大學出版社，2001。

10. 屈大成導讀・大般涅槃經導讀〔M〕，北京：中國書店出版社，2007。

11. 馬積高・賦史〔M〕，上海：上海古籍出版社，1987。

12. 丁福保・佛學大辭典〔M〕，上海：上海書店，1991。

13. 熊十力・佛家名相通釋〔M〕，北京：中國大百科全書出版社，1985。

14 陳允吉・佛經文學研究論集〔G〕，上海：復旦大學出版社，2004。

15. 孫昌武・佛教與中國文學（第 2 版）〔M〕，上海：上海人民出版社，2007。

16. 彭自強・佛教與儒道的衝突與融合——以漢魏兩晉時期爲中心〔M〕，成都：巴蜀書社，2000。

17. 錢穆・國學概論〔M〕，北京：商務印書館，1997。

18. 牛貴琥・廣陵餘響〔M〕，北京：學苑出版社，2004。

19. 錢鍾書・管錐編〔M〕，北京：中華書局，1979。

20. 章太炎・國學講演錄〔M〕，上海：華東師範大學出版社，1995。

21. 章太炎・國故論衡〔M〕，上海：上海古籍出版社，2006。

22. 章太炎主講，曹聚仁記述・國學概論〔M〕，香港：學林書店，1971。

23. 黃侃著，黃延祖重輯・黃侃國學文集〔M〕，北京：中華書局，2006。

24. 曹虹・慧遠評傳〔M〕，南京：南京大學出版社，2002。

25. 李小榮・《弘明集》《廣弘明集》述論稿〔M〕，成都：巴蜀書社，2005。

26. 劉立夫・弘道與明教〔M〕，北京：中國社會科學出版社，2004。

27. 湯用彤・漢魏兩晉南北朝佛教史〔M〕，北京：北京大學出版社，1997。

28. 杜繼文・漢譯佛教經典哲學〔M〕，南京：鳳凰出版傳媒集團，江蘇人民出版社，2008。

29. 胡寶國・漢唐間史學的發展〔M〕，北京：商務印書館，2003。

30. 曹道衡・漢魏六朝辭賦〔M〕，上海：上海古籍出版社，1989。

31. 李文初・漢魏六朝文學研究〔M〕，廣州：廣東人民出版社，2000。

32. 王運熙・漢魏六朝唐代文學論叢〔M〕，上海：上海古籍出版社，1981。

33. 侯立兵・漢魏六朝賦多維研究〔M〕，北京：人民出版社，2007。

34. 任繼愈・漢唐佛教思想論集〔G〕，北京：人民出版社，1998。

35. 宋緒連・漢魏六朝文選・太白文藝出版社，2004。

36. 孫明君・漢魏文學與政治〔M〕，北京：商務印書館，2003。

37. 張朝富・漢末魏晉文人群落與文學變遷—關於中國古代「文學自覺」的歷史闡釋〔M〕，成都：四川出版集團，巴蜀書社，2008。

38. 林徐典・漢學研究之回顧與前瞻（文學語言卷）〔M〕，北京：中華書局，1995。

39. 黃金明・漢魏晉南北朝誄碑文研究〔M〕，北京：人民文學出版社，2005。

40. 許結・漢代文學思想史〔M〕，南京：南京大學出版社，1990。

41. 方立天・慧遠及其佛學〔M〕，北京：中國人民大學出版社，1984。

42. 陳寅恪・金明館叢稿初編〔M〕，上海：上海古籍出版社，1980。

43. 程千帆・儉腹抄〔M〕，上海：上海文藝出版社，1998。

44. 童強・嵇康評傳〔M〕，南京：南京大學出版社，2004。

45. 王鵬廷・建安七子研究〔M〕，北京：北京大學出版社，2004。

46. 蒙文通・經學抉原〔M〕，上海：上海世紀集團，2006。

47. 王曉毅・嵇康評傳〔M〕，南寧：廣西教育出版社，1994。

48. 皮元珍・嵇康論〔M〕，長沙：湖南人民出版社，2000 。

49. 郭英德・建構與反思——中國古典文學研究思辨錄〔M〕，西安：陝西人民出版社，2006。

50. 董乃斌・近世名家與古典文學研究〔M〕，上海：上海大學出版社，2005。

51. 王志清・晉宋樂府詩研究〔M〕，石家莊：河北大學出版社，2007。

52. 劉師培撰，陳引馳編校・劉師培中古文學論集〔M〕，北京：中國社會科學出版社，1997。

53. 湯用彤・理學・佛學・玄學〔M〕，北京：北京大學出版社，1991。

54. 譚家健・六朝文章新論〔M〕，北京：北京燕山出版社，2002。

55. 胡阿祥・六朝文學地理研究〔M〕，南京：南京大學出版社，2001。

56. 賈奮然・六朝文體批評研究〔M〕，北京：北京大學出版社，2005。

57. 朱大渭・六朝史論〔M〕，北京：中華書局，1998。

58. 吳正嵐・六朝江東士族的家學門風〔M〕，南京：南京大學出版社，2003。

59. 王琳・六朝辭賦史〔M〕，哈爾濱：黑龍江教育出版社，1998。

60. 郝潤華・六朝史籍與史學〔M〕，北京：中華書局，2005。

61. 葉楓宇・兩晉作家的人格與文風〔M〕，上海：上海三聯書店，2006。

62. 楊明・劉勰評傳〔M〕，南京：南京大學出版社，2001。

63. 魯迅・魯迅全集〔M〕，北京：人民文學出版社，2005。

64. 錢谷融・論「文學是人學」〔M〕，北京：人民文學出版社，1981。

65. 牟宗三・理則學〔M〕，南京：江蘇教育出版社，2006。

66. 宋文堅・邏輯學的傳入與研究〔M〕，福州：福建人民出版社，2005。

67. 姜亮夫・陸平原年譜〔M〕，上海：古典文學出版社，1957。

68. 郭彩琴・邏輯學教程〔M〕，北京：北京大學出版社，2007。

69. 卞孝萱、王琳・兩漢文學〔M〕，合肥：安徽教育出版社，2001。

70. 陳鼓應・老子注釋及評介〔M〕，北京：中華書局，1984。

71. 劉志華，李樹眞・論辯與邏輯〔M〕，濟南：山東友誼出版社，1997。

72. 張家龍・邏輯學思想史〔M〕，長沙：湖南教育出版社，2004。

73. 劉咸炘撰，黃曙輝編校・劉咸炘學術論集（子學編）〔M〕，廣西師範大學出版社，2007年。

74. 劉咸炘撰，黃曙輝編校・劉咸炘學術論集（史學編）〔M〕，廣西師範大學出版社，2007年。

75. 曹道衡、劉躍進・南北朝文學編年史〔M〕，北京：人民文學出版社，2000。

76. 曹道衡、沈玉成・南北朝文學史〔M〕，北京：人民文學出版社，1991。

77. 高步瀛選注・南北朝文舉要〔M〕，北京：中華書局，1998。

78. 張亞軍・南朝四史與南朝文學研究〔M〕，北京：中國社會科學出版社，2007。

79. 高晨陽・儒道會通與正始儒學〔M〕，濟南：齊魯書社，2000。

80. 高晨陽・阮籍評傳〔M〕，南京：南京大學出版社，1994。

81. 王曉毅・儒釋道與魏晉玄學形成〔M〕，北京：中華書局，2003。

82. 姜劍雲・太康文學研究〔M〕，北京：中華書局，2003。

83. 錢志熙・唐前生命觀和文學生命主題〔M〕，北京：東方出版社，1997。

84. 張新科・唐前史傳文學研究〔M〕，西安：西北大學出版社，2000。

85. 劉永濟・文心雕龍校釋〔M〕，臺北：正中書局印行，中華民國三十七。

86. 駱鴻凱・文選學〔M〕，北京：中華書局，民國二十六。

87. 蔣祖怡・文心雕龍論叢〔M〕，上海：上海古籍出版社，1985。

88. 黃侃著，黃焯編次・文選平點〔M〕，上海：上海古籍出版社，1985。

89. 黃侃・文心雕龍札記〔M〕，上海：華東師範大學出版社，1996。

90. 廖國棟・魏晉詠物賦研究〔M〕，臺北：文史哲出版社，1990。

91. 王仲犖・魏晉南北朝史〔M〕，上海：上海人民出版社，1979。

92. 周一良・魏晉南北朝史箚記〔M〕，北京：中華書局，1985。

93. 湯用彤・魏晉玄學論稿〔M〕，上海：上海古籍出版社，2001。

94. 孔繁・魏晉玄學和文學〔M〕，北京：中國社會科學出版社，1987。

95. 余敦康・魏晉玄學史〔M〕，北京：北京大學出版社，2004。

96. 羅宗強・魏晉南北朝文學思想史〔M〕，北京：中華書局，1996。

97. 徐斌・魏晉玄學新論〔M〕，上海：上海古籍出版社，2000。

98. 盧盛江・魏晉玄學與中國文學〔M〕，南昌：百花洲文藝出版社，2002。

99. 萬繩楠・魏晉南北朝文化史〔M〕，合肥：黃山書社，1989。

100. 王曉毅・王弼評傳〔M〕，南京：南京大學出版社，1996。

101. 徐公持・魏晉文學史〔M〕，北京：人民文學出版社，1999。

102. 衛紹生・魏晉文學與中原文化〔M〕，北京：學苑出版社，2004。

103. 談錫永導讀・維摩詰經導讀〔M〕，北京：中國書店出版社，2007。

104. 孫昌武・文壇佛影〔M〕，北京：中華書局，2001。

105. 劉大杰・魏晉思想論〔M〕，上海：上海古籍出版社，1998。

106. 許建明・魏晉玄學倫理思想研究〔M〕，北京：人民出版社，2003。

107. 許抗生・魏晉玄學史〔M〕，西安：陝西師範大學出版社，1989。

108. 容肇祖・魏晉的自然主義〔M〕，北京：東方出版社，1996。

109. 王運熙、楊明・魏晉南北朝文學批評史〔M〕，上海：上海古籍出版社，1989。

110. 賀昌群・魏晉清談思想初論〔M〕，北京：商務印書館，1999 。

111. 錢志熙・魏晉詩歌藝術原論〔M〕，北京：北京大學出版社，1993。

112. 高步瀛・魏晉文舉要〔M〕，北京：中華書局，1989。

113. 魯迅撰，吳中傑導讀・魏晉風度及其他〔M〕，上海：上海古籍出版社，2000。

114. 錢谷融、魯樞元・文學心理學〔M〕，上海：華東師範大學出版社，2003。

115. 唐翼明・魏晉文學與玄學〔M〕，武昌：長江文藝出版社，2004。

116. 吳雲・魏晉南北朝文學研究〔G〕，北京：北京出版社，2001。

117. 唐長孺・魏晉南北朝史論集〔G〕，石家莊：河北教育出版社，2000。

118. 王巍・魏晉南北朝文學意識的歷史嬗變〔M〕，瀋陽：遼寧人民出版社，2006。

119. 〔古希臘〕柏拉圖著，朱光潛譯・文藝對話集〔M〕，北京：人民文學出版社，1980。

120. 高敏・魏晉南北朝史發微〔M〕，北京：中華書局，2005。

121. 方立天・魏晉南北朝佛教〔M〕，北京：中國人民大學出版社，2006。

122. 林繼中・文化建構文學史綱（魏晉—北宋）〔M〕，北京：北京大學出版社，2005。

123. 張廷銀・魏晉玄言詩研究〔M〕，北京：商務印書館，2008。

124. 李榮啓・文學語言學〔M〕，北京：人民出版社，2005。

125. 童慶炳・文體與文體的創造〔M〕，昆明：雲南人民出版社，1994。

126. 陶東風・文體演變及其文化意味〔M〕，昆明：雲南人民出版社，1994。

127. 王利器校點・文則・文章精義〔M〕，北京：人民文學出版社，1998。

128. 溫儒敏・文學史的視野〔M〕，北京：人民文學出版社，2004。

129. 羅宗強・玄學與魏晉士人心態〔M〕，杭州：浙江人民出版社，1991。

130. 陳啓雲著，高專誠譯・荀悅與中古儒學〔M〕，瀋陽：遼寧大學出版社，

2000。

131. 程千帆・閒堂文藪〔M〕，濟南：齊魯書社，1984。

132. 虞元珍・玄學與魏晉文學〔M〕，長沙・湖南人民出版社，2004。

133. 羅時憲導讀・小品般若經論導讀〔M〕，北京：中國書店出版社，2007。

134. 伍蠡甫，胡經之・西方文藝理論名著選編〔M〕，北京：北京大學出版社，1985。

135. 譚家健・先秦散文藝術新探〔M〕，濟南：齊魯書社，2007。

136. 熊禮彙・先唐散文藝術論〔M〕，北京：學苑出版社，1999。

137. 王琳、邢培順・西漢文章論稿〔M〕，濟南：齊魯書社，2006。

138. 中國人民大學哲學系邏輯教研室・形式邏輯（修訂本）〔M〕，北京：中國人民大學出版社，1980。

139. 李建中、高華平・玄學與魏晉社會〔M〕，石家莊：河北人民出版社，2003。

140. 張其成・象數易學〔M〕，北京：中國書店出版社，2003。

141. 曹道衡、傅剛・蕭統評傳〔M〕，南京：南京大學出版社，2001。

142. 方珊・形式主義文論〔M〕，濟南：山東教育出版社，1994。

143. 李雁・謝靈運研究〔M〕，北京：人民文學出版社，2005。

144. 胡大雷・玄言詩研究〔M〕，北京：中華書局，2007。

145. 陳開梅・先唐頌體研究〔M〕，廣州：中山大學出版社，2007。

146. 錢穆・中國學術思想史論叢（卷三）〔M〕，合肥：安徽教育出版社，2004。

147. 梁啓超・中國歷史研究法〔M〕，北京：東方出版社，1996。

148. 陳垣・中國佛教史籍概論〔M〕，上海：上海世紀出版集團，上海書店出版社，2001。

149. 喬致忠・眾家編年體晉史〔M〕，天津：天津古籍出版社，1989。

150. 黃霖，吳建民，吳兆路・原人論〔M〕，上海：復旦大學出版社，2000。

151. 呂澂・印度佛學源流略講〔M〕，上海：上海世紀出版集團，2005。

152. 湯用彤・印度哲學史略〔M〕，上海：上海世紀出版集團、上海古籍出版社，2006。

153. 孫昌武・遊學集錄〔M〕，天津：南開大學出版社，2004。

154. 王鍾陵・中國中古詩歌史〔M〕，南京：江蘇教育出版社，1988。

155. 曹道衡、沈玉成・中古文學史料叢考〔M〕，北京：人民文學出版社，2003。

156. 曹道衡、沈玉成・中國文學家大辭典（先秦漢魏晉南北朝卷）〔M〕，北京：中華書局，1996。

157. 范文瀾・中國通史簡編〔M〕，北京：人民文學出版社，1962。

158. 馮友蘭・中國哲學史新編（中）〔M〕，北京：人民文學出版社，1998。

159. 任繼愈等・中國哲學發展史（魏晉南北朝卷）〔M〕，北京：人民出版社，1988。

160. 李澤厚，劉綱紀・中國美學史〔M〕，北京：中國社會科學出版社，1987。

161. 葛兆光・中國思想史〔M〕，上海：復旦大學出版社，1997。

162. 劉師培・中國中古文學史講義〔M〕，上海：上海古籍出版社，2000。

163. 呂慧娟・中國歷代著名文學家評傳〔M〕，濟南：山東教育出版社，1983。

164. 錢基博・中國文學史〔M〕，北京：中華書局，1993。

165. 陸侃如・中古文學系年〔M〕，北京：人民文學出版社，1998。

166. 郭預衡・中國散文史〔M〕，上海：上海古籍出版社，2000。

167. 譚家健・中國古代散文史稿〔M〕，重慶：重慶出版社，2006。

168. 朱世英・中國散文學通論〔M〕，合肥：安徽教育出版社，1995。

169. 邵傳烈・中國雜文史〔M〕，上海：上海文藝出版社，1991。

170. 於景祥・中國駢文通史〔M〕，長春：吉林人民出版社，2002。

171. 方立天・中國佛教散論〔M〕，北京：宗教文化出版社，2003。

172. 蔣維喬・中國佛教史〔M〕，北京：團結出版社，2005。

173. 黃夏年・中外佛教人物論〔M〕，北京：宗教文化出版社，2005。

174. 呂澂・中國佛學源流略講〔M〕，上海：上海世紀出版集團，2005。

175. 任繼愈・中國佛教史〔M〕，北京：中國社會科學出版社，1985。

176. 方立天・中國古代哲學〔M〕，北京：中國人民大學出版社，2006。

177. 蒙文通・中國史學史〔M〕，上海：上海世紀集團，2006。

178. 吳懷淇・中國史學思想史〔M〕，合肥：安徽人民出版社，1996。

179. 金毓黼・中國史學史〔M〕，北京：商務印書館，1999。

180. 瞿林東・中國史學史研究〔G〕，武漢：湖北教育出版社，2006。

181. 瞿林東・中國史學的理論遺產（瞿林東卷）〔M〕，北京：北京師範大學出版社，2005。

182. 瞿林東・中國史學史（第三卷）〔M〕，上海：上海人民出版社，2006。

183. 方孝岳・中國文學批評・中國散文概論〔M〕，北京：三聯書店，2007。

184. 何根海、汪高鑫・中國古代史學思想史〔M〕，合肥：合肥工業大學出版社，2004。

185. 褚斌傑・中國古代文體概論〔M〕，北京：北京大學出版社，1990。

186. 景蜀慧・中國古代思想史〔M〕，南寧：廣西人民出版社，2006。

187. 陳平原・中國散文小說史〔M〕，上海：上海人民出版社，2004。

188. 錢穆・中國學術思想史論叢〔M〕，合肥：安徽教育出版社，2004。

189. 向世陵・中國學術通史（魏晉南北朝卷）〔M〕，北京：人民出版社，2004。

190. 蒙培元・中國哲學主體思維〔M〕，北京：東方出版社，1993。

191. 郭英德・中國古代文體學論稿〔M〕，北京：北京大學出版社，2005。

192. 吳承學・中國古代文體形態研究（增訂本）〔M〕，廣州：中山大學出版社，2002。

193. 張伯偉・中國古代文學批評方法研究〔M〕，北京：中華書局，2002。

194. 曹道衡・中古文學史論文集〔M〕，北京：中華書局，1986。

195. 周雲之・中國邏輯史〔M〕，太原：山西教育出版社，2004。

196. 孫中原・中華先哲的思維藝術〔M〕，北京：北京大學出版社，2006。

197. 孫中原・中國邏輯研究〔M〕，北京：商務印書館，2006。

198. 侯外廬等・中國思想通史（第三卷）〔M〕，北京：人民出版社，1957。

199. 柯慶明・中國文學的美感〔M〕，石家莊：河北教育出版社，2001。

200. 張舜徽・張舜徽集〔M〕，上海：華東師範大學出版社，2005。

201. 李四龍、周學農・哲學、宗教與人文〔M〕，北京：商務印書館，2004。

202. 李樹菁著，高宏寬整理・周易象數通論〔M〕，北京：光明日報出版社，2007。

203. 人民文學出版社古典文學編輯室・中國古典文學論叢（第二輯）〔G〕，北京：人民文學出版社，1985。

204. 王瑤・中古文學史論〔M〕，北京：北京大學出版社，1998。

205. 劉麟生，方孝岳等・中國文學七論〔M〕，桂林：廣西師範大學出版社，2007。

206. 高晨陽・中國傳統思維方式研究〔M〕，濟南：山東大學出版社，1994。

207. 張曉芒・中國古代論辯藝術〔M〕，太原：山西人民出版社，2001。

208. 范子燁・中古文人生活研究〔M〕，濟南：山東教育出版社，2001。

209. 洪修平・中國佛教與儒道思想〔M〕，北京：宗教文化出版社，2004。

210. 韓格平・竹林七賢詩文全集譯注〔M〕，長春：吉林文史出版社，1997。

211. 陳良運・周易與中國文學〔M〕，南昌：百花洲文藝出版社，1999。

212. 黃烈・中國古代民族史研究〔M〕，北京：人民出版社，1987。

213. 劉善承・中國圍棋〔M〕，成都：四川科學技術出版社，1985。

214. 靳義增・中國文法理論〔M〕，中國社會科學出版社，2009。

215. 歸青，曹旭・中國詩學史（魏晉南北朝卷）〔M〕，鷺江出版社，2002。

216. 王瑤・中國文學：古代與現代〔M〕，北京：北京大學出版社，2008。

217. 牟潤孫・注史齋叢稿〔M〕，北京：中華書局，1987。

218. 傅剛・《昭明文選》研究〔M〕，北京：中國社會科學出版社，2000。

219. 胡大雷・中古文學集團〔M〕，桂林：廣西師範大學出版社，1996。

220. 柯慶明・中國文學的美感〔M〕，石家莊：河北教育出版社，2001。

三、國外著述

1. 〔印〕龍樹著，鳩摩羅什譯，李潤生導讀・中論導讀〔M〕，北京：中國書店出版社，2007。

2. 〔俄〕舍爾巴茨基著，立人譯・大乘佛學〔M〕，北京：中國社會科學出版社，1994。

3. 〔俄〕舍爾巴茨基著，立人譯・小乘佛學〔M〕，北京：中國社會科學出版社，1994。

4. 〔俄〕舍爾巴茨基著，宋立道、舒曉煒譯・佛學邏輯〔M〕，北京：商務印書館，2009。

5. 〔蘇〕德・莫・烏格里諾維奇著，沈翼鵬譯・宗教心理學〔M〕，北京：社會科學文獻出版社，1989。

6. 〔法〕丹納著，傅雷譯・藝術哲學〔M〕，北京：人民文學出版社，1963。

7. 〔美〕雷・韋勒克、奧・沃倫著，劉象愚等譯・文學理論〔M〕，北京：三聯書店，1984。

8. 〔美〕馬斯洛・動機與人格〔M〕，北京：華夏出版社，1987。

9. 〔荷蘭〕許里和著，李四龍、裴勇等譯・佛教征服中國〔M〕，南京：江蘇人民出版社，1998。

10. 〔奧〕弗洛伊德著，楊韶剛等譯・弗洛伊德心理哲學〔M〕，北京：九州出版社，2003。

11. 〔錫蘭〕L.A.貝克著，趙增越譯・東方哲學簡史〔M〕，北京：中國友誼出版公司，2006。

12. 〔日〕中村元著，林太、馬小鶴譯・東方民族的思維方法〔M〕，杭州：浙江人民出版社，1989。

13. 〔日〕蜂屋邦夫著，雋雪豔、陳捷等譯・道家思想與佛教〔M〕，瀋陽：遼寧教育出版社，2000。

14. 〔日〕末木剛博著，孫中原、王鳳琴譯・邏輯學：知識的基礎〔M〕，北京：中國人民大學出版社，1984。

15. 〔日〕伊藤隆壽，林鳴宇・肇論集解令模鈔校釋〔M〕，上海：上海古籍出版社，2008。

16. 〔日〕清水茂撰，蔡毅譯・清水茂漢學論集〔G〕，北京：中華書局，2003。

17. 〔日〕川合康三撰、蔡毅譯・中國的自傳文學〔M〕，北京：中央編譯出版社，1999。

18. 〔日〕岡村繁撰，陸曉光譯・漢魏六朝的思想和文學〔M〕，上海：上海古籍出版社，2002。